林贤治散文随笔选

旷代的忧伤
KuangDaiDeYouShang

林贤治 著

江苏人民出版社

图书在版编目（CIP）数据

旷代的忧伤 / 林贤治著. —南京：江苏人民出版社, 2009.8（2025.7重印）
ISBN 978-7-214-05983-3

Ⅰ. 旷⋯ Ⅱ. 林⋯ Ⅲ. 随笔—作品集—中国—当代
Ⅳ. I267.1

中国版本图书馆CIP数据核字（2009）第147039号

书　　名	旷代的忧伤
著　　者	林贤治
责任编辑	王翔宇
责任监制	王　娟
出版发行	江苏人民出版社
地　　址	南京市湖南路1号A楼　邮编：210009
照　　排	江苏凤凰制版有限公司
印　　刷	南通印刷总厂有限公司
开　　本	652毫米×960毫米　1/16
印　　张	20　插页2
字　　数	240千字
版　　次	2009年9月第1版
印　　次	2025年7月第26次印刷
标准书号	ISBN 978-7-214-05983-3
定　　价	42.00元

（江苏人民出版社图书凡印装错误可向承印厂调换）

目 录

看灵魂………1

火，一个殉道者………6

左拉和左拉们………11

囚　鹰………15

向晚的玫瑰云………20

穿过黑暗的那一道幽光………26

旷代的忧伤………58

孤独的旅客………63

奥威尔：从政治中来，到政治中去………69

穿粗布衫的和穿燕尾服的终究要分手………75

平民的信使………86

寻找诗人………92

走向大旷野………98

墓地的红草莓………108

另一个高尔基………116

索尔仁尼琴和他的阴影………121

米沃什的根………134
包围凯尔泰斯………141
在死刑面前………147
可笑的骑士………158
最后的迷失………163

山之民………170
一个人的爱与死………174
存在的见证………193
文化遗民陈寅恪………200
读顾准………206
纪念李慎之先生………215
只有董乐山一人而已………226
夜读遇罗克………237

自由与恐惧………246
思想和思想者………253

酷刑：从肉体到精神·········262
盗版与地下印刷·········272
记忆或遗忘·········282

水与火（二章）·········289
散　步·········294
读画（三章）·········297

读热烈的书·········305
让思想燃烧·········309

后记·········312

看 灵 魂

人与自然比邻而居，遂得以常常看风景。

风景是人类闲居或静处时，对自然的一种选择。所以，陶渊明有南山，梭罗有瓦尔登湖，高更有塔希提岛。即如火山、海啸，也须在不相干的远处，才能观赏到蜿蜒流荡的美丽。列维坦站在崖头看海，放声恸哭，其实那已经是病，不是看风景了。

人生多苦辛。看风景是人生短暂的中断，是不带惊恐的逃跑。一直逃到踪影全无时，便是古来的隐者。

结庐在人境而无人世的烦忧，或许是令人神往的吧？然而可惜不能。威猛如魏武，当月明星稀之夜，尚有无枝可依的喟叹；豁达如东坡居士，月下访友，看庭中积水空明，树影绰约如藻荇交横，竟也无端兴起时不再来的寂寥。日落黄昏，雨打梨花，都会被风流倜傥的才子看出血泪来。所谓

"相看两不厌,只有敬亭山",或"我见青山多妩媚,料青山见我应如是",或"一树梅花一放翁",都是在看风景时看到了自己。临到最后,人总要面对自己。

作为人类而崇尚自然是不可思议的。与其看风景,我想,不如就看灵魂。

惠特曼(Walt Whitman,1819—1892),美国诗人。生于贫苦的农民家庭,当过木工、排字工、教师、报纸编辑等。1855年出版《草叶集》,以后多次重版。他的诗是美国个人主义精神的最生动的艺术体现,对后世有极大的影响。

我不能想象,世界上有哪一片大陆会比惠特曼更辽阔。在他那里,群山耸立,河川奔流,大路箭一样射向远方。在他那里,所有动植物都因为人迹的出现而充满生气,既有急蹄、巨翻、强壮的枝柯,自然也有知更的啼唱、紫罗兰的芳馥,繁密的草叶在爱抚间变得碧绿和温柔起来。在哥尼斯堡,那个喜欢散步的智者不是仰望灿烂的星空,就是俯视自己的内心,俯仰之间,摸索着通往人类的哲学道路。康德是一个宁静的湖。因为浩瀚,致使有翻卷不已的波澜也全被人们忽略了。灵魂的博大使人敬畏。爱因斯坦飚风似地,在宇宙间往来驰骋,虽或不见形迹,而在日后的圣殿的废墟中,却不难发现他的存在。

斯巴达克斯(Spartacus,卒于公元前71年),巴尔干半岛东北部的色雷斯人,罗马侵入北希腊时被俘,并被卖为角斗士奴隶,送到卡普亚城一所角斗士学校参训。后发动起义,起义队伍很快发展为十余万人,多次战胜罗马军队。公元前71年春起义队伍遭到罗马军队围剿,斯巴达克斯战死,余部在意大利许多地区坚持战斗达十年之久。马克思称为"整个古代史中最辉煌的人物"。

我热爱英雄的灵魂甚于太阳，因为他们庄严、热烈而慷慨的照临而常怀感激。在历史书里，我认识斯巴达克斯。如果说第一个神是普罗米修斯，那么，斯巴达克斯就是第一个人。自从他和他的兄弟握紧扭断的锁链而躺入血泊，被侮辱被损害的人们由是不再相信眼泪。马尔克斯曾经描画过一位"迷宫中的将军"，那是玻利瓦尔，他勇敢地放弃了从殖民者手中夺取的可以垄断的权力。由于目标过于远大，结果无人追随，在他所作的自我流放的无比孤寂的旅途中，我读懂了内心的坚强。我喜欢这个外形枯干而灵魂丰满的人。他是不屈的抵抗者、解放者，而不是征服者。我猜想，英雄的灵魂是由爱和意志所构成。有两个生活在囚狱中的汉子：康帕内拉和葛兰西，为了守卫梦中的太阳城，而先后战胜了无尽的苦刑、子弹和时间。当我知道他们同是意大利人的时候，是何等地惊服于人文思想的伟大呵！圣地佛罗伦萨，产生了又养育了多少伟美的灵魂！

有这样一些英雄，人生在战场和牢狱之外，却一样作无休止的抗争。他们的力量，仅仅留在纸片上，画布上，留在不可触及的动荡的旋律之中——

矮小的贝多芬，以他旋风击电般的音乐，扼住命运的咽喉。米勒毕生以农民的身份抵抗巴黎精致的画室艺术，决不肯在自己的土地上让出哪怕是木鞋大小的地方。对于上流社会，他有一种宁静的貌视。当人们向他啧啧描述王子命名仪式

贝多芬（Ludwig van Beethoven，1770-1827），出生于德国波恩市，作曲家、维也纳古典乐派代表人物之一，被尊称为"乐圣"。其主要作品有《悲怆》奏鸣曲、《月光》奏鸣曲、《命运交响曲》（即第五交响曲）、《合唱交响曲》（即第九交响曲）等。

陀思妥耶夫斯基（Fyodor Mikhailovich Dostoevsky，1821-1881），俄国作家。1849年因参加革命团体，被判死刑，后改流放西伯利亚。归来后著有《卡拉马佐夫兄弟》《罪与罚》《白痴》等，对西方文学影响很大。

卡夫卡（Franz Kafka，1883-1924），奥地利作家。生于布拉格犹太中产阶级家庭，死于肺病。长篇小说有《城堡》《审判》，短篇小说有《变形记》《在流放地》、《地洞》等。他的小说，对于现代社会的异化的恐怖，有着极其深刻的描述。

的壮观场面时，他感叹道："可怜的小王子！"然而，他笔下出现的农民，一个个是圣徒般的完美。在铜黄色所铺设的同样的宁静安详底下，分明隐藏着别一种情愫，一种难言的心的悸动……

深邃的灵魂比峡谷还深。多少人读陀思妥耶夫斯基，望不见他那黑暗的底部，然而却又同时感受到从谷底升腾起来的温暖的雾气。他真诚。真诚是艺术的灵魂。卡夫卡只是因为真诚而变得极度虚怯，所有纷纭怪诞的梦，其实是缘于一种单纯。他是一棵孤独的树。西方有许多这样孤独的树。自我眷注使他们彼此远离，唯荒原的风，吹来复吹去，逐个地抚慰他们，成为他们共同的艰难的呼吸。

我喜欢忧郁的人，一如喜欢孤独者。孤独者只身应对来自庞大的实体或虚无的挑战，所以是勇敢的。忧郁却是无奈。"思君令人老，岁月忽已晚"是情思的无奈，"不知江月待何人，但见长江送流水"是哲思的无奈。李商隐守护烛火，陆游骑驴远游，龚定庵把箫而呜呜吹，都是一种无奈。忧郁是感伤的姐妹。哈代、赫塞、契诃夫和蒲宁，一生都在诉说忧郁。哈代在上流社会中隐瞒了乡下人的身份，但是我知道，虚伪不是他的灵魂所固有的。谎言是环境的产儿。他早已赤身裸体地站在自己的字行里了。我看得见，他的灵魂不在"麦克斯门"，——瞧他怎样深情地凝视德伯家的苔丝吧！

陆沉的神州有一个很西化的女子，一生在刀边奔逐，临死时竟低吟"秋风秋雨愁煞人"。这是天性的柔弱吗？新大陆有一个很东方的女子，任流年似水，把青春、诗、无望的爱全关闭在一个连一朵栀子花也没有的小房间里——"与自己胸中悲哀的骑兵搏斗"——可是一种坚强？或许，坚强是人所应生成的，而柔弱是有待改变的，但谁又能说无期的忍受不是坚强呢？……

美丽的是灵魂，不是风景。

"任何桌子对我们每一个人来说都可以是一片风景，跟整个安第斯山脉一样……"谈到绘画时，杜步飞这么说过。桌子展现的风景，究其实，乃是灵魂的辉光。

我爱看灵魂。在风景那里，我纯然是一个陌生客，始终无法变做其中的一株树、一只鸟，跟随它们一起摇曳鸣唱；而一旦与灵魂相通，便当即为它所缠裹，无从回避那人性的无言的呼喊与倾诉。风景使人在静止和优雅中瘫痪、隐遁和沉迷，唯灵魂使人奋起，逼进，正直地站立着。多年以来，我默默注视东方的一具大灵魂，呐喊着且彷徨着的大灵魂，以致几乎忘却外面的世界和自身的存有——那是何等奇异的灵魂呵！灵魂的感通给人温热，给人濡润，使人在孤独和荒凉中无畏地茁长。大约也是因为这样的缘故，卡莱尔才讲说他的英雄，罗兰才写他的巨人传罢？然而，大群的被称为"卑贱者"的灵魂，草野间的灵魂，痛苦而喑哑的灵魂，却以一代又一代顽强地保持着的高贵、完好的内质，叫我感动得流泪！……

秋瑾（1877—1907），字璿卿，号竞雄，别号鉴湖女侠，祖籍浙江山阴（今绍兴）。1904年留学日本，积极参加革命活动；归国后创办《中国女报》，提倡女权，宣传革命。与徐锡麟密谋起义，事发遇害。著有《秋瑾集》。

乞乞科夫及其同行收买的是死魂灵，不是灵魂。

虚伪的人没有灵魂。

1990年8月

火，一个殉道者

火，剽悍而神秘。

世界上许多民族，早在几千年前的孩提时代，便把火当成它们的崇拜的图腾。热爱可以产生崇拜，但恐怖，也未尝不可以产生崇拜的。关于火的神话和传说，总是美丽得令人伤心，而历史则始终是那么严峻。普罗米修斯，所以终年以血肉饲高加索的鹰鹫，就因为盗取了"天火"的缘故。可是，先知不知道：火，带给人类的竟会是毁灭性的打击。打击面大的，有古来的战争，即所谓"兵燹"；小则可以成为一种对付思想者的酷刑！

意大利著名的哲学家、诗人和战士布鲁诺，就是葬身于火的。古人渺矣。至今挑灯读斯人传，触指犹能感觉纸间逼人的灼热来——火呵火呵。

中世纪，在通史的卷帙里不过占薄薄的几十页，实际上却绵亘了数百年。这期间，一切科学、哲学、艺术，都成了神学的婢女，整个社会弥漫着一种森凉的可怕的气氛。作为时代的象征物，宗教法庭出现了。这头专事搏噬"异端思想"的巨兽，其活动开始由地方教会进行，尔后便设立了中央集权的教皇异端裁判所。在欧洲，到处布置着眼睛、暗探和伪造者。他们的生存方式，唯靠告发那些据说是抨击教会或对教义持有怀疑态度的人们。只要一旦成为嫌疑犯，就得接受各种酷刑，直至终身监禁或烧死。后来的宗教改革家迫害异己，一律用的火与剑。他们努力铲除思想不同的人，手段的残酷丝毫不逊于他们的祖宗和兄弟，正统的教廷分子。西班牙学者塞尔维特，就是被新教徒的领袖加尔文亲自下令烧死的。

布鲁诺重复了塞尔维特的结局。对于他，本来是有许多可以脱逃的机会的，但都被他一一抛弃了！我不知道昆虫学家怎样解释飞蛾赴火的现象，可惊异的是，在生物界，不同的生命实体，竟至于追求同一种热烈的死亡！

布鲁诺的道路不是开始时就布满了荆棘。这个诺拉人，18岁就被授予修士的神品，以后逐步升为副助祭、助祭，直至神父的职务。不幸的是迷上了思考。自从在教义里，在传统哲学权威亚里士多德的本本里发现了越来越多的漏洞，他变得躁动起来了。地球是世界的中心么？太阳呢？一个太阳还是千万个太阳？……从怀疑的头一天起，他就理所当然地被置于教会和世俗的对立位置上。可怕的悬崖。要不要勒紧缰绳？还是策马前往？披着神学家

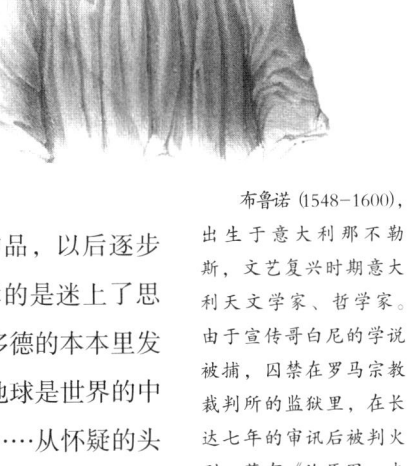

布鲁诺（1548—1600），出生于意大利那不勒斯，文艺复兴时期意大利天文学家、哲学家。由于宣传哥白尼的学说被捕，囚禁在罗马宗教裁判所的监狱里，在长达七年的审讯后被判火刑。著有《论原因、本原和太一》《论无限、宇宙和诸世界》等。

的外衣，内心却是皈依真理的英雄激情者——难道这是可能的么？当他决意接过哥白尼的天体学说，去摧毁教士和庸俗哲学家制造的贫乏的天穹时，便立即成了追捕的对象。他逃跑了。

西谚说："条条道路通罗马。"具有讽刺意味的是，诺拉人前往罗马的道路并不通畅。危机四伏。他不得不做了一件新僧服披上，以期获得一种安全感。他辗转到过许多地方：日内瓦、巴黎、伦敦、布拉格、威尼斯……只要决心放弃危险的思想，他不是不可以选择某个驿站作为一生永久的居所的。由于博学，他曾不只一次被聘为教授。倘使甘于充当神学教义的一名诠释者，谁敢保证他不能成为奥古斯丁的光荣后代呢？可怕的是自我放逐。这个逃亡的修士，流浪的哲学家，不安分的自由思想者，竟公然宣布自己是不属于任何一所学院的"独立院士"！在大学讲坛上，他一刻也不忘记自己的使命，继续抨击权威的偏见。他太爱议论了。面对大群的博士方帽，竟也那么咄咄逼人，一点不肯退让；甚至在书籍审查官的眼皮底下，不断出版自己的叛逆性著作！背教者是没有出路的。锒铛入狱，自然不是什么意外的事情。

面前只有一条道路通往遥远的自由。布鲁诺知道，那就是悔罪！在宗教裁判所推事们的面前表示顺从！但是，他没有做到。是的，为了逃出牢笼，他不得不坚持明显的谎话；而只要回到狱中，就绝不会像其他犯人一样，对墙上的圣像下跪，祈祷，唱赞美诗，顶礼膜拜。80个月以后，宗教裁判所把重点放在被告的言论和著作上面，从中选择几条肯定无疑的异端论点，定为"八条异端论点"，要他承认，并且表示放弃的决心。否则，将作为"顽抗到底"的异端犯在火刑架上烧死。

布鲁诺的答复将决定他的命运。幸好他承认了。

呵,你不是说过,英勇地死于某个时代,结果却是不死于一切时代么?那么,你为什么要逃避死亡呢?你曾经把你的时代说成是"变节者的时代",背叛自己难道不是背叛?放弃你所追求,你所创造,你为之生活为之奋斗的东西,难道不是变节?比起那些为了一根肉骨头而愿意出卖一切的可怜的瞎子,你这个变节者是否更坏?……

布鲁诺要求重新给他拿来文具、削笔刀和眼镜。接着,教皇收到了他的一份声明:拒绝承认一切错误!噢,经过多年的磨难,这囚犯居然还有力量反抗!

最后40天!宗教裁判所相当宽容,给了布鲁诺40天时间,让他再三考虑面临的下场。40天!还有40天!只有40天!然而,一切说服工作都无济于事,最后一次机会仍然被他放弃了!

1600年2月,布鲁诺被正式宣布处以火刑,其一切作品当众焚毁并列入禁书目录。他没有屈服。他站了起来。他朝向审判他的人,神情决绝而严峻地高声说道:

"你们向我宣布判决比我听宣判更感到恐惧!"

布鲁诺。八年的囚禁日子结束了。所有属于他的日子都结束了。天亮之前,他被换上了异端犯的囚衣。一把特制的铁钳夹住舌头。除了脑袋,舌头自然是人体最重要的部件了。然后是火。火。火。鲜花广场没有鲜花,只有火。铁链。火刑架。一根杆子把耶稣像从远处伸了过来。眼睛闪闪若有雷电。他伸直颈项,立即转过脸去!事实证明,宗教裁判所的裁判无误:布鲁诺,确乎是神的最顽固的敌人。

在中世纪,拿一个人的力量去对抗一个制度化了的庞大的宗教体系,肯定是绝望的。那么,布鲁诺的希望在哪儿?

未来？迢遥的未来与一名死囚有什么关系？也许，希望和绝望对他来说是没有意义的，他所以敢于蔑视熊熊的火刑柱，仅仅是出于内心的使命，内在的激情，对于思想的迷恋。希腊罗马神话中的猎人阿克特翁，因为窥见了月亮和狩猎女神狄安娜，结果遭到女神的报复，在追逐中最后变做了一头鹿。戏剧性在于：猎人反而成了猎物，被自己的猎狗撕成碎块！在这里，真理是狄安娜，被撕成碎块的猎人是布鲁诺。为了一种刻骨铭心的追求，结果做出了最彻底的牺牲。追求是执著的，持久的，残酷的，所以是崇高的。最美好的词汇都被诗人用来歌颂坚贞的爱情，我们将用什么语言去歌颂这种比爱情更为崇高的情操呢？

马克思把偷窃"天火"的普罗米修斯称作"哲学历书上最高尚的圣者和殉道者"。死于火刑架的布鲁诺，不也是这样一个圣者和殉道者么？他一样不愿意成为"上帝的忠顺奴仆"，却以最深沉的苦难和最坦荡的牺牲，完成了自己的人格。

关于宇宙天体的多元、无限，运动的学说，在今天，已经成为小学生的常识。那么，布鲁诺当时是否值得付出高昂的代价呢？他是不是过于严肃了一点？不过，倘使从来未曾出现过布鲁诺一样的"太阳的儿子，宇宙的公民"，我们是不是仍然得躲向僧侣的袍角，猜有关世界的哑谜呢？全书的结束语道："人类是经过火刑架飞向宇宙的。"难道这就是我们通常说的所谓历史么？

而今，于数百年之外回望中世纪，无论专制、苦难与抗争，毕竟都如古成语说的"隔岸观火"，可堪鉴赏。把笔之顷，夜凉如水，呷一口清清冽冽的茉莉茶，听一段咿咿呀呀的时代曲，此等情调，去布鲁诺则远矣！

左拉和左拉们

1894年，法国陆军上尉、犹太人德雷福斯被法国军事法庭以泄密罪判处终身流放。1896年，有关情报机关查出一名德国间谍与此案有涉，得出德雷福斯无罪的结论。但是，战争部及军事法庭不但无意纠错，而且极力掩盖事实真相，调离该情报机关负责人，公然判处真正泄密的德国间谍无罪。为此，著名作家左拉挺身而出，接连发表《告青年书》、《告法国书》，直至致总统的公开信，即有名的《我控诉》，由此引发整个法国争取社会公正的运动。军方以"诬陷罪"起诉左拉，接着判一年徒刑和3000法郎的罚金。左拉被迫流亡英国，一年后返回法国，继续与军方斗争。直到1906年，即左拉逝世4年后，蒙冤长达12年的德雷福斯才获正式昭雪。

这就是历史上有名的德雷福斯事件。

左拉（Emile Zola，1840-1902），法国作家。生于工程师家庭，当过职员。早期作品受浪漫主义影响，后信奉孔德的实证主义哲学。第二帝国的崩溃和巴黎公社起义促使他关注社会问题，他的小说也因此倾向于自然主义。1871—1893年间，写出由20部长篇小说构成的《卢贡—马卡尔家族》，其中重要的有《小酒店》《娜娜》《萌芽》《崩溃》等。德雷福斯案发生后，于1898年发表《我控诉》一文，抨击反动当局，为此被判处徒刑，后逃亡英国。

左拉受到法国乃至全世界的赞誉是理所当然的。因为他是如此不遗余力地为一个与自己毫无瓜葛、同整个军队和国家相比实在微不足道的人说话，维护他的权利、名誉与尊严；因为他敢于以一己的力量向一个拥有强大威权的阴谋集团挑战，而正是这个集团，利用现存的制度，纠集形形色色的邪恶势力，极力扼杀共和主义、社会正义和自由理想；还因为他不惜以抛弃已有的荣誉和安逸的生活为代价，不怕走上法庭，不怕围攻，不怕监禁和流放，而把这场势力悬殊的壮举坚持到最后一息。为维护法兰西精神而反对法兰西，这是不同寻常的。马克·吐温写道："一些教会和军事法庭多由懦夫、伪君子和趋炎附势之徒所组成；这样的人一年之中就可以造出一百万个，而造就出一个贞德或者一个左拉，却需要五百年！"如果目睹了人类生命质量的差异之大，应当承认，这些话也不算什么溢美之辞。

但是，在左拉周围，有一个富于理性、知识、良知和勇气的知识者群体——和左拉战斗在一起的"左拉们"，这是不容忽略的。正是因为有了卢梭和整个启蒙运动的思想滋养，有了法国大革命所培育的"自由、平等、博爱"的民族精神，才有了这样一个团结的坚强的精神实体。没有这个实体，未必能够产生这样一个勇敢而坚定的左拉；没有这个实体，左拉的单枪匹马的战斗将会因严重受阻而中断。唯其有了这个实体，在社会正义受到威胁的时候，就一定能从中产生一个左拉，或不叫左拉的左拉。

事实上也是如此。在法国作家拉努的传记著作《左拉》中，有叙述说：事情开始时，埋头创作的左拉还处在犹豫不决的状态，他是被"德雷福斯派"的人物推举出来的，尤其重要的是，他是被一群记者、律师、历史学家说服的。周围的一群人物是如此优秀，他们完全因为一个犹太人的冤案而被吸引、凝聚到了一起。难得的是，其中如作家法朗士、报人克列孟梭，都是与左拉不同类型的人物，在有关专业或别的意见上并不一致，甚至相反；然而仅仅凭着"正义感"这东西，他们就走到一起来了。他们把左拉的斗争当成自己的斗争，在斗争中表现出强烈的"团队精神"。像克列孟梭，他改组《震旦报》，倾全力支持左拉；左拉的檄文《我控诉》的题目，也是经他建议加上去的。他们陪左拉出庭，在左拉离开法国后仍然坚持由他开始的斗争；在正义因左拉蒙罪而使全国沮丧，法兰西的精神财富面临沉沦的危险之时，他们便成了号角和旗帜，引导公民社会上升的头脑和力量。直到左拉死后，正是他们，将左拉未竟的事业进行到底。没有他们的集体斗争，德雷福斯事件的结局很难设想，至少昭雪的时间要大大推迟。

　　一个国家，一个社会，有没有一个知识分子群体的存在是很不一样的。从苏格拉底到布鲁诺和伽利略，甚至伏尔泰和雨果，他们所以受死、受罪，始终孤立无援，都因为缺乏这样一个集体的缘故。他们被分切为若干个体，只能单独向社会发言，以致在同类中间也得不到回应。

　　法国当代知名作家雷威认为，在法国，只有从德雷福斯事件开始，知识分子才有了一个相当大的数目；也就是说，此时不是只有一个左拉，而是有了一个"左拉们"。"我们是知识分子！知识分子的党！在这喊声中有种挑战，有种逼人的傲慢……"雷威在一本题为《自由的冒险历程》的书中这样写道："这是一种方式，非常大胆的方式，将一个近乎侮辱性的称号作为一面旗帜来舞。"回顾这次行动,以及由克列孟梭起草的《知识分子宣言》,在讨论"知识分子"命名时,他是把知识分子的多少作为其中的一个重要部分,也即作为一项标准来看待的。他写道:"成百上千的诗人、画家、教授,他们认为放下手中的钢笔或画笔来参与评论国家的事务是他们分内的责任,与此同时他们修正了'知识分子'这个词的含义。甚至于那些反对者们,那些辱骂德雷福斯的人以及那些国家利益的支持者们,也随着时代的激流,不再沉默或赌气,不再掩藏他们的恼怒和信仰,面对挑衅者,不再坚持学院式的静默和泰然处之的传统,他们也使用同样的词语,同样的参与手段,并且也组成了各种各样的同盟和协会。是一种模仿?是一种狂热?可以这样说吧。但也可以这样记录下来:在思想的舞台上,出现了一种新型人物——如同教士、抄写员、诡辩家、博学家标志出其他时代一样,也是新鲜而有特定性的。"这新鲜而有特定性的一群,就是现代知识分子。他的意思是说,真正意义上的知识分子,只有到了现代才有可能出现。

的确,知识分子与现代民主社会是互生的,互动的。倒过来说,没有产生一个像样的知识分子群体,这样的社会只能称作前现代社会,时间的推移并不能为它带来实质性的变化,不过徒增一点新世纪的油彩而已。

囚 鹰

在精神刚强的勇士们的歌曲里，你将是生动的模范，是追求自由、光明的号召！"

——〔苏联〕高尔基：《鹰之歌》

鹰是可骄傲的。它栖止于地面，又高出地面，在土拨鼠梦想不到的地方自由地飞翔，任何洞穴都不可能限制它的意志。深邃的眼睛，铁样的硬喙，矫健的双翼，都一样慑人心魄；远远地，只要瞥见了它的影子，就会立刻让你感到勇敢和坚定。由于鹰，我不只一次地窃笑那些讽刺艺术家，他们可以把神圣的上帝漫画化，却无法绘制出一匹懦弱的鹰，猥琐的鹰。

然而，如果一旦停止了飞翔，鹰还是鹰么？

普希金有一首诗，写的就是在束缚中长成的鹰。精神是禁闭不住的。即使翅膀失却了原来的意义，而心灵仍然向往飞翔，谁能说它不是鹰呢？

夜读《葛兰西传》，我所面对的，无疑是一匹囚鹰。这位意大利共产党的创建人,一生忠诚于他的主义的信仰,却不安于教条式的啄饮。他不断向前探索和拓展着人类解放的道路。只要前进着就不可能没有失误,但是对于他,我们同样用得上列宁称赞卢森堡的那句话:"鹰有时比鸡还飞得低,但鸡永远不能飞得像鹰那样高。"

葛兰西,在这个世界上只活了46个年头,最后四分之一的岁月是在岩石和水泥镶嵌的天空底下度过的。其实,我们又何须回顾他那英勇搏击的前半生?对一个人来说,如果死可以更好地显示生的意义,那么禁锢和限制则更能体现内在的活力。本来,葛兰西是可以免受囹圄之苦的。只要他愿意接受同志们的建议,完全可以到国外去。可是,谁叫意大利的母亲哭泣呢?

由于世界性的声援,墨索里尼独裁政府不敢立即杀害葛兰西,只好使用慢慢折磨的办法置他于死地。他们的方针是:"我们要让这个头脑20年不能工作。"

而葛兰西,早就下定决心以强硬的意志,去折磨法西斯的铁窗和镣铐了。他写道:"说到底,在某种程度上是我自己要求被关押和判刑的,因为我从来不想改变我的观点。我已准备为我的观点贡献生命,而不仅仅是坐牢。因此我只能感到平静,并对自己感到满意。"

斗争以独特的方式重新开始了。

几乎从入狱的时候起,葛兰西就极力争取一种"特权"。但是,他所需要的不是优厚的薪金、别墅、小轿车,或随意支配别人的权利。在这儿,面包、水和空气都成了有限度的给予。他是名副其实的无产者。他需要享有的唯一特权就是"写作自由":有写作所需要的纸张和书籍。这个知识分子出身的革命家从来未曾轻视过文化知识，相反认为，"任何革命都要以紧张的文化渗透和批判工作为前奏"。他把政治犯组织成一个"文化学校"，自己既当教员，又当学生。晚上，当大家用扑克打发多余的时光时，他却继续读书和写作，不息地开发足以使他的内心生活完全倾注于其中的庞大的思想计划。

每天，他都如此工作达几个小时，写作时从来不坐下，但没有西方一些站着写作，即所谓"自动写作"的作家那般的悠闲自若。每当来回踱步间完美了一个思想，他就走到桌旁，站着写到纸片上。由于没有足够的文件和书籍，由于记忆、想象和逻辑推进成了文字的重要来源，由于随时可能的刑讯、迁徙和死神的降临，他只能以备忘录的形式把思考的结果记录下来。思考，工作！思考，工作！这就是他生活的全部！

安东尼奥·葛兰西（Gramsci Antonio,1891－1937），意大利政治哲学家。早年同意大利社会党建立联系，为社会党党报《人民之声》及社会党机关报《前进报》的撰稿人，1921年组建共产党，并成为重要的领袖，1926年在罗马被捕。著有《狱中札记》等。

他在极端恶劣的环境中把握自己，为了一个崇高的目标，始终以饱满的热情和坚定的意志，进行着他的自觉的活动。阴暗而潮湿的单人囚室，丝毫也不可能使他绝望，或陷于任何其他悲剧式的境地。他简直不需要外部力量的支持就能顽强地活下去。他牢牢地抓住现实又超越了现实。他是伟大的。不可思议的是，如此健旺的生命力，却是寄存在一个矮小而孱弱的躯体里；这躯体从小就有生理缺陷，胸部畸形。我们常常喜欢谈论男子汉，谈论男子汉所应具有的标准身高，以及其他构成所谓风度的条件。而所有这些，葛兰西都几乎并不具备。十多种疾病包围他，袭击他，蚕食他：致命的肺病和肝炎、尿毒性的皮肤崩裂症、动脉硬化、偏头痛、牙周炎……由于同疾病苦斗，有时候，他每个晚上只能睡两个多小时，有时甚至只有三刻多钟！当然，他不可能配备私人医生，或者进高级疗养院。牢狱里的医生都是可恨的狼和狐狸。然而，他越是发现身体的虚弱，就越是紧张地集中他的意志和力量投入庄严的工作！

折磨并非完全来自刑罚和疾病。对葛兰西来说，最难忍受的恐怕莫过于同志的误解和亲人的隔阂了。有难友甚至说他不再是共产党人，而是机会分子，因而主张把他摒弃在集体和放风的院子之外。至于亲人，尤其是妻子，来信的情况很不正常，这不能不使他的心里充满忧伤。他写道："我没有预料到的是在这种监狱之外又增加了另一种监狱，即我不仅被隔绝在社会生活之外，而且还被隔绝在家庭生活之外。我可以预料我与之战争的敌人可能给我的打击，但我却不能预料来自我不可能怀疑的其他方面的打击。"

一天他那深邃有力的眼睛终于阖上了。由于脑溢血，他的双手，那被链子束缚的翅膀，再也无法作奋力的挣扎。他是永远永远失去日夜向往的天空了……

作为一个领袖人物的葬礼，根本说不上隆重，简直是凄清。那天，暴雨如绳，送葬的只有两个亲人而已。

身后，他给世间留下两部著作：《狱中书简》和《狱中札记》。后者总计32册，2848页，合打字纸4000页。它所系统涉及的范畴有：政治学、哲学、历史学、民族学、比较语言学、文学，等等。其中对于个别学科的研究相当详尽，在最微末的细节间，也无不闪烁着深刻的思想光辉。一个人的头脑覆盖了大半个宇宙！一个人的双手完成了一个集体的工作！葛兰西，他的人格和思想，依然活在国际共运和人类的一切进步活动之中；他的遗产，成了人类精神文化的最可珍贵的财富之一。

记得狄德罗有一句很著名的话，他说：一个需要英雄的民族是可悲的民族。我想，一个民族可以没有如狄德罗所指的那类"英雄"，但是英雄主义精神是绝对不可缺少的。作为第一代共产党人，葛兰西真可崇敬，就像斯巴达克斯这样有史以来的最优秀的人物一样，他们都具备着一种英雄主义的精神和气质，鹰一样的精神和气质。没有这种精神气质的载举，历史的车轮便不能推动，人类只能永远在愚昧和黑暗中徘徊……

鹰的名字是同飞翔联系在一起的。不同于檐下的麻雀，不用谋求安全的庇护，它的胸怀只有无遮的大旷野可以衬托；没有鸠鸟的占有欲，创造才是它的渴望，因此栖止的地方就不仅仅是悬崖边的一块平整的石场。它不懂退避，不懂安歇，它的哲学只能是勇敢的进取。在乌云翻滚的时刻，即使所有的鸟雀都已归巢，天空仍然鸣响着它的双翼：翼下是风暴，翼上是晴空。

而晴空，永远是我们所期待的。

向晚的玫瑰云

多少少年心事,都被纷纭的世事湮没无痕。但有一个夜晚是记得清楚的:我伏在床沿的木箱子上,凝望户外的一方水井般深邃的星空,没有丝毫睡意。那是何等热情善感的年龄呵,我竟被书中的一个意象深深感动了——

在一色灰蒙蒙的天空中,东方涌现出一块巨大的、美丽得人间少有的玫瑰色的云彩,它摆脱一切,独自浮现在天际,看起来像是一个微笑,像是来自陌生的远方的一个问候……

看脚注,这段文字出于卢森堡的《狱中书简》。可是,翻遍了图书馆的卡片,哪里找得到原著呵?乡村中学的图书馆就像夏天的地窖一般匮乏。卢森堡的名字是知道的,历史教科书里说她是德国共产党的著名领袖，李卜克内西的同志和战友，最后英勇牺牲于敌人的屠刀之下。仅此而已。在社会起了动乱，红海洋喧嚣过一阵以后，我曾买到一本关于卢森堡的小册子。虽然那里面介绍的都是清一色的血与火的故事，而在内心深处，究竟唤起了对女主人公的敬仰。她有信仰，这信仰不是属于一个人而是千千万万的人的，不是那种"做戏的虚无党"。后来，我把它送给了念小学的女儿，那本意，自然是冀望她能从中薰沐英雄的女性之光。

罗莎·卢森堡（Rosa Luxemburg, 1871-1919），国际共运史上著名女革命家和理论家。波兰人，后流亡瑞士，迁居柏林并取得德国国籍，参加德国社会民主党的工作。多次被捕。一战爆发后，先后组建斯巴达克同盟和德国共产党，在斗争中被捕牺牲。著有《资本积累论》《社会民主党的危机》《论俄国革命》等。

20年后，在广州的一家古旧书店里，我终于以两根冰棍的价钱买到了《狱中书简》，一本70来页的薄薄的小书。读完这本小书，我才发现：没有了玫瑰云，卢森堡是不完整的。

书简共22封，收信人都是李卜克内西夫人一个人，但它所通往的世界却是异常宽广。这是与人类社会相对应的又一个色彩纷呈的世界：黄醋栗树、黑桦树、白杨树、樱桃树、紫罗兰、蒲公英、蝴蝶梅、土蜂、青雀、金翅雀、鸫鸟、夜莺……揭开扉页，便恍如置身于大旷野中。每一片叶子，每一支羽翎，不是跳跃着耀眼的阳光，就是饱含着脉脉的星芒。所有生命，都被赋予了蓬勃的春天的气息。春天是人生唯一不会厌倦的东西。

卢森堡，她是那般地热爱生命，严格点说，是热爱卑微的生命。她乐于观察和倾听动植物的动态和声音，甚至石头，甚至沙子。每次听到青山雀的顽童嬉笑般的啼声，她总忍不住发笑，并且模仿那声音来回答它。当半死的孔雀蝶再也不能翔舞，她对它大声说话，饲以盛放的鲜花。在信中，她详尽地谈说候鸟集体南徙的情况，如同报道重大的国际新闻；甚至如同听一首悦耳的短歌一般，聆听狱卒走过潮湿的沙砾地所发出的低微的声响。她那么恳切地请求朋友，为她到植物园去一趟，然后把看到的景象告诉她。她说，这是她的一桩心事，是除了坎布莱战役的结果以外地球上最重要的事情。她的心，同生物自然界那么息息相关。她说过，她懂得鸟兽鸣叫中各种最细微的差别，常常从鸟鸣中了解它所包涵的鸟儿的全部简短的历史，乃至百鸟喧鸣之后的普遍的沉默也能深刻地领会。听到一声情意绵绵的鸟叫，她会深受感动，如同接受朋友的甜蜜的慰安；而当一连几天听不到鸟声，就又会感到莫名的惊悸……

高中时代的罗莎·卢森堡。

维持人类生态环境的平衡，是当代重大的社会问题之一。那时，卢森堡在一个与世隔绝的环境中，竟也从小动物的身上找到了与人类命运相关联的同一主题。她读到论及德国鸣禽因科技的发达而渐次被消灭时，感到悲痛无比，因为她由此想到了北美洲红色人种一步一步被有文化的人从本土排挤出去而悲惨地默默沦亡的事实。信里有好几处写及她营救小动物的经过。有一次，她看到驾车的水牛被鞭打的情景，不禁流下了眼泪。"卸货的时候，这些动物一动不动地站在那里，已经筋疲力尽了，其中那只淌血的，茫然朝前望着，它乌黑的嘴脸和柔顺的黑眼睛里流露出的一副神情就好像是一个眼泪汪汪的孩子一样……"她写道，"我站在它前面，那牲口望着我，我的眼泪不觉簌簌地落下来——这也是它的眼泪呵，就是一个人为他最亲爱的兄弟而悲痛，也不会比我无能为力地目睹这种默默的受难更为痛心了。那罗马尼亚的广阔肥美的绿色草原已经失落在远方，再也回不去了……"如果说，卢森堡在书中也曾表现过一个人的悲哀的话，那么，最大的悲哀莫过于连自己也处于可怜的受难者的地位：完全失掉了反抗的自由。

《狱中书简》是一首人道主义的赞美诗。每一页都是那么温暖、柔和、芳渥如同母性的手掌，女儿的心。如果拒绝人性，没有爱与同情，是根本不可能成为一个革命者的。自然，仅止于同情，只是古典人道主义者的品格。卢森堡是现代革命的前驱者，她知道爱的代价。同情，既然基于强权者和弱小者二元对立这样一个社会现实之上，那么它就必须化为对抗强暴和邪恶的力量。正因为如此，温柔、文静的女性卢森堡，才被称作"嗜血的罗莎"。在她这里，铁腕和拳头的使用是不得已的。然而，一些号称最最"革命"的人物，却把手段当成了目的，于是他们的哲学只剩下一道公式：为斗争而斗争。作为《狱中书简》的东方读者，由于目睹和亲历过大大小小的运动，或不叫运动的运动，尝试过一点"残酷斗争，无情打击"的况味，所以我能够理解作者如下的一段话，理解她何以在每一个黄昏，都那么急切地寻找黑牢以外的那一片玫瑰云。

> 我有时候有这种感觉，我不是一个真正的人，而是一只什么鸟、什么兽，只不过赋有人的形状罢了；当我置身于像此地的这样一个花园里，或者在田野里与土蜂、蓬草为伍，我内心倒感觉比在党代表大会上

更自在些。对你我可以把这些话都说出来:你不会认为这是对社会主义的背叛吧。你知道,我仍然希望将来能死在战斗岗位上,在巷战中或者监狱里死去。可是,在心灵深处,我对我的山雀要比对那些"同志们"更亲近些。

卢森堡,不就是一片向晚的玫瑰云吗?

云可以撞击而进电火,可以敛聚而降霖雨。水与火都生于云。云,是终极状态也是原初状态。向晚,倘有一片云,那是何等地发人遐思,何况作玫瑰色!当四周灰蒙蒙,白天已经远去,一切都无望地陷于黑暗的包围之中,唯这时候它才燃烧!它红着,热烈地红着,温柔地红着。它迅即消逝的存在,根本无法接续眼前的黑夜和另一个白天,但是,它坚持红着,甚至红到最后也不期待发现!……

如果说,解放全人类体现着一种广义的人道主义,那么,卢森堡的整个革命思想是与人道主义密不可分的。她在牺牲前所著的另一个关于俄国革命的小册子,有过这样一段论述:"问题在于列宁和托洛茨基找到的药方,也即取消民主的药方,比他们要医治的疾病还要糟糕,因为它在事实上堵死了可用以纠正社会制度中先天性弱点的生命之泉,即有最广大群众参加的生动活泼、自由热情的政治生活……当他们企图强作欢颜,企图在理论上巩固那种在很不幸的条件下迫使他们采取的策略,把它作为值得仿效的社会主义策略模式向国际无产阶级推荐时起就开始出现危险了。"她对列宁和列宁的事业的估计,在我们看来,不能不说是错误的。然而,在这错误背后,却潜藏着十分深厚的革命人道主义的内容。由此,我不禁想,世间的错误应当分为两种:一种是

"可怕的错误",一种是"美丽的错误"。卢森堡的错误自然是后一种。

红色,为什么一定意味着血与火呢?它也是玫瑰的颜色。红色本是丰富的。有血,有火,就应当有玫瑰云。

我读《狱中书简》,就读的这一片玫瑰云。每次读云,它都不曾褪减最初的颜色,且愈来愈显示出璀璨的光辉。此刻,我知道一个令我追念的意象,何以几十年后仍然使我一次又一次地感动无已了!向晚的玫瑰云,最后的云,它孤独,然而超绝。像是一个微笑也像是一个问候,既是一种哲理也是一种情思,它使人生最美好的意义得以象征性地呈现,由是永远令人神往……

"仅仅这样一朵玫瑰色的云彩就能够使我心旷神怡,就能够弥补一切的损失。"书中,卢森堡这么说。

白云苍狗。当许许多多事在眼前幻变着经过,我心里也不禁说道:"是的,有一朵玫瑰云也就够了!"

1989年元旦,于鸽堡

穿过黑暗的那一道幽光

> 有些人的一生是堪作榜样的,有些人不;在堪作榜样的人之中总有一些会邀请我们去模仿他们,另一些则使我们保持一定距离来看待他们,并且包含某种厌恶、怜悯和尊敬。粗略地讲,这就是英雄与圣徒之间的区别。
>
> ——〔美〕苏姗·桑塔格:《西蒙娜·薇依》

1

宛如一道光束,投向黑暗深处,使周围的人类现形。这是一道幽光,因苍白而显得强烈。

自从有了酋长及各式权威的时候起,人类便在另一种意义上被创造了出来,并根据一个被确定的目标不断地加以改造。结果,离自然人愈来愈远。所谓自然人,那是人类的童年,单纯,幼稚,却保持了生物学意义的自由,最起码的自由。中世纪把对自由的剥夺制度化了。你以为巴别塔真的建造不了吗？一个信仰，一个意志，一个中心，众声嘈杂最后演绎为一种话语，这样的社会秩序不是巴别塔是什么呢？历史教科书肯定夸大了18世纪法国启蒙思想家的功绩，他们虽然给神学以沉重的打击，把社会从迷妄中拖曳出来，却并没有解除对个体的精神禁锢。显然，巴别塔比巴士底狱更难摧毁。发端于意大利文艺复兴运动的人性解放的洪流刚刚涌动起来，到了启蒙时代，便为理性的闸门所节制，个人的本能、欲望、各种活跃的情绪，只好在漩涡中悄然沉没。进一步，退两步。从整体主义回到整体主义。那时，几乎只有卢梭一人向自然人的方向逃跑。即便是这样一个反思——不同于笛卡儿式的思——的人物，你可以看到，他的背后仍然夹着一条理性主义的小尾巴。及至20世纪，政党迅速成熟，意识形态急遽膨胀，无论是物质的人或是精神的人，都被高度组织化了。组织是不容玷污的，清洗异类当然要比宗教裁判所更具规模，也更为严厉。谁不知道古拉格和奥斯维辛呢？

西蒙娜·薇依（Simone Weil，1909-1943），法国思想家。生于巴黎，1931年获中学教师学衔。1931-1937年，先后在多个地方的中学任教。1934-1935年在工厂做工；1941年在农场务农；1936年在西班牙共和军中短期服役；1924年离开法国前往伦敦加入自由法国力量。1943年8月24日在肯特郡阿什福病逝。著有《扎根》《等待上帝》《工人的状况》《压迫与自由》《历史与政治著作》等。

这时，人意想成为自己已经变得不易，甚至是不可能的事了。不同的社会角色，一致把服从他者当作共同恪守的准则。譬如公民，你看众多雷同的面目，就知道那是一群复制品，模子就是法律；工人是操纵机器的机器，农民是驱赶牲灵的牲灵；政治家和革命家，其实也都是为权力原则所支配的人物。自古而今，角色定位大抵是由权力者和知识者进行的。知识者也是立法者。他们最喜欢标榜"价值中立"，实际上同权力者一直保持着暧昧的关系。总之，人被不同的角色分解了。表面上看来，人们都在根据自己的意愿行事，其实是根据角色所规定的范围行动，甚至将奴性内化为本能，行动者仅在于适合相应角色的定义而已。

不是人产生规范，而是规范产生人。于是，人类的每个分子变得彼此愈来愈相似，没有个人，只有人群。但是，你知道，人性中所有可珍贵的部分都是属于个人的：爱、同情心、自由意识、理想、信仰、尊严感，等等。在一个社会里，当自我成为必要的丧失时，价值世界便完全被颠倒过来了。崇高遭到鄙夷，卑贱变得高贵；同流合污是明智的，特立独行者是愚人；健全的被视为病态，畸形被当作完美。真与假、善与恶的限界消失了，连道德本身也成了可嘲笑的对象。人们习惯于生活在一个没有人的世界里，偶尔顾及历史的进步，还得看大人物的怀表。

人性的黑暗令人沮丧。

社会的进步，毕竟得依靠美好的人性去推动。当你读了保罗·约翰逊的《知识分子》一类阴暗的书时，当会觉得纳闷：最优秀的知识分子尚且如此，人类还有拯救的希望吗？那么，读读薇依！你得相信：光就是光，光同黑暗一样实在，即使十分微弱，仍然暗示了未来变化的某种可能。读读薇依，读读这位圣洁者，你的眼睛想必会因她的照耀而明亮起来！

2

在巴黎，西蒙娜·薇依还做着小姑娘的时候，尖锐的个性和致命的自尊心就显露出来了。因为自觉天资平庸，不如哥哥安德鲁，她居然产生过寻死的念头。所以，你不明白：如此自爱的人，后来怎么会发疯般地爱起别人来，甚至让你觉得她只是因为爱别人而爱自己。——这种转变是怎么发生的？

有关的传记好像缺少了一个中间环节。但是，你可以推测到其中至少的两个原因：其一是女性，在薇依那里则是女儿性和母性。她没有妻性。女儿天生柔弱易感，且倾向于独立；母性博大温厚，是无限的给予。教师品性可以看作是母性的转移。妻性不同，代表的是依附性、封闭性、奴隶性；她终身未婚，在意识深处是否潜在着对妻性的逃避？这是可能的。还有一个原因来自她父亲。那是一位医生，医生的周围都是病人。所以不幸者的痛苦、恐惧、隐忍、期待与死亡，会影子一般地纠缠她。

不过，爱之于薇依是有选择的。你注意到没有，她一生有两个偏好，除了嗜烟之外，就是爱穷人、工人、农民、流浪汉、犯人，爱底层的人，没有文化或智力落后的人，弱势者和不幸者。她说过："爱就是愿意分担不幸的被爱者的痛苦。"她把爱，连同沉重的苦难负担起来，并以此为幸福。这是一种命定的爱。她一生没有离开过他们。

法国大革命创造了"博爱"一词。薇依对弱势者和受压迫者的偏袒与维护，在形式上，明显违背博爱的原则，其实，正是她这种倾心于社会底层的态度，使她成为大革命的最忠实的儿女。她的朋友，教士梯蓬用"抗衡"的概念概括她的政治和社会活动观念：社会在何处失衡，她就在天平的轻的一端加上砝码，随时准备做战胜者营垒中的潜逃者。这样，她就永远地把自己同那些喜欢把诸如"宽容"、"公正"的大词挂在嘴边的机会主义者分开了。

自巴黎高师毕业以后，薇依被派往勒浦伊女中任教。在这个小城里，她，一位年轻出众的学衔获得者尽可以安闲地享用她的荣誉，何况，校园历来是宜于安顿哲学的。可是，工人的贫困很快地吸引了她的全部的注意力。

为了了解褴褛的一群，她可以同清洁工一起呆上整整一个小时，甚至对清洗技术也发生了兴趣。她尽量设法下矿井，挖土豆，干农活，让劳作深入体内，有时上课还穿着沾满泥巴的士兵鞋。从外表看，她是个忧郁的人，但内心是热烈的。她把自己所有的一切都奉献给了穷苦人。平时，她的房间是敞开的，为的是方便失业者前来吃饭。由于她分掉了大部分的薪俸，致使整个冬季，房间就像野地一样冰凉，连生炉子的钱也付不起了。

穷人是一个陷阱。你知道，薇依迟早要掉进去的。事实上，她到勒浦伊不久，就被碎石工场的失业者给拖累了。当然，这种霉头是自找的。她完全可以夹着书包，袖着手，优雅地站在道旁，目送他们穿过米什莱广场，然后消失于市政府。她没有这样做。相反，她不但参加进去，而且充当了他们的谈判代表和辩护律师。结果，工人胜利了，而她这名"假劳动者真政治煽动分子"则遭

西蒙娜·薇依像。

到当局的监视和传媒的诋毁。由于无视当局的警告，她一度被抓进警察局，但是，合法的暴力并未曾阻止她同罢工工人在一起。最后，市长不得不亲自出面，强行把她调离这座城市。

对此，薇依没有任何沮丧的表示。她说："我一直把解职视为我生涯的正常结局。"应当说，她是有准备的。

爱的力量是伟大的。很难想象，薇依一生过着极其清苦

的生活，目的是把薪金省下来分给别人；也很难想象，她那般绷紧般地思考、写作，还坚持从事繁重的体力劳动，直到全身乏力不能动弹为止。如果你没有读到她的笔记和书信，没有读到她的同事亲友的证词，你不会相信。25岁那年，她放弃了工作所能给予她的一切舒适，孤身来到一家公司，在雇佣合同上签字当一名非技术工人。从一开始，就眼痛、头痛、疲乏、受戏弄、挨训斥；想想吧，她需要作出多大的努力，才能使自己坚持下来。即使在这时，她仍然做着关于工厂改革的梦想。然而，劳动毕竟太单调太沉重了，有时，她干着干着不由得哭起来。在这样的环境中，她确信，真正的反抗是不可能的，甚至对处境的意识也会随之丧失；承受就是一切，任何思考都是痛苦的。生命如此黯淡，她仍然在这里呆足了四个月。次年，她又进入一家冶金工厂，然而情形更糟。车间的肮脏令人恶心，她别无选择，只好拼命赶制零件，从每小时400个做到后来的600个。她很快明白，这家工厂同样是"服苦役的工厂"。呆了一个月，她遭到解职。精神同物质一样，其硬度是有一定限度的，在超常的压力下很难避免断裂。失业之后，薇依因为经历了过分的劳作、饥饿、奴役而有过自杀的念头。她差点被一年的工厂生活压垮了。

  关于这段日子，她曾经回忆道："我每日起身怀着不安，我带着恐惧去工厂，就像奴隶一样干活，午间休息是令人痛苦的时光……"在劳动生活中，她最看重的个人尊严感受到损伤，她感到了从来未曾经验过的奴役和屈辱；她发现，现存的社会秩序并不是建立在劳动者的苦难上，而是建立在他们的屈辱上。屈辱比苦难深重。但是，过分严酷的压迫并不会引起反抗，只能造成屈从。屈从是可怕的，那是奴隶的行为。

薇依愈来愈关注精神问题，对于工人的不幸也如此。在薇依看来，工人不是一个天然的集体或阶级，而是作为个人集成的存在，因此，精神在这里就不是一个集体意识问题，而永远带有一种肉体感，一种灵魂的震撼与颤栗。由于工会只是号召工人为改善经济状况而斗争，所以她认为工会是可耻的，不负责任的。为此，她还批评"第一个工农国家"苏联，说："当我想到布尔什维克的重要首脑宣称要创造自由的工人阶级，而他们之中从来无人涉足工厂大门，以致连决定工人受奴役抑或获得自由的现实条件的起码概念也没有——我便觉得政治酷似一种恶作剧的玩笑。"如果不和劳动者在一起，不亲自参加同样的劳动，就无法获得屈辱感。她认为，不懂得屈辱是无法理解自由的；那些号称代表了劳动者利益，并领导他们走向解放的成打的理论、纲领和文件，只能是一种奢谈。

结束工厂生活之后，薇依自觉身心均已碎裂。"耳闻目睹工厂中的不幸，扼杀了我的青年时代。"她总结道。其中，关于工人阶级不仅革命能力，而且纯粹的行动能力也几乎等于零的结论，就是这样不幸体验的产物。更可怕的是，不幸不但来源于老板的奴役，同时来自工人的不信任。她常常遭到他们的冷遇和反对，这对于一个深爱着他们的人来说，还有什么可以值得欣慰的呢？她深信工人仍然处于一种必然性的锁链之下，无由解脱；至于自己，则只能以无尽的精神负担和每日的努力挣扎为代价，一点一点地恢复个人尊严。她承认，她已经并且永远地打下了受奴役的烙印，正如古罗马人用烧红的烙铁在最卑贱的奴隶的额头上打下的烙印一样。

她把自己视同奴隶，如此一直到死。

3

对于知识分子来说，薇依走得太远了！

整个法国知识界忽略她，不谈论她，甚至不知道她的名字；等到热衷于讨论她的时候，她已经死去多年了。他们给她加戴许多光环，可是不知道这些光环只配镀亮供放在经院里的蜡像，而与富于思想活力的个体无关。她身上自有一种光辉，那是幽光，照耀的是底层，而非天界。

母校巴黎高师产生过不少著名人物，但似乎都没有同薇依有过什么交往，上流圈子的这层关系，看来很有可能是由她主动给掐断了的。传记保留了一个线索，是波伏瓦《回忆录》中的片断。这位比薇依大上一岁然而声名远播的女性，在忆及薇依的时候，坦露了内心的仰慕之情。这在充满自大和矫饰的知识界中是极为难得的。波伏瓦这样说到她们之间的一次讨论：

> 她以果断的口吻说，当今世界上只有一件事最重要：革命，它将让所有的人有饭吃。我以同样专断的口气反驳道，问题不在于造就人的幸福，而是为人的生存找到某种意义。她以蔑视的神情打量了我一下，说："我清楚，您从来没有挨过饿。"

很明显，波伏瓦的表述是概念的、哲学的，十分专业；

而薇依的言说，则带有梦幻性质，但又是结结实实的物质主义的、体验的，富于人生实践的内容。薇依同一般知识分子的区别就在这里。她有理由看不起他们。

你注意到没有，知识界普遍存在着一种炫耀知识的倾向，仿佛一旦占有了知识就占有了一切，这是很可笑的。在这里，必须确立知识的价值论，确立知识与人的关系。一切知识都应当是为了人的，也就是为人生的，为改善人的生活和生命自身的。只有确立了这个基点，你才会承认知识可以是有用的，也可以是无用的；正如知识界讨论问题时，你发现有的是真命题，有的是伪命题一样。只有有用的知识可以通往真理。什么是真理？它是通过知识对生活的认知。人类认识的范围很广袤，但是对真理而言，生活只能是唯一的对象。生活之外无所谓真理。许多学者背向社会著述，自以为价值连城，实际上是伪币制造者。

薇依从少年时代开始，就坚定地认为：“生活中没有真理，毋宁死。”为了找寻真理，她不断扩展自己的知识领域。从文学到哲学，从政治经济学到神学，荷马、柏拉图、莎士比亚、笛卡儿、康德、马克思、克尔凯郭尔，都是她所熟悉的。但是，她从来不曾停留在既有的知识谱系上面。当她做中学教师的时候，就公然鼓动学生蔑视教科书，大胆想象，以怀疑作为治疗正统教育的唯一手段。真理到底是思考的产物，没有外在于个人的真理。因此，任何主义、学说和理论，如果不能化为个人的信仰，不能深入到个人的精神生活之中，就不可能构成真理。国家意识形态就是这样。真理永远处在发现的途中，在期待之中，正如薇依说的，"只有真理对于我们来说变得遥远不可及时，我们才热爱它"。薇依的苦行精神是感人的。追求真理，对她来说是一件痛苦无比的事情。她毕生活在自己内心的反复煎熬之中，不加入任何党派、教会和团体，不追随主流、权力和权威，不属于左派也不属于右派；为了达到专注于真理的高度可能性，宁肯忍受孤独。她始终经历和承受着一种精神，同时也创造着一种精神，甚至体力劳动本身也能使她获得辉煌的精神性。除了精神性的东西，她一无所有，也一无所求。

知识界是什么样子呢？知识大腕以知识为资本，带头参与世界的掠夺、竞争和垄断；他们所要的并不是真理，而是地位和声名。即以现代知识分子的诞生地法国而言，在上个世纪便产生了大批的左翼和右翼分子；他们大抵是有着组织背景的，热衷于观念的冲突，但你数数看，单枪匹马地与灵魂一道作战的有多少呢？

知识分子固然不愿意栖居于孤寂的精神世界，但是，也不愿意走出书斋，自我放逐于社会底层。虽然，他们也同权力者一样，立了"民间"的名目，意图成为"代表"，其实旨在控制大块非知识版图。薇依从来重视社会实践，真理的追随者必然通往社会实践，因此，她会主动地深入到底层中去，如她所说，"同他们打成一片，在良知所容许的最大范围内，成为他们中间的一员，融化在其中"。这颇有点像中国改造知识分子的流行话语。但是，不同的在于，薇依的行动不是奉命行事，这是她的天性，生命的基本需要，目的是真正地了解他们，热爱他们。她说："在这世上，只有沦落到受屈辱的最底层，比乞讨还要卑下，不仅毫无社会地位，而且被看作失去了为人最起码的尊严——理智的人，实际上只有这样的人才有可能说真话，其余的人都在撒谎。"大约在她看来，整个知识界是一个闭眼不看现实的撒谎的团伙，因此竭尽努力，以使知识在自己的手里不至于成为一种不可容忍的特权。她是把她的大学、中学教师资格学衔考核所得的奖金也看作是特权的，所以用来购书，送给工人学习小组。她利用一切机会，帮助穷人和他们的孩子读书。在工人文化教育方面，她指出：必须提防以"加强知识分子对工人控制"为目标的政策，相反，应当设法使工人摆脱这种控制。在参加工会的活动中，她号召全体劳工说：准备占有"先辈的全部遗产"，尤其是"人类文化的遗产"，这种占有就是革命本身！

今天看来，薇依说的这些简直近于痴人说梦，革命绕道而行。但是，你不会不感受到，一颗灵魂，当它因爱和热情而鼓荡起来时是多么的强壮有力！

一支火焰，当它找不到别的燃料时不会燃烧太久；一道光，当它穿过太浓密的黑暗时，反而被黑暗吞噬了。

你看见了什么呢？在薇依那里有两个空间，比我们多出一个空间。她一面走向自己的内心，一面走向沉默的大多数，而不像别的知识分子那样拥有独立的知识空间。在世时，她只在有限的几个杂志发表文章，大部分著作都是在身后陆续出版的。她不在乎这些，不在乎知识界的反应，在她那里甚至根本就没有知识界。她写了那么多，只是倾诉、呼告，两个空间一样是茫茫旷野，她不期待回声。

4

如果把女性同革命联系起来多少有点不大协调的话，那么把疾病缠身羸弱不堪的薇依同革命联系起来，则简直可以说得上几分荒诞。然而，她确实对革命有过强烈的向往，而且多次参与过实际斗争，比如散发民主共产主义小组的传单，开设马克思主义讲座，参加知识分子反法西斯保持警惕委员会的各种会议，积极营救集中营中的社会主义工人党的活动分子，作为志愿人员奔赴西班牙战场，等等，表现相当激进。尤其是对革命运动的批判性意见，那么锋锐而准确，直逼问题的核心。20世纪30年代初，许多老练的革命家仍然普遍处在盲从的状态，而一个二十来岁的姑娘，仅凭个人的颖悟，便到达了这样一个认识的高度，你不能不承认她是一个早熟的思想天才。

但是，你必须懂得看薇依。一个独特的人必须用独特的眼光去看。同一个薇依，是一个分裂的薇依，背反的薇依，对立的薇依。她的思想，并不在一个稳定的、完满的、光洁无比的容器里。一个自由无羁的灵魂没有容器。你必须找到那些分裂的东西，那许多碎片，只有在拼凑的断裂处才能辨认其中的真实。

革命需要主义、政党、范式，你看薇依把这些都给否定掉了，然而她仍然留在激情的风暴里，奇怪不奇怪呢？

薇依是一个真正的解构主义者。对社会偶像的厌恶，致使她对其他一切集权主义性质的形式都变得厌恶起来。早在大学时，她就十分钦佩马克思，思想基本倾向于马克思主义，但是因为敏感于其中的救世主义，而终至于持批判的态度。她说："马克思从青年时代起就被一种弥赛亚的希望观念迷住了，这种观念使他以为自己会在人的族类的拯救中起决定性的作用。这样一来，他的思考能力整个说来就不再让人放心了。"在一篇关于《马克思生平》的评论中，她指出：如果不是把唯物主义看成为一种方法，而是某种足以涵盖和解析一切事物的学说时，它是荒谬的，必然导致人文主义的末日。她质疑政府的合法性，并多次呼吁取消政党，包括反对党。她说，真理是一个整体，不幸的是各个政党把它分割开来，据为己有，并使之成为冲突的目标。从哲学出发，然后导入政治学，这方法就很独特。她说，真理愈是成为特殊物，愈能激发热情，从而丧失判断力。政党正是这样一部激发集体激情的机器。对内，它是对其成员中的每一个人的思想施加集体压力而构成的组织；对外，它的首要目的，也是唯一的目的，则是无止境地扩张。所以，政党是一种带有集权倾向的单位。她认为现代政党的前身是中世纪的教会，每个政党是一个小教会，培植奴性，排斥异己，制造纷争。对于政党对公众生活的控制，她特别反感，以为是最有害的。二战中，"战斗的法兰西运动"曾经给她带来鼓舞，后来她激流勇退，其中一个原因就是目睹了这时行将消失的政党重新抬头。她指责说，戴高乐意欲通过运动攫取政权，牺牲最初的爱国激情的纯洁性，因此必须与之决裂。

在工人运动中，薇依还发现，无产阶级民主是怎样从被隐蔽的侵犯走向公开的践踏的。事实上，工会的领导机构正在建立行政专政的制度来取代它。她积极主张在工人运动内部实行公开化，指出工人运动已整个地被幻想和谎言所支配，她说她在这种双眼被蒙着的革命运动中只能感到窒息。但是，她又表示说："我现在认为，同党的任何妥协，在批评中的任何缄默都是有罪的。"当她从工人那里转过身来面对他们的庞大的组织时，你看到，她变得那么坚决和勇猛！她批评统一总工会的附庸性，德国工人组织的被动性，再三指出希特勒主义和斯大林主义之间的某种相似性，说："共产党的宣传，通过会议的组织，惯用套话，仪式化的行动，越来越像宗教宣传，把革命渲染成为神话。而这种神话，也像其他神话一样，只能以承受无法容忍的境遇告终。"对于当时唯一的共产主义意识形态国家苏联，她宣称，它已不再是无产者的祖国，并特别警告说，要"避免把革命运动置于官僚主义的控制之下"。

对待苏联的态度，在当时，可以说是左翼和右翼的分水岭。薇依对苏联的批判，结论是近于右翼的，立场却是左翼的，虽然在实际上她与任何政治派别无关。作家纪德在1936年出版《从苏联归来》，引发轩然大波，正在于他身在左翼的营垒里说了右翼的话。其实薇依的系列文章如《我们走向无产阶级革命？》等，火力比纪德的小册子厉害得多，发表时间也早得多，只是身微言轻，没有引起注意罢了。知识界同政治界一样的势利，这从薇依的思想命运那里是同样可以感受得到的。

在薇依那里，苏联是一个由暴力和政治组成的联合体，她不信任建立了国家专政以后可以使劳动者获得解放。不管变换了怎样的名目，"法西斯"也罢，"民主"或"无产阶级专政"也罢，只要仍是一架行政的、警察的和军事的机器，就有可能成为敌人。她指出，苏联捍卫的根本不是世界无产阶级的利益，而是自己的国家利益，它甚至毫无忌惮地同资产阶级联合起来对付工人。在《劳动者的国际祖国》一文中，她预言，纳粹德国和苏联之间的合作，有一天会签订互不侵犯条约。六年以后，苏德互不侵犯条约果然签订了！而且其中还附上瓜分东欧国家的秘密协议书！天哪！除了神巫，谁曾经作过如此灵验的预见呢？政治阴谋严严实实地掩盖了几十年，直到苏联政体崩溃之后，才暴露在天真善良的世人面前。多少万战争的亡灵,仅仅因为一个魔鬼的契约而远隔尘寰,哀泣无告!

没有办法,薇依是一个人。她说她是卡珊德拉*。

苏联历史上的许多灾难性后果,是否应当完全归罪于斯大林呢?作为领袖人物,的确难辞其咎,就像薇依曾经指出的那样:"革命不可能,因为革命的领袖无能;革命违反愿望,因为他们是叛徒。"但是,她始终认为制度是根本的。在分析斯大林国家的机制时,她一再指出"反对派"托洛茨基反对的只是斯大林本人,而不是斯大林所建立的制度。为此,特别引用了笛卡儿的话:"一架出故障的钟对于钟的法则来说并不是例外情况,而是服从于自身法则的不同机制而已。"她说,革命本来就是反抗社会的非正义,但是对于革命后的工人个体而言,正义不久就变成了"工人帝国主义",形成对工人阶级,正如对全人类,对人类生活多个方面实行无限制的统治。此时,所谓工人阶级的领导权在哪里呢?在公职人员手里,在官僚手里,总之不在工人和劳动者手里。这是一种新型的官僚机器。扼杀一切个人价值即一切真正价值的国家宗教,并非资本主义制度所固有;像真假社会主义这样的争论,在薇依看来应当是没有意义的。

那么,如何才不致于变成社会的奴隶?这是薇依参加工人运动以后一直思考的问题。她多次提到"无产阶级专政"的概念,指出这个概念容易被利用,将工人运动引入歧途。即以苏联为例,"全体人民能以组成该民族的每个个人为由国家官僚主义为代表的所谓的集体利益而正当地被牺牲。"把大量无辜的牺牲视为正常,无视一切人类价值,到底这是革命的结果,还是革命的始因?薇依反复揭示这种现代的压迫，但是结论是悲观主义的：像在苏联这样一部不仅拥有生产和交换手段，而且掌握警察和军队的国家机器面前，个人很难有希望在革命中获救；但是悖论恰恰是，革命唯有通过个人才有所希望！

薇依的革命观根植于爱，是爱与西方人文主义传统的结合，产生了她的人道主义和无政府主义。所以，她批评马克思、罗伯斯庇尔、热月党人是那般严厉，否定斯大林和苏联是那般彻底。她的关于革命与个人关系的人性叙述，曾经一度在运动中引起反响，不少人把她比作罗莎·卢森堡。列宁称卢森堡这只鹰有时飞得像鸡一样低，其中意指的，就包含了"温情主义"的内容。薇依从劳动的必然性出发看待革命，认为革命无从消除社会奴役的因素，多少有取消主义的倾向。因此，她的言论不能不遭到革命运动内部的普遍的责难。连当时被斯大林置于死地的托洛茨基，也用讥讽的语言，批评她的"用廉价的无政府主义激情重新翻制的自由主义论调"，是"最反动的小资产阶级偏见"。大约革命本身先天地带有过左的偏向，革命成功以后，无论是托洛茨基或是斯大林执掌政权，像薇依这类人物都将会以右倾的罪名首先遭到清洗。好在她本人所在的国家，在大革命之后，不再发生过一次像样的血腥的革命；至于过早去世，或许也不能不说是一种幸运罢。

又经几番潮起潮落，五月风暴之后，在法国以至整个西欧，右翼势力开始逐渐代替左翼自20世纪30年代以来的主流地位。革命普遍遭到诅咒。东方的学者也跟着摇起"告别革命"的小旗子。事实与价值遭到流行公式的颠覆。倘若你读到薇依的关于"革命是一种逃避手段"，"革命的希望是鸦片,是一种麻醉剂"一样的话,很可能会把她当作反革命的先驱人物。珍珠与鱼目总是混杂到一起,这不能不说是历史的悲哀。

其实,薇依始终未曾弃置革命的精神,哪怕在心力交瘁的时候。对她来说,革命就是抗衡,难道你没有发现,她正是以由来的革命精神否定革命的吗?而那些号称反激进主义的人们,他们否定革命,唯在扼杀革命精神而已。

5

薇依一直顽强地寻找自己。所谓寻找,在某种意义上说,其实是返回原点。然而,她不是向前走,而是朝相反的方向走,结果不断地撕裂自己,使之成为碎片。她只能成为碎片。

譬如她爱,爱使她成为一个和平主义者。可是,当她获悉希特勒入侵布拉格的消息时,便变得不那么和平了。她把投入反对希特勒的斗争当作新的使命。不过,这种转变对她来说是不彻底的。她几乎一直在非暴力与暴力之间摇摆。如果战争非打不可,也就是说,即使出于正当的理由使用暴力,她仍然认为是危险的和卑劣的。至于非暴力,只要有效,便应当在道义上承认它和支持它。她把爱作为一种精神价值进行体认,确信暴力的使用,足以使它荡然无存。人类一旦失去了精神价值,她问:除了卑劣的人,有谁还会去操心政治呢!

当薇依在战争中进入角色,孤绝的气质,随即驱使她投身于暴力行动。在布拉格的学生起义遭到德国人的残酷镇压之后,她同时提出两个行动计划,但都与她个人有关:其一是"在捷克斯洛伐克空投部队和武器的计划",起草计划的目的是为了发动布拉格居民反对占领军,解放俘虏。她向社会各界人士进行宣传,并发誓说如果实施该计划而不让她参加,她将躺到公共汽车轮下自尽!其二,是组建一支活动在火线上的女护士队伍,当然也一定得让她成为其中的一员。结果,两个计划都没有被采纳。她对此一直耿耿于怀,日后仍然极力寻找机会,奔赴原计划中的慷慨赴死的目标。显然,她试图努力挣脱一种矛盾的处境而终于无法挣脱。

　　西班牙内战时,薇依面临过同样两难的选择。她不喜欢战争,但是身处巴黎这种近于后方的人们的状态使她更感厌恶。她坐不住了,决定前往西班牙。由于到佛朗哥占领区去的请求没有得到批准,她便带着巴黎工会组织发给她的记者证,为全国劳动联合会的无政府工会活动分子服务。在战争中,她亲眼看见,红色民兵同法西斯分子一样轻易地杀人,仿佛全然不知道被杀者是有生命似的。梦境被粉碎了。西班牙的罪恶,加深了她在工厂劳动中的受奴役的体验。在人的价值被确立为最高价值,并以此修改她的政治地图的过程中,为战争所展开,为生命所洞见的现实图景对她来说是意义重大的。地图的每个局部未必因此变得更为精确,甚至有可能大大变形;可是,这一切无关紧要,重要的是作为一个整体,其呈示的方位和关系是确当的。你知道,科学的谬误,可以因人性的正确而自行纠正过来。

　　薇依的政治地图是复杂的。她不断修改。她的地图并没有提供一个类似教科书一样固定的答案,从表面上看来,它是游移的、互否的,实际上,庄严的命意正包含在这种变动之中。

　　除了战争,阶级斗争也如此。

你看薇依的定义："当社会权力机制造成处在社会底层的人的尊严彻底破灭时，这就是一场屈从者反对发号施令者的永久性斗争。"又是人的尊严问题。很明显，这就偏离了正统的阶级斗争观念了。在她看来，阶级斗争确实有其内在的根据，正如赫拉克利特说的，斗争是生存的条件；但是当它发展成为一种斗争学说时，却蜕变成为某种荒谬的东西，空洞的实体，具体的苦难和抗争被抽象化了。她特别指出，阶级斗争贯穿历史的全部荒谬性，根源在于权力的性质。这个结论是政治学的，也是人类学的。她痛恨权力。

大约在薇依那里，权力总是意味着奴役，因此，她会因所谓"主权"问题而改写"祖国"、"民族"的概念。她说："国家是一种冷酷而无法让人爱的东西，它残杀并取消所有一切可能成为被爱的东西。因此，人们被迫爱它，是因为只有它。这就是当代人在精神上所受的折磨。"她极力反对国家崇拜，指出它以祖国的名义，索求绝对的忠诚，全部的奉献，最大的牺牲，事实上是一种根本无爱可言的偶像崇拜。当人们大谈祖国时，就很少谈及正义；一旦祖国背后有国家，正义便在远方。她一再说："祖国是不够的。"在定义人的时候，她也总是喜欢使用如下公式，即："人，世界的公民。"这里说个故事。她曾经在课堂上向中学生说起著名的"诺曼底号"邮船，提问道："这条船的代价可以造出多少工人住宅？"学生听了很反感，立即反驳说，这条船以它的规模和豪华提高了祖国在国外的威望。这堂课肯定讲不下去了。所谓祖国的威望算什么呢！然而，她遭到了抵制。对于"民族"这个词，她同样不抱好感，认为作为一个概念应当取消。经历过西班牙内战的人，唯有她知道这个词以及由它组成的各种词组的含义，那就是：死亡和眼泪。

"这块土地/可耻地征服了自身。"她曾经引用古西班牙诗句，说君主如何整体地消化了被征服者，把他们连根拔起；而革命，同样把对王冠俯首称臣的人民锻炼成为一个整体。这一切，都是在民族主权至上的陶醉中进行的。她指责百科全书派的成员是被拔根的知识分子，正在于对民族进步的整体性追求，致使人们在他们的影响之下不作任何思考，便全盘接受了这一革命传统。于是，爱国主义的轱辘自然向着国家的方向滚过去了。

身为法国人，薇依如何看待法国呢？不用说，她会反对法国的殖民主义政策，所以反对对摩洛哥的占领，以及镇压阿尔及利亚的恐怖行为。只要有机会，她便设法接触居住在宗主国的土著人。这些人被召募前来法国，不但找不到活干，而且还被关进集中营。薇依反复使用"可悲"的字眼形容他们的处境。为了让他们过上多少有点像人样的生活，她到处活动，到处碰壁，仍坚持要求撤换主管集中营的行政长官。至于集中营中的其他一些国家的难民，她一样设法援助。她愿意为他们做许多琐屑的事情，像给一名西班牙人寄包裹，同一名奥地利农民通信，为帮助一名从集中营获释的奥地利律师，还不只一次到美国领事馆交涉，直到取得签证为止。对于德国的侵略，她是主张抵抗的，同时又有着不近情理的表示，说："如果我们必须对德国人做那些他们曾施加我们的事情的话，宁可成为战败者。"就像苛求于自己一样，对自己国家的要求尤为苛酷，她说得明明白白："我的国家使别的战败民族蒙受的屈辱，比我的祖国可能遭受的屈辱更使我感到痛苦。"

但是，当巴黎的街舍在德国炸弹的咆哮声中呻吟的时候，祖国不再是一种虚构；在它的背后，飞腾的战火行将焚化国家崇拜以及一切偶像，唯余一片焦土。祖国成了苦难的象征。正是苦难，把一个从来无视祖国存在的人抛入了它的大地怀抱。

老实说，身为犹太人，薇依并没有感觉到任何危险，倒是一个中产阶级家庭的舒适生活使她无法适应，但是此刻，最不堪忍受的是，她在卫国战争中起不了任何作用，因此，不能不随同父母离开卡桑布兰卡流亡美国。这是一个迂回行动计划。她打算经美国、英国前往敌占区，她想，那里必定有着与她的自我牺牲的决心相称的任务交给她，而她，又可以因此同不幸的人们重新生活在一起了。

最先，薇依乘船到达纽约。

刚刚驻足异地，一切都来不及安顿，她便把组建火线救护队的计划译成英文送给罗斯福总统，极力为妇女上前线做辩解，并马上报名学习救援伤员的教程。然而，有关组织并没有派给她什么任务。她简直变得无所事事了。

如果说在马赛，还可以上街散发《基督教证词》杂志，还曾因此有过同自己的国家一起经受战争苦难的快慰，那么在此刻，唯有一种做逃兵的耻辱感。当薇依得知高师时的同学舒曼在伦敦负责同法国抵抗组织的联络工作，内心的感奋可想而知。于是，她随即写信求助，希望到了英国，能够交给她一项在敌占区进行的并不要求专门技术知识，却具有高度危险性和有效性的任务。她在信中写道：

> 鉴于我的精神构成，艰难与危险是必然的事。很幸运，并非人人如此，不然，任何有组织的行动将是不可能的，但是，我无法改变这种精神构成；我从长

期经验中得知这一点，尘世间的不幸萦绕在我脑中，重压着我，以至使我失去自己的官能，而我只有自己经受巨大的危险和痛苦才可能恢复它们，并从这种萦绕着我的念头中解脱出来……

我恳求你，如果您能办到的话，请给予我许多的苦难和必要的危险，使我不被忧伤彻底耗尽精力。我无法在现在的处境中生活。这使我近于绝望。

在纽约逗留了四个月之后，这位充满内在激情的法国女子终于到了伦敦。但是，她很快发现，动身前做好的"小计划"已告破灭。

接待的人，包括舒曼，全都避谈她要求派往法国敌占区及组建火线女救护队的事。在他们的眼中，一个自由散漫的、近视的、行动笨拙的知识分子，在战时还能做些什么呢？结果，她做了"编辑"，被调到法兰西行动委员会工作。

在办公大楼，薇依不停地读、写，桌面上堆满了纸张。她的任务是：研究从法国秘密寄来的由抵抗运动属下的委员会起草的各种计划，参与寻求战后法国将要面临的各种问题的答案。思想的嗜好与献身的热忱，使她进入一种近于激战的状态，常常忘记下班时间；当来不及乘坐末班地铁返回寓所时，就睡在办公桌上。在此期间，她写下收入《伦敦论文集》、《压迫与自由》、《扎根》等文集中的大量文字。针对法国战后如何建设的问题，她提出正义、思想独立和产业权等要求，声明"集权国家"是"最严重的恶"，突出人的价值在国家未来政策中的地位，表现了她的远见。

然而，写作的亢奋无法淹没内心的孤独、疑虑和忧伤。薇依自觉身处自己的位置之外的痛苦愈来愈厉害，不久，即重新提起过去为自由法兰西效力的计划。她坚持让组织领导人给她一项去法兰西从事破坏活动的任务，说是不能再吃英国人的面包而置身局外了。"就我个人来说，生命别无其他意义，说到底从不曾有其他意义，除了期待真理。"她表示说，"甚至当我还是孩子时，当我自认为是无神论者的唯物主义者时，我就一直担心会错过死，而不是生。"

组织到底没有满足她的请求。而事实上，她的身体已经不堪一击。她太虚弱了。

有一天，她终于昏倒在卧室的地板上。

医院的粉色围墙阻绝了淡蓝色的、美丽而深邃的天空。在异国，凝望远方是一种慰藉，也是一种焦虑，一种忧伤。春天寂寥而漫长。

此时的薇依，已是一支不堪风雨的帕斯卡式的苇草了。过去，她长期将薪金分散给穷人，到了伦敦，连该领的薪金也拒绝领取。平时，她吃得很少，说自己无权比留在法国的同胞们吃得更多。当她同梯蓬一家人同桌进餐时，拒绝接受城里人缺乏的食品，要她吃一个蛋也不容易，有时仅仅吃一些沿途采摘的桑葚充饥。上司克洛松和夫人请她吃饭，她不吃饭后的苹果，就因为法国儿童吃不上苹果。她到一位寡妇家里去，遇上严寒的天气也不让生火，不要任何食品。直到住进医院，她仍然拒绝享受作为结核病人的额外伙食补助。精神的渴求令她拒绝物质。一路拒绝。

本来，她并不承认维希政府的合法性，但是，她表示说："在不涉及意识领域的方面，可以服从现政权；若我听命在政治和思想方面的指令，我会玷污自己的灵魂。但是，在配给制方面，遵守它的指令，我至多是饿死而已，而这并非罪过。"所以，她把超出法国国内按配给票证规定的食品数量的消费看作是一种"特权"，即使作为一名重病人，也不能享受这种特权。你觉得可笑吧？如果这也算特权，像苏联一类国家的官僚阶层所享受的一切，应当用什么语词才能做出恰当的说明呢？仅仅为了维护这点可怜的特权，她只能变得越来越虚弱，直到提前死去。死后，法医作出结论，说是"由于营养不良和肺结核引起的心肌衰弱导致心力衰竭"。报界直接说她饥饿至死，甚至有评论说，她原来拒绝食品便带有自杀的意向。

对于薇依，我们能说些什么呢？从她那里，你见到了一个残酷的生命现象：剥夺自身。你知道，这是需要力量的。她太看重精神了。其实，物质一样是强大的。她可以战胜各种压力和诱惑，但是，就是无法克服生命物质的匮乏。这样，她，一个在理论上否弃了祖国的人，最后只好遭到命运的否弃，而永远留在异国的穷人的墓地里了。

如果能够选择，这个归宿肯定不是薇依所愿意接受的。事实上，她一直渴望返回法国。在医院里，有一天她突然向克洛松夫人问道："您认为我会康复吗？能回法国吗？"后来她希望转地治疗，接纳她的疗养院远离自由法兰西部队的所在地，这使她深感遗憾，因为直到那时，她仍然觉得只要靠近部队所在地，就有返回法国的希望。然而，法国是再也见不到了。直到遗体安葬时，坟地里摆放的一束三色鲜花，才重现了受难的法兰西。

6

薇依，在内心深处爱着她所在的世界：众多的人们，事物,一切的善,真理,正义,正当性,合理的秩序,等等;然而,一切都在压迫她,撕裂她,粉碎她。与其说,这是人生的不幸,不如说是信仰的失败。严格地说,她是没有什么人生的,因为斗争生活与普通生活相距实在太远了。这样一个从来不曾追求过世俗幸福的人,可以说,她的全部生活都是精神的投影,正如柏拉图在洞穴里所见的;不同的是,在她那里不是一般的理念,其中保持了智性的绝对正直,而且饱含着献身的道德激情。事实上,她所爱的一切是不可靠的,以致为了爱而牺牲自己也变得不可能。为此,她必须找到一个超乎尘世的对象,寄托至爱,安妥动荡的痛苦的灵魂。

皈依上帝是必然的事情。

可是,薇依的上帝并非基督徒的上帝,万能的上帝,不是说有光就有了光。相反,她的上帝是弱者,有时又解释为虚无,因为它的存在是缺乏证据的。在她的心中,上帝从来不是一个实体,只是一种精神,一种关怀和拯救弱者的精神。"凡是不幸者被爱之处,上帝总在。"作为精神象征,她的上帝是遥远不可及的。她认为,只有远离上帝,才能接近上帝;上帝所能给予的信心、力量和勇气,唯在永远的期待之中。

"我觉得我自己生来就是基督徒。"薇依说。可是,她从来不愿与那些膜拜上帝的信徒为伍,不曾感到有信教的必要,认为无需选择某一种教义,不曾做过祷告,也不受洗。一位神父把她比作一座召唤人们入会的钟,而她本人并不加入教会。她表白说:"我的天职是做一个教会外的基督徒。"就这样,她确立了适合于自己的与上帝的一种特殊关系,长期站在基督教和一切非基督教之间的地方。

教会有着宗教裁判所的罪恶历史。所以，对于教会，薇依不但说不上喜欢，而且简直憎恶。在她看来，教会是垄断的、强制的、集体的，带有极权主义性质。"不管谁入教，天主教会始终热情接纳。然而，"她说，"我不愿被这样一个地方接纳，堕入'我们'的圈内并成为'我们'中的一分子，不愿置身随便什么样的人际环境中。"她特别强调说："不应当成为'我'，但更不应成为'我们'。"的确，她不只一次说过需要同她所接触的任何环境打成一片，消融于其中，可是事实上，所谓消融，并非意味着成为整体的一部分，而只是意味着不属于其中的任何一方。因此，她坚持说："我必须或命定要成为孤身一人，对任何人际环境来说，我都是局外人，游离在外。"整个社会都可以看作是扩大了的教会，权力中心化及一致化倾向，使群体中的单个人要成为自己变得极其艰难。就说薇依，她不是那种美国式的个人主义者，而是法国式的存在主义者，行动时始终离不开对境遇的质询。可是说到底，她也不是完全的存在主义者，从一开始就忽略了自身的存在。如果说，她也曾为自己考虑过的话，那只是作为个体的精神存在，而不是生命的存在。也就是说，她考虑的只是如何保持自己的独立方式以耗损生命。热爱他人已经使她从根本上丧失了选择的自由。

薇依说："上帝允许我在他以外存在。"接着，她做了重要的补充，就是："由我决定拒绝这种准许。"拒绝在上帝之外存在是一种屈辱，你说，她是一个虔诚的基督徒吗？无论是把爱他人当作爱上帝的首要形式，还是把自己的选择——包括选择必然性也即不自由——看得高于上帝的意志，她的上帝都不是基督徒的上帝。这样，她站在教会门槛的这边或者那边有什么不同呢？

关于教义，正如任何主义一样，如果被限于某一种，完全垄断了对于世界的解释权，薇依肯定不能接受。在她的哲学世界里，明显地是多元主义的，充满多种猜想、反驳与悖论。她声称，在接受基督教教义的同时，也接受其他教义，其实等于什么也没有接受。至于说她自己不配参与圣事，是因为在她看来，只有那些高于某种精神层次的人才具备参与的资格，而她本人则在这个层次之下。在真理面前，她是谦卑的。不过，这也可能是一种托词。你知道，她注重的是本质。在她那里，内在信念远大于教义，大于其他一切形式。在庞大的教会的宗教团体面前，她那么高傲，她要保持的首先是自我的神圣性。

是精神占据了薇依，使她的灵魂高涨如无垠的大海。宗教仅是其中的一片沉静的波涛。关于涤罪的无神论，关于暴力、战争、奴役的批判，关于科学和艺术，关于社会改革，她都有着浪花激射的思想，来源于另一片海域，另一种精神。

对于马克思的批评，纯然是精神本体论的。她承认马克思有双重思想，指出他确立把社会作为人的实在这一基本原则是一个贡献，但是不幸地引入了一种机械的和非人的体系；根据这个体系，社会结构的力量对比完全决定了人的命运，不但没有给正义留下任何希望，反而歪曲了原来的原则。在她看来，这是当时可悲的科学主义的表现。她认为，在马克思的世界里，没有善的位置，不承认超自然，不承认寓于个体的精神，以致于把物质当成善的唯一物质基础。你也许会说，这未免太过份了。但是，就像你看到的，精神在薇依那里确实占有崇高的位置，价值问题就是精神问题。

所以，把薇依当作一名基督徒，把她的著作当作神学著作，只能算是她的宗教界朋友的偏见。在知识学的地图上，学者做了同样的划分，这也是很自然的事。学者是善于分类的。但是，由于思想的不安分，思想者的文本往往跨学科，跨文体，自成格局而无法按传统的方式归类。"上帝存在着，上帝并不存在"；"我应是无神论者，因为我自身有一部分并非上帝造就的"。薇依是什么人？薇依的著作是什么著作？她本人不是说得明明白白的吗？

近些年来，许多学者大谈基督教及基督教精神，主张以此拯救民族和人类；他们对所谓的"爱"津津乐道，唯独讳言现实苦难和黑暗势力，他们不是对抗强权而是依附强权，顺从强权，颂扬强权，不是进行斗争而是主张宽容、退让和苟且。看看薇依，就知道她有多么特别。她把基督徒的爱与革命者的憎结合到一起，把哲学家的知与实践家的行结合到一起，把水与火结合到一起，任何特定的角色都不可能规范她。她是一，她是一切，然而又什么也不是。她反对马克思主义，反对资产阶级，反对法西斯，反对强权和系统秩序，同整个社会相对立。她期待上帝，又不信任宗教，一如投身政治又不信任政治，不属于任何教派，当然也不会加入任何党派，潜伏在她身上的可怕的自发性，使她不可能同与之共同工作的任何团体保持一致。

她从来是一个边缘角色，一个不可救药的异类。

7

薇依一生只为成为一个人。

苏联作家爱伦堡在一篇回忆录中用过一个很有意思的词，叫"最低纲领派"和"最高纲领派"，喻指不同的人生目标和人生态度。薇依无疑属于最高纲领派,因为她要做一个诚实的人,自由的人,有尊严的人,一个为自己和为社会劳动着的人,一个具有道德良知,富于使命感和责任感的人。你也许觉得诧异:这不是对人的基本要求吗?怎么会变成最高纲领呢?人类的全部悲剧就在这里。对现存的统治秩序的服从,已然使个体的心理和思维结构与集体历史和客观世界的结构趋于协调一致。人们的一切早已由国家,由别的集团或个人安排就绪,活着,行动着,只消听从别人或组织的命令和指挥。当被统治者习惯于用统治者的头脑思考时,实际上已经成了同谋,根本没有个人的行动纲领;即使有,最后也只能以放弃告终。外在的力量太强大了:权力、金钱、社会舆论、集体、荣与辱的范型,等等。作为个体,怎么能抵御这许多的压力和诱惑呢?所以都靠妥协为生。至于薇依,她是有着自己的目标的,为了达到这目标,始终保持了一种自觉,以最大限度地毁损自己的生命为代价。这种勇气是罕有的,蒂利希称作"存在的勇气"。

薇依的社会思想过于宏大,那是以人类的个体自由,即摆脱受奴役的状态为终极目标。可是,天性固执的她并不考虑目标可否实现,只是考虑是否具有合理性,只要是合理的,就必须服从。她把这种服从称作"自由"。

> 因为我心中的愿望
> 服从于你的愿望
> 我渴望着
> 完全的自愿

薇依多次强调"自愿",因为唯有自愿,为社会解放而做的斗争，才能变成为自己而战。当斗争一旦成为自身的事情，苦难、痛苦和危险就将变得像面包一样不可缺少，在任何时刻里，都不会身处后方。

为了寻找一个真实的自我，正如薇依自己所说，她不仅丢掉了所有意愿，而且丢掉了整个自身的存在。因为斗争，剧烈的偏头痛始终伴随着她，而得不到治疗和休息；因为斗争，她舍弃了恋爱和婚姻，唯与人类订下白首之盟；因为斗争，等不及白头，便在孤独和痛苦中了结了一生。她由自己亲手折磨自己，由自己打断自己的生命行程，而且强迫打断。所谓一生，对她来说，亦不过短短的34个冬天罢了。

论意志，论勇气，薇依是过人的。但是，身为女性，她毕竟柔弱。你读读她的信，就会看出来，那里有一双澄澈、锐敏然而忧郁的眼睛在凝视内心的深渊。她曾经慨叹："人类的痛苦中最令人可憎的是知之甚多，却无能为力。"其实，对一个人来说，拯救自己的能力恐怕是最缺乏的。关于薇依的最后的日子，传记有这样一段叙说：当她在寓所的地板上昏倒以后，一位女友凑巧赶到，立即找来烧酒使她苏醒，然后告诉她得出去找医生。这时，她低声央求道："答应我，不要对别人说。""这不行，"女友说，"你会无法工作的。"她哭了。这种生理学上的迅速反应，一定不是工作或治疗问题引起的，而是有一种情绪，一种孤立无援的悲哀于顷刻之间弥漫了她的心！在她的一生中，应该有多少个像这样充满泪水的时刻！然而，我们所看到的，却是一个永远穿着一件两个大口袋上衣，一双平底鞋，不歇地行动着、生气勃勃、坚忍不拔的女性！

照亮黑暗的光，最先穿透自己。在内心深处，薇依跟自己作战，一次次受伤，一次次失败，又一次次战胜。说她坚强,是因为她柔弱;一个柔弱的人,该拿出多少倍于常人的勇气去承受痛苦的考验呵!

> 呐喊着作战非常英勇,
> 但我知道,
> 更英勇是与自己胸中
> 悲哀的骑兵搏斗的英雄。

> 胜利了,民族不会看见,
> 失败了,人们不会发现,
> 没有国家会以爱国者的深情
> 瞧一瞧那弥留时的双眼……

与自己作斗争的这种艰厄,只有像狄金森一样生活在内心里的人,才会有大致相同的体验。"无始亦无终,呻吟也无用,因为我们生于他人的苦难里,而死在自己的痛苦中。"薇依把这所有一切都看作是一种必然性,所以,当她带着遍体鳞伤向世界告别的时候,依然保持了一个胜利者的姿态。"让我消失吧,以使我所目睹的这些事物变得更美好,因为它们将不再是我所见的那些事物。"她是这般安详、大度、英雄主义地走向黑暗,而把希望和光明留给了未来世界。

薇依去世时,曾经被当作一位神秘人物大事渲染,随即归于沉寂。没有谁窥探过死者的灵魂。只有为她送殓的寥落的几位朋友,背后还会谈起她,满怀敬意地称她为"英雄"。

这是现代的悲剧英雄。作为英雄,她的政治姿态高贵而怪僻,日常生活简单而混乱;她鄙视王冠、勋授和盛大的凯旋，只为一个无权无势的广大阶级的存在而作一个人的斗争。这样的斗争几乎无法构成事件，它仅表现为一些零散的细节，即使把所有细节集中起来，也不足以构成对不公的现存世界的打击力，然而对战斗者来说，却是一场旷日持久的消耗战。不是以外部突发的方式毁灭，而是从内部慢慢消磨一个人的英气，以致殒亡。无疑地，这是更为悲壮的。

舒曼曾经预言："当肖伯纳被人遗忘时，人们还会记得西蒙娜·薇依。"

从西方到东方，后现代戏剧已经上演。轰动一时的肖伯纳，除了戏剧学校的学生，连他的名字恐怕也真的不复为世人所知。但是，薇依，在一个需要自由和正义的社会里，尚且一直为正剧英雄的阴影所遮盖，到了连灵魂都可以买卖的商业时代，还会有人记得起她吗？

2002年6月

*卡珊德拉：希腊神话中的忒洛亚公主。阿波罗赋予她预言的本领，可是，由于她拒绝阿波罗的爱情，阿波罗就使人们不相信她的预言。

旷代的忧伤

世界上没有哪一位画家，乍读之下，会使我立刻想起年迈的母亲、行将荒芜的田园和久别的胼手胝足的兄弟，除了珂勒惠支。

珂勒惠支，以锋利无比的雕刀，侵入石板、铜、坚韧的木质，而直抵内心。雕刀之下没有风景。蝴蝶、春天、蔷薇园，都斑斓在别一世界。这里则是黑暗的中午，是展开在哑默中的广大的底层：种植饥饿的耕夫，褴褛的织工，失血的妇女，早夭的儿童……人类弱小而纯良的部分，苦难覆盖他们一如绵亘的岁月；反抗的意志，乃在无从察觉的最沉重因而最稳定的处所萌芽。乌黑而深垂的手纷纷抓起武器，从铁镰木斧直到随处可见的石头，重复着先人猎兽般充满激情的原始动作。在铁栅外面，奴隶们怒吼、欢呼，跳断头台之舞；然而，节日尚未诞生，就已经被勒死在绳圈里了。既然全身光裸的母亲双手高举自己的孩子，作为牺牲奉献给了时代的祭坛，那么孕妇，那位身著袍服的未来的母亲，为什么仍然温静、安详如冬日的稻草垛？

——等待会是有意义的吗？

珂勒惠支一生创作了50多幅自画像。这些画像，无言地纠缠着所有受难的妇女的灵魂，正如画家给妇女造像时，着意保留自己的影子一样。她们是如此相似。我看见她们常常交叠双手，抱着前胸，仿佛永远在护卫着怀中的生命；一俟无力与死神争夺，遂以手加额，在极度的疲累和无望中作不屈的沉思。母性博大、慈爱、坚忍、庄严，渴待生命的热情，于她们是上天的赐予，徒劳然而无尽；即使燃着逼人的愤怒，她们的目光，也一样流露着旷代的忧伤。

版画原本是男性艺术。它所使用的工具和材料，明显地具有对抗性质：坚定、沉着、富于锋芒。珂勒惠支以天生的大悲悯，容涵这一切，浸润这一切，于是，她的版画制作，通过粗犷而细腻的描线，单纯而丰富的颜色，传递出了一种品格，一种气质，一种如暴风雪驰向大旷野般的强烈的凄怆的诗意。

女画家承认，自己的艺术是有目的的：她决心以此在人们普遍彷徨失措和急待援助的时代中发挥作用。显然，艺术的作用被她过分夸大了，实际上，艺术很少有机会进入森严的社会。即如珂勒惠支，虽则没有放弃当一名"律师"的责任，所有作品都服务于"控诉"、"警告"和"呼吁"，倘使法西斯政府如后来所做的那样，把强令退出艺术机构、禁止举办展览等等措施提前实行，那么，什么劳什子版画，都将完结得无声无息。然而，艺术的本体的意义也正在这里。对于一个艺术家，即使剥夺了可供他利用的所有的传播媒介，也无法剥夺艺术本身。也即是说，一个艺术家的出版自由可

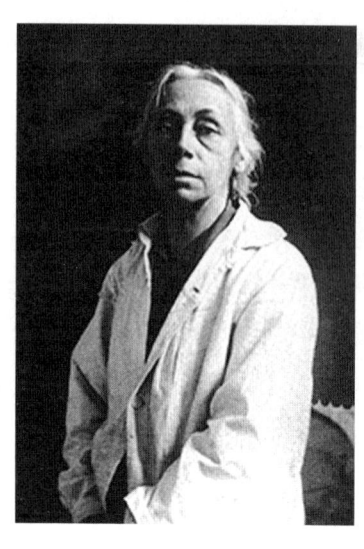

珂勒惠支（Kollwitz，1867-1945），德国版画家、雕塑家。1867年7月8日生于柯尼斯堡(今俄罗斯加里宁格勒)。早期有作品《织工反抗》《起义》和《死神与妇女》《李卜克内西》《战争》(组画)等。1933年希特勒上台，她虽然受到迫害，仍坚持作画，代表作有《死亡》和《哀悼基督》等。1931年作品被鲁迅介绍到中国来，对中国新木刻运动的发展起了推动作用。

以被剥夺净尽，但是创作自由是永远存在的。因为在创作的任何一个瞬间，作为艺术家，他已经表达过了。毕竟已经表达过了。

真正伟大的艺术，是以某种具体的艺术媒介，对人类苦难所作的最富于个人特质的强大的反应与深刻的诠释；即使这苦难牵涉到了生命的最神秘、最深隐、最恒久的部分，也仍然同人类当下的存在密切相关。珂勒惠支的艺术，就是这样的艺术。她以一位母亲的无限阔大的襟怀，遮没了美术史上所有的男性画家。

巨人米开朗基罗，他的痛苦与狂欢也许永远无人知晓，但是，光华灿烂的绘画天才毕竟为教堂和陵墓而照耀；垂死的奴隶石雕，不过小小的缀饰而已。可怜的提香，一生绘画都献给了王公贵族。而那些阔人，据传对他也很敬重，弄到尊贵的查理五世大帝居然亲自为他捡拾画笔。于是，冈布里奇便得意洋洋说是"艺术的一个胜利"。到底谁是胜利者呢？雷诺阿的浴女是有名的。然而，漂亮而已。在画布上，她们与洁白的细颈瓶、花束、红苹果一类毫无二致。高更老远跑到塔希提岛，出于对文明的厌憎，一打一打地画了许许多多半裸的女人。其实，与其说是女人，不如说是一些富于水分的热带植物更合适些。梵高用旋转的笔触把一切画成自我，唯吃土豆的人一如土豆，安静而淳朴，而人却遁逸了。视觉艺术一旦把象征性背景撤离视野，人也就不成其为人。蒙娜丽莎的微笑，一半像上帝，一半像魔鬼，美在什么地方呢？仅在于猜不透的诡秘么？所谓美，乃是世界上最没有分量的东西；它纯然是一种快感，而快感是不负责任的。米勒恐怕是第一个赞美农人的画家了，遗憾的是，他笔下的兄弟没有惊恐，没有愤懑，没有悲痛神色，一个个全是那么高贵、肃穆、虔诚、顺从！

谁像珂勒惠支呢？

看看本世纪最著名最富有的画家毕加索吧。他的大多数作品画的都是女性，男性少得惊人。关于这点，与珂勒惠支颇相类似。可是，毕加索的女性只是在性关系的基础上对人体所作的幻想与拼凑，是纯粹的性角色。珂勒惠支也写性。她的《农民战争》组画之二，画的一个裸女，仰卧在地有如静物；然而，另一批静物如狼藉的花草，包括梵高未曾画过的葵花，都在暗示：此间并不平静。可以断定，裸女曾经有力地挣扎过，动弹过。由是，我们便进一步窥见了画板的隐面，裸女之外的系列的人们。可以说，珂勒惠支雕刀下的形体，都不是单个的存在；现代社会的生活，人的生活，构成为复合的处延的成分。——大约这就是所谓的艺术内涵罢？毕加索自离开西班牙之日起，就被一群女人、猴子和马屁精所包围，以致完完全全失去了生活，以及对生活的正常的感受能力。他是一个天性聪颖的顽童，是追逐刺激、新奇、满足而又永远无法满足的浪游者，他活在性欲、虚荣心和一个接一个恶作剧般的胡乱涂抹的行为之中。立体主义的发明，便是题材匮乏和激情枯竭的明证。悲剧无法进入他的作品。一个对政治社会不感兴趣的人，根本不可能理解真正意义上的悲剧。然而，艺术家的品格注定是悲剧性的。是人类的普遍受难使艺术家的产生成为必要和可能；倘使状况已经改

珂勒惠支木刻《战争：牺牲》。

旷代的忧伤

善，海晏河清，光天丽日，那时艺术家大约也就可以沉默了。

真正的艺术家，心目中是没有"艺术"的，唯有人世间的苦难而已。珂勒惠支曾经作过一次罗马之行，可是古典的完美的废物对她并不产生什么影响，因为她始终在注视现实中的缺陷和污秽。其时，现代派的抽象艺术早已流行，而她，竟也浑然无觉；对远离生命实体的新生的东西，同样表现出了惊人的迟钝和淡漠。她总是一个人，固执地默默地走着写实的道路。作为苦难的承担者，珂勒惠支是孤独的，所以是强壮的。

珂勒惠支木刻《战争：牺牲》。

法西斯当局所以迫害珂勒惠支及其版画，就因为充分地意识到了她的艺术力量。无论如何，那样一批摧残艺术的党徒和警棍，是颇懂得她的艺术力量的。相比之下，自诩为艺术美的创造者和批评家倒是一群呆鸟。他们普遍传染上了一种专业性疾患，开口闭口动辄光、色、刀法，煞有介事地做着所谓艺术分析，其实是对艺术的最精致最残忍的肢解，乃至不惜抛弃整体，和艺术中的人格与精神。

珂勒惠支的伟大地位，无疑地遭到了压制和贬损。然而，我们不得不承认：历史上总有一些事情是无法挽回的。

孤独的旅客

"在像我们这个令人焦虑和动荡不定的时代,难以在人性中和人类事务的进程中找到乐趣,在这个时候来想念起像开普勒那样高尚而淳朴的人物,就特别感到欣慰。"

我理解爱因斯坦。

两次世界大战从同一个枪口洞穿了这个德国人的一生。德国,这个盛产哲学头脑的民族,在一个夜里,竟然变成了一头疯狂的野兽!最可怕的,还不在于千千万万人们对于权力者的意志的屈从,而是把一种兽道主义内化为每个人心中的道德律——于是放火、杀戮,欣欣然仿佛干着世界上唯一正义的事业。他们收拾起同类,就像收拾街头的垃圾一样,自然而便当!

整个祖国背叛了爱因斯坦。

幸好,他有另一个祖国。

他是把周围的知识分子集团当成自己的祖国的。这时,

阿尔伯特·爱因斯坦（Albert Einstein, 1879－1955），物理学家。生于德国。1905年获苏黎世大学哲学博士学位。曾在国外多所大学任教，1913年回国，任柏林威廉皇帝物理研究所所长和柏林大学教授，并当选为普鲁士科学院院士。1933年受纳粹政治迫害，迁居美国。在美国，继续任教，并从事理论物理研究，在物理学等多个领域均有重大贡献，其中最著名的是建立狭义相对论（1905）和广义相对论（1916）。

"精英"们如何呢？然而更糟！知识，非但没有为他们保持一点应有的操守，反而成了可供彻底叛卖的资本！在一个为军国主义者的暴行辩护的被称作《文明世界的宣言》上面，便有93个著名的科学家、艺术家和牧师，以属于他们的手，签署了他们尊贵的姓名！93个！93个赤裸裸地站出来向人类的良心挑战！而另一个反战宣言《告欧洲人书》，包括爱因斯坦在内，签名的才一共只有4个人！

多么卑鄙、无耻、自私的知识分子呵！连海德格尔这样的人物，也一样跟着大棒走！在普鲁士科学院的会议厅里，爱因斯坦身边的两把椅子总是空着。没有人敢靠近他。其实，他也不过是一个物理学家罢了，那时候，除了做实验，拨弄一些数字与逻辑，什么事情都还没有做出来。然而，作为一个危险分子，这已经足够了！

不顺从就意味着反抗。在一个专制国度里，谁不敬畏权力呢？

他没有了退路。

他完完全全地被一个充满敌意的世界抛弃了！

但是，比起大批大批死于汽油与火的犹太人，爱因斯坦究竟是幸运的。无论怎样，后来，他总算可以站在自由女神的火炬底下自由地喘息了。

——这是生长《独立宣言》的地方，又一块大陆，爱因斯坦！你尽可以沉浸在天才的想象之中，而无须理会千万里外的战争的嚣骚；你可以静静地观察物理力的相互作用而无须提防暴力的报复；你可以进一步完善你的相对论而无须担心绝对权力的威凌。让你结束那个关于"祖国"的噩梦，向未来世纪的子孙们讲说你眼中广袤、辉煌的宇宙天体，大自然的美与和谐吧！要是教堂的晚钟响过，你也已感觉疲倦，那么，就走出实验室，带着你心爱的小提琴，随同纷飞的鸽子到公园或是旷野里来！那里，有惠特曼抚摸过的柔和的草叶，有爱默生喜欢的岩石、松和橡树，有林肯播种的紫罗兰的缭绕不息的芳香……

我知道你是一个诗人，本来意义上的诗人，爱因斯坦！

可是，这个刚刚逃脱了政治迫害的人，却把他全部的激情献给了政治斗争。政治，在他看来，乃是全人类的事务，并不限于邪恶势力的墙垣之内的。他赞扬法国的物理学家朗之万说："理性是他的信念——这信念不仅带来了光明，也带来了解放。他为促进全人类的幸福生活的愿望，也许比他为纯粹的知识启蒙的热望还要强烈。正因为这样，他花了很多的时间和精力用于政治启蒙。"这不也是爱因斯坦自我的深沉表白吗？

当屠伯们开始了血的游戏，当无情的炮火摧毁了田园，当大地因无数妇孺惊恐的哭声和挣扎的呼喊而日夜战栗，难道还能在实验室的圆转椅里安坐吗？科学成就本身，到底能够从本质上减轻多少落在人们身上的灾难呢？这时候，他没有沉默。他根本不可能沉默。如果沉默，就等于犯了"同谋罪"——他比任何人都更清楚地理解这样一道现实政治中的等式。所以，他全身心投入了各种公开和秘密的反战运动，没有一点犹豫。他成了不带枪的战士。他以榜样的力量，召唤着更多的为和平而战的人们。

他那么紧张地注视着时局的发展，以科学家的精确不断地校正自己的每一个行动。从呼吁拒服兵役到主张武装抵抗，他不惜严酷地涂改自己，以致睿智的罗曼·罗兰也不能理解他。是的，他渴望理解，一生都渴望理解；但是对他来说，更为重要的是倾听自己，倾听内心的神圣的声音。真理的声音。真理是简单自明的，但又丰富到没有极限，只有忠实于人类自由事业的奋斗者，才能从它那富于人性的启示中，获得独立支持的勇气。

他一面从事反战运动，一面开辟"第二战场"：保卫言论自由和教学自由。维护和加强这些自由，距眼下生死攸关的战争未免太远了；然而他认为，任何民族的健全和发展，都不可能离开这个基础。当人们焦灼的心几乎全数为血火的战场所吸附时，他的目光，便已经探及使世界充满痛苦、叹息和辛酸的战争和各种压迫的根源了。呵，爱因斯坦，你四周的和平环境还不能令你感到满意吗？最初到来时，你是那般深情地礼赞这个自由民主之邦，怎么会诅咒起来的呢？难道你不怕陷于新的孤立？……这个大步跨出了科学圣殿而直面血与污秽的伟大的天才，他发现：科学和政治，个人和社会，都一样深深植根于脚下的多难的土地。这土地，原来便连成一片，并没有大陆和次大陆之分的。没有国界。他没有祖国，可又无处不是他的祖国！

说到底，时代与他，谁也没有抛弃谁。

如果说他离开德国，离开普鲁士科学院，离开属于科学工作者的纯粹的研究生涯也算是一种抛弃，不如说是一种拒绝。他拒绝了他所应拒绝的一切。

他拒绝了一切，唯独保留作为一个世界公民的责任。人类是什么呢？作为

青年爱因斯坦像。

类的概念，其实是哲学中的一个"无"，然而在他那里却是一个实实在在的"有"，一个足以让他甘愿委以全部生命热情的实体。为此，无形中便在他与爱人和朋友之间划开了一段情感距离。他拒绝了祖国的拒绝，却也拒绝了亲人的接近，拒绝了为世俗所珍视的、日常的爱抚与温情。——这才是人生最可怕最难的一种拒绝呵！

他曾经这样写道：

> 我实在是一个"孤独的旅客"，我未曾全心全意地属于我的国家，我的家庭，我的朋友，甚至我最接近的亲人；在所有这些关系面前，我总是感觉到有一定距离并且需要保持孤独——而且这种感觉正与年俱增。

——两难的孤境！

以爱因斯坦的坚强而明澈的理性，真使人怀疑，他是否真的进入了这样痛苦的状态。但是，只要读到他以无限的同情描写斯托多拉，一位"气轮机和燃气轮机之父"的话，便一切都明白了。他说："人们的苦难，特别是由人们自己所造成的苦难以及他们的愚钝和粗暴，沉重地压在他心上。他深刻了解我们时代的社会问题。他是一个孤独的人，如同所有的个人主义者一样，对于人折磨人的那种可怕的事情的责任感，以及对于群众处于悲惨的境地的无能为力的感觉，都使他感到苦恼。虽然他有了特殊的成就和深受爱戴，但是他的感受力还是使他痛苦地感到孤独。"

不是形而上学者的无端的空虚，也不是唯我论者的孤单寂寞，而是一个清醒的现实主义者的刻骨铭心的时代体验。

爱因斯坦像。

在专制和谎言所毒化的空气里成长起来的普遍缺乏气魄和力量的一代人中,又能找到多少个这样的孤独者?所以,我想,他才因开普勒、朗之万、斯托多拉而多出那么一份沉痛与欣慰。即使同时出现了一批孤独的天才,也都大抵如莱布尼兹所说的单子一样分布着——没有"窗口",灵魂怎样往来呢?

爱因斯坦的孤独是恒在的孤独。那是一种状态,也是一种力量,是他唯一可感知可把握的。只要他要做一个完整的人,只要他不肯放弃那个始终引导着他的目标,只要人类的苦难与他同在,他就注定是一个"孤独的旅客",永远落在途中,作无止无休的跋涉……

哦,命中的孤独者!

1990年5月23日

奥威尔:从政治中来,到政治中去

英国作家乔治·奥威尔的作品在我国有多种译本,他的写作风格当为许多读者所熟悉。但无论寓言体的《动物庄园》和《一九八四》,还是纪实体的《巴黎伦敦落魄记》和《向加泰罗尼亚致敬》,以及随笔评论之类,所有文字都为一种政治意识所浸渍。像这样的有严重的恋政治癖的作家,不要说在他所在的那个绅士的国度,就是在世界范围内也是罕有的。

在我们的一些小雅人看来,政治是野蛮的、卑鄙的、肮脏的,至少是无趣的。奥威尔是一个现成的例子。他们会说,这个英国佬倘不是沾惹了政治,一生将过得相当顺当;连他的文学事业,也不会因为"泛政治化心态"的支配而受到破坏,变得纯粹、精致和超然得多。以奥威尔的身份,确实大可以不问政治。他原本作为英国皇家警官被派遣到缅甸,根据享有的特权,可以随意处罚异国的囚犯,生活的优

乔治·奥威尔（GeorgeOrwell，1903－1950），原名埃里克·阿瑟·布莱尔，英国作家。1903年生于印度，1907年随家迁返英格兰。1921年到缅甸当警察，1928年辞职。随后从事过多种职业，1936年参加西班牙内战，受伤回国。1945年出版《动物庄园》，1949年出版《一九八四》，次年因肺病去世。被称为"一代人的冷峻良心"。

越至少不下于小雅人。然而，不幸的是，他无法接受皮鞭、子弹和四周痛苦的呻吟，结果还是把这份美差给辞掉了。其实，凌辱与被凌辱，损害与被损害，宰割与被宰割，一无例外地都属于政治——这是现实直接诉诸奥威尔的眼睛和心灵的。在奥威尔这里，政治是从生活伦理中长出来的，而非得自纯粹的观念；不管承认与否，喜欢与否，它都是一种实存。只要感觉到了政治的存在，它就已经同个人的道德感结合到了一起，因此，奥威尔声明"为政治写作"是最自然不过的事。相反，如果要他脱离政治，不跟政治沾边，除非使他失去记忆，把整个心脏、热血、所有人性的东西从他的身上给拿掉!

离开缅甸之后，奥威尔选择了自我放逐的道路。他到巴黎流浪，做洗碗工，进伦敦的收容所，在饥饿和贫困的驱赶下生活。《巴黎伦敦落魄记》所记的这段日子，使他更为深切地感受到社会底层的不幸，其中包括精神上的无聊的困扰和绝望的重压，但因此，也就促进了他的下倾的政治立场的形成。

西班牙内战在奥威尔的生命史上是一个枢纽性事件。1936年7月，佛朗哥发动法西斯军事政变，企图颠覆共和党政府，由此引发战争。苏联迅速介入，向共产党领导的共和军提供武器并设法加以掌控，数千名国际志愿者纷纷来到西班牙。奥威尔是作为战地记者前来的。以他的观察，阵线并不如人们所见的明朗，在左翼内部，各派势力既联合又斗争，局势复杂而多变。从《向加泰罗尼亚致敬》中可以看到，对于政治问题他是何等敏感。然而，他洞悉党派政治，却不曾避害趋利，而是恪守他的道德理想，以致于为此惨败也在所不惜。原先，他并不认同马统工党（即马克思主义统一工人党）和无政府主义者的"战争和革命不可分离"的观点，但革命的召唤不可抗拒，他终于做了马统工党的一名民兵，在抵抗法西斯的同时，为西班牙革命而战。

　　社会主义就是平等。奥威尔承认，正是这一"社会主义的神秘感"吸引了他。在马统工党的民兵组织中，从将军到士兵，大家拿同样的薪金，吃同样的食物，穿同样的衣服，从命令到说话，完全是同志式的。如果有士兵拍拍将军的背，向他要一支香烟，没有任何人认为是出格的举动。在奥威尔看来，每个民兵部队都相当于一个民主政体，而非等级组织，即使是乌合之众，而且存在许多令人厌恶的地方，他仍然认为值得为之奋斗，并以能够成为"西班牙人的一分子"而感到骄傲。这个英国佬，不像我们的学者和周围的小雅人那样厌恶革命是明显的。他把革命看作是被压迫大众的权利，是消除特权和社会不公的最有效的手段之一。在书中，他多次写到革命，为他所经历的革命氛围所迷恋。革命以自由的力量，解放的力量，人道主义的力量，使他既往的底层生活经验得到升华，契合于他的道义感，成为生命中最为壮丽的激情体验。

　　随着西班牙战事的推移，苏联的政策愈来愈清楚地暴露了一个极权主义国家的性质。《向加泰罗尼亚致敬》以血的事实，见证了这段历史。在全世界都被斯大林的铁腕所震慑所蒙蔽的时候，奥威尔成了其中最早的几个清醒者和批判者之一。

　　如果说这部书的前半部是一出正剧，那么后半部就是一出悲剧。中心情节是镇压马统工党，以革命的名义消灭革命。苏联共产党把从镇压"托洛茨基派"开始的肃反经验运用到国际政治舞台,假西班牙共产党及共和政府之手,出动秘密警察,轻而易举地便把一个持不同政见的小党给"清洗"掉,整个过程中没有遭遇到任何反抗。共产党以及亲共产党的媒体纷纷指控马统工党犯有间谍罪,是"佛朗哥的第五纵队",是与法西斯结成联盟的托洛茨基主义组织。逮捕事件持续了几个月,政治犯多达数千人。书中叙述说,被逮捕的不但有马统工党的头头和党员,还有每一个与马统工党有联系的人,甚至包括伤员、医院的护士以及马统工党党员的妻子,甚至连党员的孩子也不放过。警察密切监视往来的人,如果有人频繁探监,也将因此成为"托洛茨基分子"朋友而被捕,然后像个无人关注的动物那样死去。奥威尔仔细地描写了整个社会如同一座精神病院般的恐怖情形,一方面揭露苏联共产党的暴力、阴谋与欺骗,一方面极力为马统工党辩诬。他特别写到遭到逮捕以致最后死于狱中的两位外国人:柯普和斯迈利,充满赞美之辞。为了营救柯普,已经拿到遣散证的他,仍不顾个人的艰危处境,在布满杀机的作战局与警察总局之间奔走。这个一生同政治结下不解之缘的不安定分子,在全书最后一章,给自画像匆匆留下了快速然而有力的一笔。

悲剧在书中是分两条线索展开的:一条是马统工党的毁灭,一条是奥威尔理想主义的幻灭。在大搜捕的日子里,便衣警察趁午夜闯入奥威尔所在的旅馆,搜查他的卧室,几乎搜走每一片纸片,从日记、书籍、剪报到所有信件;此外,还搜走他在疗养院的所有东西。这便是一个志愿寻求革命的代价。然而,就在这个英国佬带同他的妻子一起,侥幸逃离这个战火纷飞的国度,踏上另一片和平安宁的土地时,竟然萌生了一个简直不可思议的念头，就是：重返西班牙！他写道："虽然这样做可能对谁也没有好处，甚至会遭遇杀身之祸，但我还是希望能够跟其他人关在一起。"他承认，几个月的西班牙经历对他来说具有特殊的意义，他无法记下他的全部感受，他的梦魇、痛苦、悲愤，以及深情的眷恋和祝福。他说：

> 我个人在这场战争中所扮演的角色无足轻重，战争只给我留下了最不愉快的回忆，可我还是不想与这场战争擦肩而过。你已经看到了这样一场灾难——虽然西班牙战争已经结束，但这场战争最终将被证明是一场骇人听闻的灾难，它所带来的远远超出了一般意义上的屠杀和肉体上的痛苦——这场战争不一定会导致理想破灭或玩世不恭。奇怪的是，整个经历却让我更加坚信人类的高尚品质……

幻灭之后仍然希望，——这就是奥威尔。

是政治赋予了奥威尔以永无止息的热情，在"血腥的哑剧"之后，他写下《向加泰罗尼亚致敬》；在《向加泰罗尼亚致敬》之后，又以悲剧的想象力，写下《动物庄园》和《一九八四》。从情节的安排看，奥威尔是绝望的，然而他所绝望的也只是个人曾经有过的政治信仰——苏联式的共产主义，而非人类存在本身。

人类存在本身就是政治。所以，奥威尔会称他的写作是政治写作。从政治中来，再回到政治之中，这就是他写作的全部。唯有在政治和对政治的感悟中，他才获得了写作的自由。这时，他可以不必理会那些小雅人，不必讨评论家和出版商的喜欢，不必照顾种种关于"有趣"、"游戏性"、"美是和谐"之类的文学说教，——且看他在他的叙事性文本中放肆地随处插入大段大段的议论，是何等的目中无人！他所需要的，仅只是忠实于他的良知——大约也唯有如此诚实地写作，孤傲地写作，坚定地写作，才真正称得上是"个人写作"。

穿粗布衫的和穿燕尾服的终究要分手

得知己难,得文学知己尤难。

文学上的互相发现,必须穿越日常生活而抵达道德和审美的层面,深入人性幽黯的地方。要像了解自己一样了解他人,在严厉的审视中怀有同情,在苛刻的批评中富含激励,这需要一种特别优秀的品质。所以,这样的作家关系,在文学史上相当罕见。流传下来的种种关于文学知己的"佳话",许多不是事实,或者有意夸大个别的细节,使之镀上一层溢美的色彩罢了。

美国一代文豪爱默生和诗人惠特曼的故事,就是这样。

惠特曼于1819年5月出生,比爱默生小16岁。当他开始写诗,并雄心勃勃地试图挑战一个陈旧的、虚矫的、充满贵族习气的诗坛时,爱默生在知识界早已声名显赫。两人实际地位的差距,构成他们之间的友谊的前提。

36岁那年,惠特曼借了朋友的手摇印刷机,用哥哥的罗马体铅字排出了自己的诗集《草叶集》,封面也由他亲自设计,画着他的肖像,一个戴着帽沿耷拉着的帽子,敞开衬衫领口的粗鲁汉子,并使用大开本及粗体字,简单自然而富有气魄。的确,这是一个新型的诗集,它的出现标志着浪漫主义文学运动的结束以及一个新时代的开始。可是,第一版无人问津。惠特曼只得将印好的1000本书全部送人,其中有一本就是寄赠爱默生的。没有材料表明他赠书的动机:是出于对"导师"的敬意呢,抑或出于"识荆"的侥幸心理?还是恶作剧般地仅仅为了吓唬一下文坛泰斗?

爱默生果然被那犷放的诗句惊呆了。

狂喜之下,爱默生给惠特曼写了一封占满五页纸的信。信里把《草叶集》称作一份"令人惊奇的礼物",说:"我认为它是美国所不曾有过的最不寻常的才能与智慧的典范作品";"我为你具有自由勇敢的思想而欢欣鼓舞";"在你正处于一个伟大事业开端的时刻,我谨向你表示祝贺。有了这样一个开端,你的这一事业必将长久地处于令人注目的地位"。他还以不无夸张的语调说:"我揉揉我的眼睛,看看这样一片灿烂阳光是否一种幻象。但这本书的实际意义就是一件毫无夸张的事实。它的最大优点,就是使人受到鼓舞和变得坚强起来。"致敬之余,他许诺访问纽约时将前往拜访作者。

《草叶集》封面。

的确,爱默生表现出了罕有的热情。除此之外,他还不断地向朋友称赞惠特曼和他的《草叶集》,甚至向国务卿沃德写信推荐这位据说是他等待已久的本土诗人。信中说:

"如果要对他作品中的某些东西进行评论,它们显然代表着超凡的力量,而且比其他任何诗人的作品都更加具有美国特色,更加具有民主精神,更加关注政治自由。"

当《草叶集》刚刚印出来的时候,惠特曼就匿名发表了三篇书评,大肆吹嘘自己,借以推销他的诗集。他宣称:"依靠自己,目空一切,把他国家的所有特色都包揽在自己身上,沃尔特·惠特曼就这样步入了美国文坛。他说话时好像从来没理会到有'书'这样一种物品,有'作家'这样一种人物。"又说:"他从容不迫地等待着当代给他的评价的机会,在一切错误的理解和不信任中等待着未来评价的机会——总是宁可由自己来替自己说话而不是请别人代言。"可是,等到周围毫无反响的时候,他变得迫不及待了。爱默生的信件正好提供了一个可利用的机会。他在发信人毫不知情的情况下,在纽约的《论坛报》上,率先将此信发表出来。这还不够,他从信中摘录了一句祝贺语,连同爱默生的名字一起烫金印在第二版的书脊上,并在书末全文登载了爱默生的信,以及他以致谢的形式写就的短文,其中称爱默生为"亲爱的朋友和导师"。此外,他还杜撰了一些故事,制造《草叶集》如何畅销的假新闻,以期引起轰动。最可笑的是,他居然在《美国骨相学刊》上著文补充洛伦佐·福勒看过他的头盖骨相后对他的品格的解释,指出他作为一个诗人前途无限,而自己的诗,则将成为"文学史上最光辉的成就",等等。

惠特曼像。

所有这些不合规范的粗鲁的做法,在文明人看来,只能是自取其辱的事。结果,惠特曼蒙头盖脑地遭受舆论界猛烈的火力的夹击。纽约方面说:"一封未经周详思考而写出来的介绍信,竟然成为一个卑鄙下流的莽汉进入上流社会的入场券。"波士顿方面说:"这是对文学界应有的礼貌和谦逊的一次罕见的粗暴违犯。"惠特曼本人感觉如何呢?他却认为,"公众像一只厚皮的野兽,你得不断用力敲击它的厚皮,让它知道你在那里"。天哪!文明人在他那里,反而成了兽类,他还嫌敲击得不够有力呢!直到晚年,他坚持声明说自己是有原则的,他比别人更有权威为自己的作品讲话。"我不过回顾一下我自己,并把我看到的坦率地复述出来而已,"他说,"如果这样做是为了炫耀自己,那是另一回事。但是,如果目的只是为了估量一下自己,那么你替自己去做或者由别人替你去做实质上是一样的。对此,我不觉得有什么难为情。"

爱默生(Ralph Waldo Emerson,1803—1882),美国散文家,超验主义运动的代表人物。他的演讲《美国学者》曾被称为美国"理智上的独立宣言"。

无论惠特曼如何辩说,在上流社会,他都无法改变作为一个无教养的野蛮人的丑陋的形象。

连爱默生也持同样的看法。当这位文坛教父式人物在《论坛报》上赫然看到他那封热情过头的致敬信时,不禁深感震惊和沮丧。他对到访的朋友表示说:"如果我早有准备发表这封信,那么,我就会大大扩充'但是'那部分内容。"他还对剑桥诗人朗费罗的弟弟说惠特曼干了一件"莫名其妙、粗暴无礼的事"。等到惠特曼将《草叶集》第二版寄来时,所有访问过爱默生的朋友都说,从来不曾见到爱默生如此真正地发怒过。此后,爱默生评论《草叶集》的调子就明显不同了,甚至充满讥嘲,比如说是"拍卖行的商品目录","只不过是《薄伽梵歌》和纽约《论坛报》的奇特的混合","一半是鸫,一半是鳄鱼",诸如此类。他派去拜访惠特曼的第一个使者曾经这样说过:"多年来,爱默生一直是我们文学界的'银行家',凡经他过目的文稿,经他在柜台上敲过看过的无论是真是伪的硬币,都能到处畅通无阻。"《草叶集》到底是良币呢,还是伪币?"银行家"如此前后反复,他真的具备这种判断的眼力吗?

但是,无论如何,爱默生具备一种绅士风度,文明人特有的演员气质。即使他开始讨厌惠特曼,还是履行了信中的承诺,到纽约见见他的所谓"赞助人"。

爱默生与惠特曼会面大约有十次之多。头一次除了爱默生在日记里保留了一个极其简略的记号以外,没有任何记载,可以推想见面的气氛不会很融洽。

1860年春天的一次会见,是在波士顿公共广场的榆树下面。他们一面散步,一面交谈,结果仍然因为《草叶集》争论起来,弄得不欢而散。

爱默生极力建议惠特曼重新考虑他的近作,他越写越出格,简直全然置社会道德于不顾了。爱默生特别提到《致一位普通妓女》这首诗:

> 镇定些——对我随便些——我是沃尔特·惠特曼,
> 像大自然一样解放、健壮,
> 只有太阳把你排斥了,我才会排斥你,
> 只有流水拒绝为你闪光,树叶为你发出声响,
> 我的话才会拒绝为你闪光并发出声响。
>
> 我的姑娘,我和你定一个约会,让你和我一样

做好准备,以便和我见面,
但愿你有耐心,保持最佳状态,直到我来。

到时候再见,此刻让我以含有深意的一瞥
向你表示敬意,
为了你不会忘记我。

还有《亚当的子孙》里的许多段落,爱默生指出,时代与时代的趣味都还没有这方面的准备,因此必须加以删除。他的观点是,在目前,即使稍微提及裸露的身体也是一种禁忌;性,尤其是女人,那是需要掩盖的邪恶的秘密,绝对不可以公开渲染和炫耀。惠特曼知道爱默生不是那类容易被小孩的伦理道德所惊吓的人,反对的原因肯定是出于对所谓的"社会效果"的考虑。他反问爱默生道:"如果那样,剩下来的还会同样是一本好书么?"爱默生的回答是:"我不是说同样一本好书,我是说要有一本好书。"据惠特曼回忆说,当时,他已经明确地意识到不能接受一切规劝,而坚持走自己的路了。他对爱默生说,《草叶集》不管站得住也好,垮下去也好,反正它得保持现在这个样子。

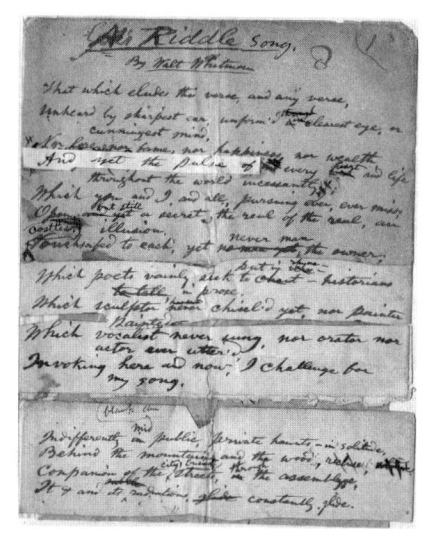

《草叶集》手稿。

"世界上最脏的书就是被删改过的书",多年以后,惠特曼对特劳贝尔说。就在这次会见之后不久,他出版了《草叶集》的修订本,用他的话说,这次是"真正出版","以永久的形式出版"。这个版本没有收入原来的序言,也没有收入爱默生的往来信件,以及任何的评价文章,是一本纯粹的诗集。他有信心显示诗歌在他那里的最本质的力量。

然而,不听爱默生的劝告,使惠特曼付出了惨重的代价。《草叶集》被列为"诲淫书刊",禁止在波士顿出售,其实在其他许多地区同样遭到查禁。至于"不道德"的书的作者,则被解除了政府机关办事员的职务,在长达两年的时间里,找不到一份正当的工作。直到逝世为止,他都无法完全消除这魔鬼般的阴影,上流社会和传统势力加给他的坏名声。

如此看来,爱默生是先知了。

1871年,英国有一个叫詹姆斯·布赖斯的学者说,爱默生对惠特曼已经不抱任何希望。据他说,爱默生说惠特曼不仅自高自大,而且装模作样,行为粗鲁而自鸣得意,过于轻视有教养的人的惯用语言。"告诉沃尔特,我是不满意的,我不满意。"爱默生说,"我希望他创作民族的诗歌,但看起来他只是满足于写存货目录。"爱默生认为惠特曼的朋友应当更多地同惠特曼辩论,坚持要他驯服一些,守规矩一些——更关心美、艺术、文化等方面的要求。然而,在惠特曼听来,只觉得可笑而又可怜。

惠特曼对爱默生的态度,前后发生很大的变化。他说过:"爱默生主义最好的作用是,它哺育了伟人来消灭自己。谁甘愿只充当某一个人的追随者而隐匿在每一张书页的背后呢?"这就是惠特曼的独立性。真正的创造者不需要导师,至少这时候他不需要导师;何况在他看来,爱默生的思想停留在老地方,再没有向前挪动过。1872年,他同朋友一起听完爱默生题作"想象力与诗"的报告,深感失望,认为唯是老生常谈而已。

到了1874年,爱默生完成了一个叫《帕纳萨斯》的诗文集的编选工作。他很看重这个选集,夸耀说是足够可以同广为流行的帕尔格雷夫编的《英国抒情诗歌集萃》相媲美。在这部达500多页双栏排印的选本中,竟连惠特曼的一行诗都没有收入。

爱默生的这种有意忽略的做法,是整个美国文学出版界对惠特曼的打击、迫害和歧视的一部分,而且是很重要的一部分。惠特曼对此是重视的。他在晚年的一篇匿名的自我辩护和宣传的文章《沃尔特·惠特曼在美国的实际地位》中专门提到过,但是,最后他仍然很唐·吉诃德地宣告说:"诗人自己却变得更加坚定和刚强。"当时,他已因战争中志愿参加伤兵看护工作而受病毒感染致残,又没有工薪收入,可谓贫病交迫。他的生活费用,除了有限的稿费来源,基本上依靠英国知识界的资助。美国整个知识界,可以说是敛手旁观,等待不可一世的惠特曼渐渐衰弱下去,直至悄无声息。这其中,就包括了爱默生。

两位著名的人物终于分手了。

对于他们之间的关系史,一些传记作家或者轻描淡写,或者讳莫如深;稍为详尽一点的,几乎无不责备惠特曼的粗鲁、自大和不义。可是,只要了解他们的身份、性情和经历,就会知道,分道扬镳是一种必然。

爱默生出生于牧师家庭,后来也当了牧师,一生致力于布道。从很年轻的时候开始,他便做了职业演说家,在长达40多年中,共发表1500次左右的公开演说,大可以看作是牧师生涯的延续。他毕业于哈佛大学,十分重视知识,注意材料的积累和利用，不断地抄书，编写索引，以及索引中的索引。他曾经游历欧洲，对于1848年欧洲革命明显地持反对态度。他在日记中写道："我为商业主们的胜利由衷地感到高兴。"有一个象征性细节，说他看到革命者手执火炬路经林荫道，两旁的树木当了路障时，不觉深为惋惜，说："年终时我们应当算算账，看看这场革命到底是不是抵得上这些树木的价值。"一个天性保守的人，是不可能从根本上理解革命的。

总的来说，爱默生爱秩序，崇仰权威，有上流社会人物的癖好。旅欧期间，他到处拜谒名家、伟人、最有才智的人。歌德成了他的偶像。以英雄崇拜著称的卡莱尔，也是这个时候认识的。他写的《代表人物》，开具伟人清单，虽然没有卡莱尔般的狂热，但名单中没有美国人和当代人，这是的确的，由此可以看出他的观念和趣味所在。他在《自然贵族》中认定，"真正的贵族，是凌驾于自己的身份等级之上的人"。他虽非贵族出身，但很明显，他是那种全身散发着贵族气味的人。

惠特曼是地道的农民的儿子，母亲是文盲，而他本人也只念过五六年小学，因此根本不可能沾染可恶的经院习气。他当过印刷所学徒、排字工人、差役、木匠、小学教师、报馆编辑，战时担任义务看护，一生为贫困、失业、疾病所折磨。他一身粗布衣服，喜欢敞胸，不结领带，在室内或室外都歪戴着帽子，随心所欲。爱默生的朋友康韦注意到，惠特曼就像那些下等人那样，习惯地把裤脚塞进牛皮靴里。康韦还发现，他一路上热情地和碰到的水果小贩、收票员和码头工人打招呼，把他们看作是自己的朋友。他告诉康韦，说他熟识几千个这样的人，并且十分自豪地声称他自己就属于这个"劳动阶级"。如果和朋友一起相聚,他最喜欢的地方就是人行道下面的阴暗的地下啤酒店,他觉得在这里比在豪华的客厅里更感到适意。跟爱默生相反,他不喜欢卡莱尔,也不喜欢优雅的丁尼生,不喜欢通体笼罩着"死亡的气氛"的莎士比亚。他认为,《瓦尔登湖》的作者梭罗,虽然在不少方面有可敬的表现,但是也同卡莱尔一样,蔑视周围普通的人们。在他看来,新英格兰的文学界人士一般来说总是势利的、保守的、反民主的。在说到塞缪尔·朗费罗等一批文人时,他说道:"我不属于他们一伙,最好不要把我推进去,或者进去之后要我留在那里。"还说:"爱默生是他们这些人之中算得唯一平易可亲的人,但也被他们给搞坏了。"在描述自己的时候,他说他不爱跟文学界人士来往,从来没有人让他在公共宴会上发表演说,当然他也从来不在台上和那些官员、牧师、教授之类坐到一起。在上流社会里,他始终保持了一种平民式的洁癖。

像这样一个任性的人,目空一切的莽汉,高尚的粗人,现存的秩序和高高在上的权威当然不是他可容忍的。正如他所歌唱的那样:"因为我面对着平静、安全和所有既定的法规,要推翻它们";"我歌颂'扩张'或'骄傲'。我们已经低头求免得够了"。平民主义成了惠特曼的诗歌创造的旗帜、火焰、原动力。无论过去的诗歌,还是现在的诗歌,在惠特曼的眼中唯是"一位第一流的绅士",从头到脚灌注着上流社会的精神,以华美而时髦的形式回忆、颂扬等级的一切。在这中间,《草叶集》当然成了"奇怪的声音"。惠特曼对于他和他的诗歌的境遇十分了解,所以,当他匿名评论自己时,会以究诘的语气说道:"如果这是诗歌,它的前驱又该占什么地位?那一批批的打油诗人,情绪忧郁,穿着燕尾服,还有所有那些把诗句制成蜜饯和装饰品的人又怎么办?难道就让这个脸膛被晒得黧黑的人走上前来,自命为美国和公元19世纪的发言人,让他作为诗人的理所当然的代表吗?"

文学思想的歧异与斗争,其实从来没有过温和的礼让,这样分裂便变得不可避免。如果说,爱默生和惠特曼都代表着美国精神的话,那么,爱默生所代表的便是英国绅士和清教徒所残留的部分,传统的部分;惠特曼则是一代移民将要生成的部分,开敞的部分,未来的部分。如果说,个人主义是美国精神的核心的话,那么爱默生的个人主义基本上是吸收的,观念的,感悟的;而惠特曼的个人主义则是来源于生存的,生命的,直接来自根部,是情感对观念的深切的呼应。如果说在爱默生那里,难免矫揉造作,观念与实践相脱节;那么对于惠特曼来说,他的所有一切,包括诗歌,都像大自然一样,自然,平凡,从内到外融洽一致。

只要社会依然划分为上层和底层,强势和弱势,只要还存在着贵族(特权阶层)和平民的区别,就不可能有完全统一的诗歌。这是两种不同的文学气质,代表着不同的文学思想和路线。爱默生和惠特曼的最后分手是一个标志,既是一种选择,也是一种必然。

分裂是伟大的。

2004年5月

平民的信使

> 我现在天天所想的和梦到的就是怎样同现实作斗争。
>
> ——〔俄〕别林斯基

人显然比人民或称平民的概念广延许多。因为在平民之上,尚有权势者,为数极少却可以只手倾覆天下,使世代的人们生活在无法驱除的阴影之中。这是几千年来最可骇异的社会现象之一。在西方,自从佛罗伦萨的晨钟响过,人的幽灵便开始飘离教堂的尖顶,然后慢慢降落巴黎的街垒和密西西比河畔的田园,植入一具具血肉之躯,而成为拥有实际权利的个人。自由不复是一种幻觉,它已经从无比丰饶的人性想象,变做可触摸的实体了。可是,东方是没有个人的。所谓人,就是人群,是处于"利维坦"的利爪之下的互相隔膜又互相牵制的庞然巨族。长久的奴役比战争更可怕,一面培养傲慢,一面培养卑怯,使得自由精神日渐沉沦。譬如俄国,直至19世纪仍蓄养大量农奴,可以想见人权的普遍状况。广大的平民阶级,犹如西伯利亚的冻土层,饱受弥天风雪的肆虐之苦,历时既久而哑然无声。

在专制的政府和愚昧的民众中间，终于生长出了一种敏感而又不安分的人物，叫知识阶级。俄国知识阶级承受了德国形而上作家的精神遗产而特别富于头脑，但是，却又能摆脱抽象事物的缠绊，长于实践性活动。既然他们意识到每个人都是现存制度的一部分，所以决不会满足于自我拯救，而因社会福祉的萦怀作整体的献身。这是一支自觉的军队，他们所加于自身的责任感，对欧洲乃至全世界的知识者良心，无疑构成一场空前强大的、永久性的冲击。

就在这支队伍中，别林斯基，以其平民的本色而成为最令人注目的一员。

他出身寒微，是一个县城医生的儿子，在一片阴惨的鞭影和农奴的哭声中长大，没有完成大学教育。由于执拗的自由的渴望，青春的血液早已变得灼热而顽野不羁。文坛原本是雅人群集的所在，在他们看来，这个闯入者显然是来历不明的。难怪连普希金和果戈理这般优秀的人也害怕同他建立私交，果戈理甚至公开撒谎，声明说根本不认识这个曾经将其作品的巨大价值揭示于世的人，后来竟连他的名字也不敢提起了。

然而，对于别林斯基，这些算得了什么损害呢！他根本不屑于理会那些把胡髭收拾得整整齐齐的面孔，圣彼得堡的作家们；他藐视人世间的爱宠、抚摩，愚蠢而无聊的礼貌。也许，正因为周围堆满了这些上流社会的垃圾，才激发了他无尽的对抗的敌意和清扫的热忱。普希金和果戈理，如果仅仅拖着一条庸人尾巴，他决不会把手中几近一半的原稿纸留给他们！

一个战斗者，如同宗教徒一样，由于对信仰的忠诚，往往被讥为偏执狂。屠格涅夫称别林斯基及其后的一批平民知

维萨里昂·格里戈里耶维奇·别林斯基（V. G. Belinskiy, 1811－1848），俄国革命民主主义者、哲学家、文学评论家，俄国文学批评与文学理论的奠基人。主要论文有：《论俄国中篇小说和果戈理君的中篇小说》《艺术的概念》《论普希金》《致果戈理的信》和《一八四七年俄国文学一瞥》等。

识分子为"文坛上的罗伯斯庇尔"；事实上，世人对罗伯斯庇尔的评价，至今依然判若云泥。而别林斯基，确乎宣称过以马拉的方式爱人类，倾心于罗伯斯庇尔。这个拥有活跃的、急躁的、激烈论争的角斗士一般性格的人，随时准备着向所有反对他的信念的人挑战，并且决心征服他们。当他刚刚踏入评坛，就以著名的论文《文学的幻想》使所有志得意满的作家们为之瞠目，因为他的结论是："我们这里没有文学！"还有比这更为粗暴的说法吗？及至临终前一年，他克制着病苦，给果戈理——伟大的《钦差大臣》和《死魂灵》的作者——写了一封长信，对作家在一部新著中所作的对专制政治和最高权力的赞颂，人格上的卑污、丑恶与屈辱，披沥了神圣的愤怒。它是如此富于颠覆的力量，以致陀思妥耶夫斯基仅仅在一次小组集会上朗诵过，就被判处死刑，及后改作长达十年的苦役和流放。有意思的是，信中恰好还有一笔提及普希金：因为只写了三首忠君的诗，穿上了宫廷侍从的制服，就立刻失去了人们的信任。他在信中写道："自尊心受到凌辱，还可以忍受，如果问题仅仅在此，我还有默然而息的雅量；可是真理和人的尊严遭受凌辱是不能够忍受的：在宗教的荫庇和鞭笞的保护下，把谎言和不义当作真理和美德来宣扬，是不能够缄默的。"这是平民的声音。他确曾用以爱祖国的希望和光荣，以及把祖国引向自觉、发展与进步的领袖那样的全副热情，来爱过果戈理；因为他从果戈理的小说和剧本中，正如从普希金的诗中一样发现了俄罗斯暗夜的幽微的火光。真理是朴素的。平民的信仰如同真理一样朴素。当他以一种来源于朴素的本性的直观，一眼瞥见了其中的庸俗、虚伪、龌龊、奴性的顺从，瞥见了反现实的倾向，就会立刻掉转头来进行刻毒无情的追击，哪怕它们来自自己所热爱过、盛誉过的作家身上！

在论战当中，别林斯基从来未曾怯弱过，可是在真理面前，却柔顺得像一个小孩。属于平民的真理十分简单，无非要扭断现实中的厄运，把颠倒了的世界重新颠倒一次而已。恰恰在最简单的问题上，他却因为过度的深思而陷入迷误。傲慢的黑格尔和冷漠的歌德一时摆布了他，于是追求"绝对理念"，灵魂的"宁静与谐和"；长期以来闪烁在他的论文中的政治元素黯然失色了，他竟像一个蒙眼人一样，走到了同丑恶的现实和解的沼泽的边缘。但是，他很快便挣脱出来，痛感和解的可怕之余，洞见了自己的丑恶。他忏悔了，他诅咒自己，他不惜当众人的面戳身上的脓疮。既然爱体面是上流社会的事情，那么，还要什么假面具呢！

批评就是否定。其实一切否定都需要勇气，需要痛苦备尝。大堆的被称作"批评家"者流，或者做作家背上的犀牛鸟，一生靠啄食有限的几个小虫为活；或者做孔雀，卖弄撅屁股的唯美主义；做笼中的鹦鹉，着意重复主人的腔调；或者如家鸡一般，吃多少秕谷生多少蛋，力求平庸；再则如杜鹃，唯借暴力侵占别的雀巢，心安理得地孵化新生代。这些来自心灵和美学之外的飞禽，广有羽翼的族类，可以不断地搬弄经典，吐些连自己也嚼不动的生僻名词，哄抬一些作家，践踏一些作家，煞有介事地叽叽喳喳，仿佛充满激情，然而就是不懂得痛苦。痛苦是深部的生命。在他们的文字当中，根本看不见现实生活的根系，感受不到情感的强劲的和细微的震颤，无法触及事实的悲剧所在，甚至事实本身。如果竟不能像一个普通人那样承担和体味当代的苦辛，还算什么批评家！

因此，说到别林斯基，与其说是批评家，毋宁说是"批评诗人"。批评不仅需要才智、教养、才能，重要的是对生活和艺术的敏锐的诗意感觉，对所从事的批评专业的苦恋情怀。他对理论抱有一种戒心，认为只是包含在一定时间限度之内，不像批评可以不断进击，不断突破，通过"不断运动的美学"所固有的变革性，同整个的民族前进的历史结合起来。

他说过，在俄国，只有讲台和杂志两种活动方式是可能的；而他更偏爱杂志，以为是一种群众性的发言机关。这样，杂志到了他手中，也就变成了一种扩大的批评了。

一生中，他接连办过多种杂志，直到牢牢抓住了《祖国纪事》。当整个文坛为众多的文学侍臣、贵族所把持，如果没有自己的杂志，凭什么来暴露地面的黑暗，传达皮靴下的声音，让已经埋没和行将埋没的富有才具的叛逆者崭露峥嵘的前额？正是《祖国纪事》，成了一个民族的唯一的喉管，一代天才的俄国知识者集合的中心！

这样一个习惯于在斧背下写作而火星迸射的批评诗人，在荆棘地里耕种的编辑，平民意识的传播者，不屈服的战士，遭到不幸的追逮是注定了的。穷困、疾病、政治迫害，还有苦役般的劳作，终于过早地压倒了他，他被内心的烈火过早地焚成了灰烬！

这时，他37岁。

别林斯基确实为文学事业耗尽了短促的生命。那么，文学，使一个人九死而不悔地为之委身的文学到底是什么？同时代人赫尔岑以最简洁的语言定义说：

凡是失去政治自由的人民，文学是唯一的论坛，可以从这论坛上向公众诉说自己的愤怒的呐喊和良心的呼声。

1993年5月

寻找诗人

> 你可以不做诗人,但是必须做一个公民。
>
> ——〔俄〕涅克拉索夫

1

诗人总是同诗联系在一起。

十年前,从乡下来到大都市,正如从吃薯芋改作细粮一样,喜欢阅读的书,眼前也都慢慢变得精致起来。语言是富有魅力的。总之到了后来,我是能够安稳地在自己的幻觉里栖居了。

任何选择,同时是一种背弃。我开始告离从前敬仰过的诗人,这其中就有涅克拉索夫。

在我常去的一家书店里,《涅克拉索夫诗选》整齐地靠在一起,大约五册,书脊上全都蒙着一层薄薄的灰尘。我曾匆匆取阅一回,复匆匆插回架上,此后再也没有翻动过。过了许久,当我偶尔想及它们而一瞥原来的角落,早已踪迹全无,唯见一排气宇轩昂的武侠小说了。记得当时颇有点怅怅，心想：怕不会一起被送到废纸堆里去吧？

2

一天阅稿，是苏杭先生所译的叶夫图申科的集子。有一篇关于涅克拉索夫的专论，特别提到诗人自以为非的一段故实：在专制的恐怖中，为了保全由自己主编的《现代人》杂志，他曾经为最高统治者沙皇遇刺幸免于难写了诗，以表庆祝之意。仅仅为此，他一直得不到安宁。

他写信给托尔斯泰说："我在极力排遣恶劣的思绪，时而觉得自己是一个大好人，时而觉得是个大坏人……在前一种心境下，我感到轻松——我对我的自尊心所受到的致命屈辱、流血创伤能够看得超脱一些，乐意并且衷心地宽恕别人，对无法获得个人幸福能够想得开；在后一种心境下，我感到痛苦而又痛苦，是不值得同情的，首先既无力站起来，也无力完全倒下时，比什么都难受……"

这时，我不禁想起从前读过的他的一首诗：

> 我从来都不出卖竖琴，
> 但是，当无情的灾祸突然降临，
> 我的手就会在竖琴上弹出
> 不正的声音……
> 为了和人民拥有同一滴血，
> 呵，饶恕我吧，祖国！
> 请饶恕我的罪行！……

人类生存的两难，本来就是以损害一个方面来保存另一个方面的，何况艰难时世。要担任一个杂志的主编，就必须充当君主的奴仆；要坚持自己的信仰，就必须放弃个人的意志；要说出少许的真话，就必须大量地说谎；要表达复仇的快意，就必须忍受自戕的痛苦。命运的选择是没有自由的。为了俄罗斯硕果仅存的文学园地——《现代人》，做一个拟态以求生存，有什么可责难的呢？只是，目的与手段密切相关，倘使手段与目的相悖，目的就不复是预期的目的了。作为社会的喉舌而言不由衷，所谓文学，自然失却了存在的意义。的确，一首诗而已，比起《现代人》众多反叛倾向的作品，可谓微不足道；但是诗人对于异质的东西特别敏感，哪怕半点的虚伪和污垢，都会使心灵深受创伤。

涅克拉索夫（Nekrasov, Nikolai Alekseevich, 1821—1877），俄国诗人，生于乌克兰波多里斯克省。其诗歌紧密结合俄国的解放运动，许多诗篇忠实表现了贫苦下层人民和俄罗斯农民的生活和情感，同时以平易口语化的语言开创了一种平民诗风，被称为"人民诗人"，其创作对俄罗斯诗歌以及苏联诗歌均有重大影响。作品有《秘密》(1847)、《未收割的田地》(1854)、《被遗忘的乡村》(1855)、《诗人与公民》(1856)、《大门前的沉思》(1858)、《叶廖穆什卡之歌》(1859)等。

3

诗人的忏悔，重新唤起我多年以前阅读《谁在俄罗斯能过好日子》和他另外一些作品片断的亲切之情。在阴霾的冬日，他的诗是斜照的阳光、面包和炉火，是载我穿越无人的野径的过膝的长靴，今天，对于我个人来说，虽然已经可以从容地踱步在早经布置的恒温的暖室里，而那些粗壮、强韧、热烈灼人的诗句，难道就不再需要了吗？人类的优秀的成员本来不多，众多萎弱的灵魂，全靠了他们的喂养和保护，你为什么竟断然加以拒绝呢？

我顿然发现，在内心里，我怎样地以最纯净的美学玷污了一个曾经慷慨给予我的灵魂的歌者！

扔下译稿，我开始发疯般地在电话和街道里寻找《涅克拉索夫诗选》，当我终于握住了一度视若敝履的集子时，那心情简直无法言说，是快乐还是悲哀？只记得我对友人说了这样一句话：

"这本书应当属于我。"

世间的文学有两种，一种近于标本，专用于摹仿写作和制作教条，另一种则近似食品或药物，用途是改造生活，强壮心灵。涅氏的诗作明显的属于后一种。

灯下读完《诗选》，心意难平，禁不住把架藏的所有可能涉及诗人的书籍统统翻出来，从多种《俄国文学史》直到《巴纳耶娃回忆录》。他自称是"黑暗王国的歌者"，那么深情地歌唱黑暗笼盖下的祖国、故乡、苦难而倔强的俄罗斯妇女。他歌唱被遗忘的村舍、未收割的田地、像麦粒一样沉默的农人，以及他们的孩子们；他歌唱预言者、流放者、囚犯，歌唱活在同一个事业中的朋友和兄弟……他像背负十字架一样背负沉重的九弦琴，令它震响，诉说失去自由的痛苦、内心的矛盾、无人倾听的哀伤。为了逃避阴险的处境、检查机关的刁难，他不止一次绕道而走，在权威面前压低洪亮的嗓音。在发表《沉闷呵！没有幸福和自由》的时候，他增写了一个并非多余的副题："译歌德诗"；直到临终之前，才将它在原稿中涂掉，然后注明："自己的"。

在普遍受难的时代里，诗人的声音，往往不是清越的、悠长的、雄壮的；即便激愤如滔滔而下的江河，也必定有漩流和浅滩的呜咽。正是流贯在诗行中的如此的抑郁与自责，使我加深了对"诗人"的理解，从而深爱了涅克拉索夫。

元旦那天，我把新买的《涅克拉索夫文集》特地找出来，并列在书架的最显眼的位置上。三卷书的封面，全作土地和青草混合的颜色，唯一的图案是套色木刻——玫瑰，美丽而沉着,默默散发着某一种芳香。就那么看着,呼吸着,我便会重复获得同一的提示:诗人必须忍受心灵的磨难;而写诗,当然绝非是分行书写那么简单的事情!

4

在涅克拉索夫的葬礼上,当陀思妥耶夫斯基刚刚致完悼词,包括普列汉诺夫在内的大学生们高喊:"超过了普希金,超过了!"

叶夫图申科承认,涅克拉索夫在历史方面超过了普希金;但是,他仍然认为,在诗歌方面并没有超过。这无疑是基于专业考虑的一种偏见,因为,诗歌本来应当包括更广大的空间,不只是技艺而已。

实际上,就像涅克拉索夫在《缪斯》诗中表明的那样,从来便有两个缪斯,不同的缪斯;或者直接地说,普希金的缪斯和涅克拉索夫的缪斯。普希金的缪斯是"柔声歌唱的、美丽的缪斯",是"令人迷醉的古代的婢人";涅克拉索夫的缪斯,则是"一个冷漠无情、无人喜爱的缪斯",是"生来只知劳累、受苦和枷锁的穷人们的忧愁的伙伴"。普希金是优秀的,也是优越的。他热烈地歌颂自由,歌颂纪念碑,歌颂西伯利亚的矿坑,涅克拉索夫所曾经歌颂过的许多事物;但是,缺乏涅克拉索夫式的平民的质朴。他一面喂养囚鹰,一面逗弄鹦鹉。比起涅克拉索夫,他为帝王的御座和陵寝献过不知多少倍的颂歌,而且,他的歌唱是主动的,而涅克拉索夫却是如此的痛心疾首。

对于一个诗人,重要的不是歌唱什么,而是如何歌唱。涅克拉索夫天性固执,迂直,近于笨拙,简直不能算是抒情诗人。他的情感,早因深厚的淤积而变得凝滞,流变无由;大段大段的关于生活戏剧的铺陈,明显地偏重历史而非美学。据说,诗人的想象特别的丰富而斑斓,然而,他的蝴蝶谷在哪里?

普希金的诗歌,许许多多诗歌,由来教人飞升;唯涅克拉索夫以创作的广大深沉,逼使意欲逃逸的灵魂返回黑土。或者是五月的鲜花,或者是荒芜的墓地,他歌唱的都是脚下真实的生活。

5

诗人何为?

为大地所生而歌唱着大地的人便是诗人。

诗人首先是人,然后是诗。诗人首先不能在诗行中寻找,而应当在人群中寻找;正如寻找诗不能在盆栽植物中寻找,而应当在乔木、灌木、地丁和刺藜等卑贱的族类中寻找一样。

称为"诗人",是因为写了诗,但是却不仅仅因为写了诗。

走向大旷野

无论生与死，托尔斯泰都同俄罗斯大旷野有关。

大旷野在索菲大教堂之外，玛丽亚剧院之外，夏宫和冬宫之外，甚至涅瓦大街之外。在大旷野里，再高大的乔木也会因无边的开阔而变得卑微，到处是灌木林、沼泽、无所谓枯荣的丛草。大风雪以最直接的方式施行暴虐，阳光那么稀少；夜色深浓，星子分外苍白而迷茫。猛兽到处存在，更多是温和的动物，它们常常以惊怯的眼睛向四方窥伺。鸟雀在这里筑巢，做飞翔的梦，不时膏于鹰吻而血洒平芜。大旷野人迹罕至，唯做成油画进入城市沙龙，编成教科书进入学院，制成各种公文进入宫廷，从而显示不容忽视的浩大的存在。有一个著名的比喻叫朝野，说的就是大旷野，一种与官方相对峙的民间力量。俄罗斯大旷野辽阔、浑厚、丰饶，充荡着一种清纯而辛苦的气息。被称为民粹主义者的人们,竟为这气息所魅,以"到民间去"相号召,汹涌一时。

托尔斯泰秉承了大旷野的血脉。可是,这位拥有数百个农奴的伯爵,在庄园的雪白的栅栏内,却是再也找不到他想念已久的故园了!

俄狄浦斯情结,牢牢地抓住了他。

一天,他对着镜子端详良久,嗫嚅道:"不像。"由于失去了母亲,无法像终年劳作的贫困的兄弟那样生活,便使他一生陷入无间断的追究、忏悔和自责中,挣扎着不得安宁。他曾经这样对一个青年流放者说:"你多么幸福,你为自己的信念而受苦。上帝没有赐给我这种幸福……"这位头号傻子、颠僧,完全把人世间关于幸福与不幸的概念弄颠倒了。

他开始拯救自己。

所谓拯救,其实是自行破坏,即俗人之所谓"自作孽"。他极力放弃属于贵族地主的特权,宁愿接受体力和脑力的双重折磨。他穿农民一样的衣服;吃荞麦粥和喝白菜汤,做素食主义者;戒烟、酒,把烟草当作奢侈品,禁绝多年的打猎习惯。他亲自下地,锯木材和劈木头,用镰刀或者别的工具干活;犁地成了一天中最愉快的享受。大约在他看来,令人憎厌的劳动是一桩善而且美的事情吧?他的哥哥在信中说他"老是尤凡化",便因为他常常模仿一个名叫尤凡的雇工的动作,包括扶木犁的姿态。——可笑的是,这已经不是青少年时代的故事了。

这些劳动者,品格高尚却出身卑贱。他们像牲口和农具

列夫·托尔斯泰(Leo Tolstoy, 1828-1910),俄国作家。出身贵族,后来思想发生巨变,转向宗法制农民立场,成为一个主张"勿抗恶"的人道主义者。著有小说《战争与和平》《安娜·卡列尼娜》《复活》等。

一样同属于主人，反复耕作，收获的仍是饥饿、疾病和灾祸。自由和尊严都是主人的事。公正的法律唯有保障他们领受惩罚，从纳税直到鞭笞、关押和砍头。"那么我们应该做什么？"托尔斯泰给自己，同时也给有身份的人出了一个颇难解答的题目。他说："我用我的整个存在了解了，在莫斯科存在着成千上万那样的穷人，而我和成千上万别的人，却吃牛排和鲟鱼吃得太饱，用布匹和地毯来覆盖我们的马匹和地板，这是一种罪恶——不管世界上一切有学问的人会怎样说它们是必需的——是一种不只是犯一次，还是不停地在犯着的罪恶……"他不能容忍自己所过的生活，犯罪般的可诅咒的生活；虽然有时也寻找过合理的根据开脱自己，然而，只要看见家里或任何别的客厅，任何摆得整齐干净的餐桌，或是配有保养很好的车夫和马匹的马车，乃至商店、剧院、集会场所，就不能不感到愤怒。他的目光总是从个人自由那里滑过，霰弹般覆盖在社会正义等问题上面。对于失去人身自由的农奴，他所关注的也是整整一条横系俄罗斯的锁链——农奴制，而不是哪一个人，哪一个环节。城市与乡村、富人与穷人之间的惊人的差异，强烈地吸引着他的心灵。他认为，他对不幸的人是负有责任的，因为他参与破坏了他们的生活。有一次，一位出身城市的朋友向他解释说，不平等是城市里最自然的现象，他立刻挥动胳膊，搏斗般地叫喊道："一个人不能够那样生活，不能，不能！"

完善自己不是一种室内活动。因此，一个自以为精神残缺的人，才会像殉道者那样，越过重重阻障，走向大旷野。

"按人民的方式生活。"托尔斯泰说。

人民包围着他，近在咫尺，又相隔遥远。没有一条现成的道路通往大旷野，但是他确信，脚下的土地是与大旷野连在一起的。他没有耽于星空的渺冥，而是穷于追索道德律的严整；他知道，道德就像野草和荞麦一样在地面上生长。他忠实于这土地。不管最终是否可以通往梦中的家园，总之，走是不会错的。

　　他固执地走，甚至不避重复：起草解放农奴的计划，发动救灾、募捐，分发卢布和粮食，为灾民子弟兴建学校，亲自砌砖，还有教授功课……他为农民遭受饥荒而深感痛心，形容说，"就像一个患风湿病的人在雨天之前浑身疼痛一样"。在家信中，便不只一次提到如何解决农民的麦种问题。说不清楚，他是周赈穷人抑或救赎自己，但都一样的虔诚，紧迫而且耐心。

　　在《圣经》里，麦种是一种象征，生命的意义因它而播扬。当托尔斯泰把种子和粮食拿去救助那些需要的人们时，便痛切地感到，必须使人类具备一种永无穷匮的可普及的物质。信仰的道路漆黑一团，而他，连第欧根尼的灯也没有，全凭着自己的摸索才找到了这种物质：爱。世界上所有高深玄奥的东西都具有可疑的性质，唯爱至高无上又简单明彻，一如无价的阳光，可以任人分享。"勿抗恶。"托尔斯泰说。于是，他因拯救自己而及于人类，爱成了宗教。这是新的宗教，但也是最古老的宗教，所以他被称为"基督纪元一世纪的犹太教徒"。不同于后来正统的浩大的宗教者，在这里，爱和劳动是密切相关的，一旦劳动成为教义，生活奢靡而生性懒惰的上流人物便永远无法进入天国了。表面上看起来，托尔斯泰的宗教具有泛爱性质，其实不然；用他的话来说，这是"从地下拉出来的宗教"，与上等人受用的天上掉下来的宗教是大两样的。这样，教会发布文告称他为"伪善的教师",以反对上帝和神圣的传统为罪名开除他的教藉,就没有什么可骇怪的了。

然而,他点燃的火焰竟不可遏止地蔓延开来。

他的住宅成了大学生、工人、众多希望得到安慰和鼓舞的人们的中心。著名画家列宾为他画的新的肖像,被公众用鲜花装饰起来;在大街上,人们向他欢呼、致敬,大量的信件和电报向他飞来;而他的被禁的著作,也通过手抄或其他不合法的途径不断传递到人们手中……事实上,众多的信徒并不了解他们的"教主"。他根本无意做什么领袖,从来关注的只是内心,并非运动。当"托尔斯泰垦殖队"刚刚组织起来的时候,人们怀着何等的狂热,在俄国,在世界各地拓垦他们的乌托邦,转瞬之间,便都成为陈迹。目睹一出宏伟的戏剧在意想不到的剧情转折中黯淡收场,能不令人沮丧么?

爱是艰难的。世界现存的秩序,使托尔斯泰充满热忱的拯救计划成了最迂腐的说教。幸而他是一个实践家。他热爱人类而非个人,热爱爱本身而非爱的理论。既然人类的命运面临专制、垄断、强暴和各种压迫,所谓爱、同情、拯救,就不可避免地要带上对抗的性质。

首先是对抗政府。

权力和制度是横踞在通往大旷野的所有道路之上的巨兽。没有谁可以绕开。

托尔斯泰写了一个著名的小册子《我信仰什么》,公然宣称:"信仰否认权力和政府——战争、死刑、掠夺、盗窃——而这一切全都是政府的本质。"他说,他不是一个爱政治的人;但是,无政府主义的结论是致命的,正是藉此,他深深地卷入了政治社会的漩涡。另一个小册子《天国就在你们心中》，即把不抵抗原则用于各级政府，指出凡使用暴力、战争、监狱、刑法，并以强迫人民纳税来抢劫人民的政府，基本上是不道德的；从而进一步主张拒绝加入政府，拒绝服兵役，拒绝纳税，拒绝为政府服务。实践把他推到理论的反面：不抵抗成了抵抗。他写信正告沙皇说：独裁是一种过时的政府形式。由于人民已经随着整个世界走向进步，因此这种形式的政府以及与它相依存的正教，就只能依靠多种暴力，诸如：宣布戒严，放逐，死刑，宗教迫害，对书报的审查，思想犯，对教育的滥用等等各种罪恶和残酷的行为来维持。"高压统治的办法可以压迫人民，但不能治理人民。"这是他的政治信条。他自始至终蔑视政府的权威，一再动员道德力量实行全面抵制，哪怕毫无效力，哪怕只有他一个人。实际上，他总是唐·吉诃德式地单独行动，如阻止沙皇发动战争，揭露政府对饥荒的否认，抗议军事法庭绞死农民，反对对犹太人的迫害，等等。在迫害犹太人的事件发生以后，他当即发表抗议信，说："这整个事件的真正罪犯，就是我们的政府……"

显然，反对政府是不明智的。它几乎控制了国家的全部喉舌，盗用民族、人民、爱国主义的名义，简直像用煤油点灯一样方便。托尔斯泰就曾被立宪部的机关刊物指为"恶劣的思想家"而备受攻击。更为危险的是，政府拥有警察、监狱，巨大的口腔和牙齿，可以随时置诚实的公民于死地。托尔斯泰虽然身为伯爵，同样被置于严密的监视之下，因为不安分，故不只一次地遭到官方的警告和死亡的威吓。好在作为基督徒，他坚定地接受了未来的现实——死亡，一个连死亡也不畏惧的人是不可征服的。由于有相当一批人因收藏他的被查禁的著作而受到搜查、审讯、监禁，以及种种迫害，他便给内政部长写了一封措词严厉的信，捍卫思想的尊严。他说：

是我写的那些书，是我口头和书面答应传播政府认为有害的那些思想。因此，如果政府要反对这种有害思想的传播，那就应该把目前对那些偶然受到影响的人所采取的措施用来对付我……

……假如政府允许这些思想不受阻碍地得以传播，这些思想就会缓慢地、从容不迫地传播开来。要是政府像现在所做的那样去迫害掌握这些思想并把这些思想传播给别人的人，那么这些思想的传播在胆怯、软弱、信念未定的人们当中缩小的程度，将和在坚强、刚毅、信念坚定的人们当中扩大的程度一样。所以，不论政府怎样做，传播真理的过程不会停止，不会放慢，也不会加速。

……我现在预先声明，我至死将毫不停顿地进行政府认为是恶而我却看作是在上帝面前应尽的神圣义务的事业。

对操持笔业的文人来说，最可怕的事情莫如同政府对抗，因此御用的帮忙和帮闲文人，代代繁衍不绝；像托尔斯泰这样迂直的汉子是罕有其匹的。其实，他不是不知道他的名望和地位是一种资本，只是不加使用而已。他告诉他的大对手，以放逐、监禁或采用更为严酷的措施来对付他是不会遇到困难的。一直以来，他致力于布道，却不曾自视为精英，情愿留在普通民众中间，唯在社会垂危的时刻挺身而出,独力承担拯救的责任。与政府合作只能使他感到可耻。一般文人则不然,非但不敢正视环境的压迫,反而变出许多逃避责任的戏法来。他们以纯粹的艺术家或理论家自命,立志于超越现实,远离尘嚣,称说艺术就其天性来说是憎恶政治的,因而决不应当去干预社会。许许多多的"先锋"和"后先锋",其实都是借了艺术的法衣,掩饰其内囊里的自私与卑怯。不堪寂寞时,或者竟也会喊一声"抵抗",然而除去权势者及其走狗,抵抗谁呢?

托尔斯泰在后来一段相当长的岁月里,几乎停写了小说,倘使写作,也都是宣传不抵抗或抵抗的小册子。对于一个贡献了《战争与和平》、《安娜·卡列尼娜》这样辉煌的叙事作品的天才作家来说,还有比这更大的浪费吗?难怪屠格涅夫临终前还充满怜惜地写信劝说他:"我的朋友,回到文学活动上来!你的天赋是从万物之主那里来的……我的朋友——俄罗斯伟大的作家——听从我的请求吧!"他没有听从。写作,只是生存的一种形式而已,文学更在其次。托尔斯泰是重视生存的,宗教问题、道德问题和社会问题,其实都是生存问题。如果写作仅仅为了炫耀辞章,而不能给人生以指引,为什么不可以放弃它?所谓文学,首先是经典的、优雅的文学,恰恰以它足以自矜的美学成份而远离了人生的实质。托尔斯泰吁请提高民间出版物的质量,却把普希金、果戈理、歌德、拉辛等著名的作家说成是"老百姓不要"的"宝贝",包括他自己;就因为他们所提供的东西,在他看来并不是老百姓所需要的食物,而是"餐末的甜食"。

在生活这门宗教中,人民就是上帝。托尔斯泰忏悔道:"我们依仗自己的权利去享用人民的劳动而不承担任何义务，在制作精神食粮时完全忽视了我们的活动所应负的唯一使命。我们甚至不知道劳动人民需要什么，我们甚至忘记了他们的生活方式，他们对事物的看法，他们的语言，甚至忘掉了劳动人民本身；我们忘掉了他们，并且把他们当作某种民族学奇珍或新发现的美洲来加以研究。"他责问自己，同时责问写作的同类："我们教会了他们什么，现在又教给他们什么呢？他们期待过几年、几十年、几百年……而我们总是在闲谈，互相指教，互相娱悦；而对于他们，我们甚至忘得一干二净！"

写作者关注的只是写作本身。他们宁肯放弃俗世的可珍贵的一切，独独不肯放弃文字；不是因为文字可以点燃篝火，或者做成利器投掷，而是因为它是作为个人不朽的见证而存在的。而托尔斯泰，竟连保留给自己的最后一部分也给抹杀了！

他抵抗自己，一如抵抗政府。

他剥夺自己，抹杀自己，一如视权力为虚无。

他时时惊觉于身份的特殊，根本不像是他的劳动者兄弟。伯爵夫人更不像，甚至敌视他们，因他们而对他充满怨怼。她在日记里写道："他鼓吹的那些为了人民的幸福的东西，把生活搞得这么复杂，使我越来越受不了……"下一代也不像。他的大儿子大学毕业时，曾就未来的职业问题征求他的意见，他当即建议去给一个农民当小工。他要让自己，连同所有人都回到劳动者那里去。当然，这是不可能的。他深刻地意识到这种不可能，可是又不能继续忍受眼前的生活，于是，剩下的唯一可选择的道路，就是：——

出走！

从精神意向上说，出走的说法是不准确的，毋宁称作回家。如他所说，大家都是"回家的人"。那是原来的家，真正的家，是安妥灵魂的所在，是大旷野。然而，大旷野太遥远了，他一生不可能赶到，何况已届暮年！结果，他在一个小火车站上倒下了。倒下的瞬间，他仍然呼唤着"农民"，犹如呼唤母亲。悲剧的事实是，他没有母亲。母亲于他只是一个幻觉，一种渴念，一腔近于疯狂的追随前去的激情。

身处上流社会而保持民众思维，便不能不产生迷乱。在走向大旷野的途中，寻找的途中，迷路是注定了的。迷失与耽误，对于一个赶路的人来说当是何等的焦虑呵！然而在这个世界上，有谁可以引领他，有谁可以听他在黑暗和荒寒中的惨苦的呼告，除了他自己？

更为悲惨的是，就连这自己，也并非完整地属于他，——那是一个分裂的内在世界。他无所依归。他流浪。为了那个返回的情结，一个拥有爵号、庄园、大批著作，使全世界为之倾倒的伟大作家，一夜之间成了彻底无助的孤儿！

1995年12月

墓地的红草莓

> 我和我的世纪失之交臂。
> ——〔俄〕茨维塔耶娃

在没有火炉的冬夜,我读着一部关于自杀的女诗人的回忆录。茨维塔耶娃。于纸页掀动间,世界突然变得疏远起来;祖国,革命,爱情和诗篇,宛如空中飘忽的轻烟。生命实在然而脆弱,使我一再想起帕斯卡的比喻:会思想的芦苇。

> 请你为自己折一茎野草
> 再摘一颗草莓
> 没有哪里的果子
> 比墓地的草莓更大,更甜美……

"我是一个完全被遗弃的人。"茨维塔耶娃说。

当大门已经关闭,当恐怖降临,当所有的呼喊无用,这时,诗人只好在内心制造出另一个自己来,仿佛从此便有了彼此间的问候、倾诉、抚摸，以及种种赠予。如果不是这样，凭谁可以拯救自身于深处的孤独？

为自己！在现代话语世界中，有关"自己"的使用太频繁了，因此，便容易忽略它固有的庄严的悲剧的意义；直到侧身经过这诗行，它才像雷电一般倏然击中了我，以惨白的亮光，照见眼前长久地伏处黑暗之中的事物。其实，只有当精神的伤势严重时，一个人才能真正感知自己的存在。

茨维塔耶娃（1892-1941），俄罗斯女诗人。早年移民柏林，定居巴黎，后回国。其女儿以间谍罪被判刑，丈夫也遭逮捕并被处决。1941年，生活无着，自缢而死。著有多种诗集及文论，部分近年被译成中文出版。

茨维塔耶娃从小就惯于同自己来往了。

因为母亲的疾病，她随同全家漂泊异国，在动荡不安中尝试被抛的风味。命运的神秘力量令人惊异。数年之后，因为丈夫的政治性病痛，她又携同女儿离开俄罗斯祖国，远赴布拉格，然后卜居白俄分子麇集的巴黎。

作为一个白军军官的妻子，沉醉于纯净的古典风格的诗人，她的到来，立刻激起了一批敌视十月革命的流亡诗人的兴奋，随即陷入他们的簇拥之中。他们出版她的诗集，为她鼓吹；可是不用多久，就从她的诗篇嗅出某种异样的气味来了。在伏尔泰咖啡馆举行的马雅可夫斯基诗歌朗诵会上，有记者问她："关于俄罗斯，您有什么话要说？"她回答说："那里有力量。"一句话，顷刻把她同一样来自故国的往日的朋友划分为两个世界。

她成了一个孤岛。

侨民作家转而攻击她，他们不能容忍她对失去的乐园的叛卖。这样，依靠写作为生的道路被切断了。整个家庭，没有任何的生活资料，四口人全靠她和女儿编织帽子，一天挣五个法郎维持生计。她说:"在这里,我遭到了残忍的侮辱,人们嘲弄我的骄傲、我的贫困和我的无权。"她因无力改变这种境遇而深感痛苦。

可是,对于一个执著而高傲的女性,这个世界同样无力改变她。"那里有力量。"她这样说,并非出于外交场合的需要,而是内心的爱,因为过于弥满而在偶尔的触动间荡溢出来。她那样向往俄罗斯,甚至可以说,唯其遭受孤立和打击,新生的祖国才成了她的信仰,她的星光。她表白说:"我不是为这里写作,而是为了那里语言相通的人。"这里那里,此时成了她经常使用的特定的语词:一个代表现在,一个代表过去与未来。恰如挂钟的垂摆,她不能不左右荡动于两个世界之间;然而那时针,却始终指示着既定的方向。俄罗斯成了她的情感的源泉。她汲取、浇灌着自己以及幼小的一代:"我的儿子,回家去吧","回到自己的家园","回到没有我们的祖国去!"……

> 你呵!我就是断了这只手臂
> 哪怕一双!我也要用嘴唇着墨
> 写在断头台上:令我肝肠寸断的土地
> 我的骄傲呵,我的祖国!

47岁那年,紧随着女儿和丈夫之后,诗人带着14岁的儿子小穆尔,终于回到了阔别17年的俄罗斯,命中的俄罗斯。

对诗人来说,革命成了预设的陷阱。

回国之后才两个月,她的女儿和丈夫先后被捕,他们都是因为忠诚于革命而被戴上反革命的罪名的。从此,她长期奔走于营救然而无望的途中。那时候,大规模的肃反运动已经开始。多少政治家、军人、知识分子、为理想所激荡过的人们,昨天还在为苏维埃作忘我的战斗,今天便成了苏维埃的敌人:监视,囚禁,流放,公开的或者秘密的处决。诗人的丈夫,就是被抓之后不久暗暗死掉的。告密,诬陷,人头买卖,成了官方鼓励的行业,绑架和失踪,到后来也因为大量发生而不复成为新闻。茨维塔耶娃,这个被称为亚马孙式的诗人,此时已经全然失去当年的英迈之气。她以十分凄苦的笔调,在日记中写道:"人家都认为我勇敢。我不知道有谁比我更胆小。我什么都怕。怕眼睛,怕黑暗,怕脚步声,而最怕的是自己,自己的头脑……没有人看得见没有人知道,已经有一年了(大约),我的目光在寻找钩子……活到头才能嚼完那苦涩的艾蒿……"

很早以前,死亡就开始诱惑她了。她曾不只一次地写过遗嘱。这里那里,红草莓!她一再地选择墓地,难道真的出于天性的喜欢吗?

广袤的俄罗斯国土,没有一个人的栖身之地。当诗人归来寻找从前的旧房子时,那里早已拆为一片废墟,只留下孤单的老白杨、萧索的风声与片断的追忆。她向作协负责人法捷耶夫求告,回答是:一平方米的地方也没有。

  风呵,风呵,我的忠实的见证人
  请告诉亲爱的人们:
  每夜在梦中,我走着
  从北到南的路程……

她回来了，那么艰难地跋涉归来，可仍然在流浪。梦中的故园。她把莫斯科连同自己贡献出来了，反而遭到另一场无边界、无终期的放逐。几年间，她找不到一份像样的工作。后来，战争发生了。由于德国军队进逼莫斯科，她带领小穆尔，随大批居民疏散到一个偏僻的小城叶拉布加；为了糊口，又随即返回莫斯科，要求作协在迁往叶拉布加的基金会开设的餐厅里给她一个洗碗工的位置，而结果，仍然遭到拒绝。

剩下的唯有诗篇了。她写，发疯似的写，没有任何力量可以逼使她停下来。没有朋友，没有读者，没有社交，没有爱护和同情，连一手抚养成人的小穆尔也瞧不起她，最后竟头也不回地离她而去。面对一个无动于衷的世界，除了沉思、叹息、呼告和哭泣于绵绵无尽的诗行，她将如何安顿自己？

然而，这个6岁便开始写诗的诗人，这个刚满18岁便出版了第一部诗集的诗人，这个热爱诗歌甚于热爱生命的诗人，回国之后，只公开发表过一首诗，而且是旧作。

苏维埃政权通过作协把所有的作家和诗人控制起来了。所有的出版机构，所有的报刊书籍，都听命于一个声音。其实，革命本来就意味着强制和统一。哈姆雷特的问题成了人们永远面临的问题：生抑或死？曼杰施坦姆是一种死法，叶赛宁和马雅可夫斯基是另一种死法。至于活着，就必须献出颂歌，连真诚的高尔基也不能保持缄默。无从捉摸的意识形态，借助权力工具而钉子般楔入所有的文化区域：机构、会议、大脑和各种文本。凡寄希望于生存的作家，几乎都无师自通地学会自我调节，以使文字在到达审查机关之前，绝不包含易燃的成分；然后，通过出版、评奖、授勋，形成范式和风气并加以强化，从而彻底排除了个人。

茨维塔耶娃问自己："在这个小心翼翼的世界中，我对我过分的感情激动该怎么办呢？"

> 我拒绝在别德拉姆
> 作非人的蠢物
> 我拒绝生存
> 我拒绝和广场的狼
> 一同嚎叫

她可以对国外的法西斯势力表示愤怒，可是，她能够抗议国内的无所不在的恐怖势力吗？自从走出白俄分子的包围，她一直是苏维埃政权的热烈的拥护者，如今，站在自己的国土上，竟不能抒发国家主人翁的情感了。当她告别了早期的诗风以后，就一直雄心勃勃地试图超越普希金，建立自己的自由辽阔的诗歌王国；的确，这是一个富于激情力量的诗人，她的诗经常裹挟着一股猛烈的风暴，闪耀着电火，发出霹雳般炸裂的声音。但是，如果不是为了歌颂，这种危险的抒情风格还有保持的必要吗？社会已经不容关注，如果不退回到内心深处的堡垒，那比彼得－保罗要塞还要坚固安全的堡垒，她还能到哪里去？……

在即将动身离开巴黎，返回祖国的前夕，诗人对一个朋友说："我在这里是多余的人，到那里去也是不堪设想的；在这里我没有读者，在那里，尽管可能有成千上万个读者，但我也不能自由呼吸，也就是说，我不能创作和出版诗集……"

敏感的诗人，多虑的诗人，她成了先知了！

> 一切家园我都感到陌生
> 一切神殿对我都无足轻重
> 一切我都无所谓
> 一切我都不在乎

　　这里那里。几十年的辗转奔逐,寥廓的地域和时间都不可能改变一些什么吗?据说,革命是在一种普遍的意义上带来人类的进步和幸福的,难道就不能适用于具体个人?茨维塔耶娃,她已经一无所有。在一个号称无产阶级专政的国度里,难道连极有限的一点给予,也不能留给自己的同志?

　　她死了。终于死了。她是把高傲的头颅和正直的颈项伸向亲手编就的绳套里结束自己的,在陌生的叶拉布加。最后一份遗嘱写的是:"小穆尔!原谅我,然而越往后就会越糟。我病得很重,这已经不是我了……我无法再活下去了……我已经陷入绝境。"

　　这是祖国给予公民的唯一权利。

　　她使用了这个权利。

　　关于马雅可夫斯基的死,茨维塔耶娃这样说:"作为一个人而活,作为一个诗人而死。"关于她的死,爱伦堡认为可以换一个说法,就是:"作为一个诗人而活,作为一个人而死。"确实,她以一个人的死,护卫了一个诗人的尊严。

　　假如,命运是一种选择,那么只要不是固守素性的偏执与孤傲,学会迎合时势,哪怕甘居平庸,她的一生也许不至于如此惨淡。当然,在一个玉石俱焚的社会里,所有这些为她而作的设想未免过于天真;但是,即使因为禁锢的疏忽而留下可能死里逃生的缺口,也将由她先行堵塞了。当全体人民处于危难之中,她并不冀图侥幸得救;这时,任何的个人荣耀,在她看来都是以肮脏的交易换取的。她不愿意出卖自己。她要过内心真实的生活。

对于生活在内心的人,事实证明,是不可能彻底战胜的。茨维塔耶娃在赢来不幸的同时赢得了诗歌。虽然在长达30年的时间里,她的名字在国内已无人提起,但当自由的白昼临近,人性和美感一同开放,她的诗篇便铮然飞起,向着人们的集居地,如同大队大队无畏的鸽群……

当我停止呼吸一个世纪以后,
你将来到人间。
已经死去的我,将从黄泉深处
用自己的手给你写下诗篇:
朋友!不要把我寻找!时代已经变了!
甚至老人也不能把我记起……

多少领袖群伦的人物机关用尽,都为名垂青史;而这位诗人,却藐视身后的种种"哀荣"。生是美好的。如果允许重新选择,她定当一千次地选择生;但是,如果生而斫丧自己,生而远避同类,生而向权势集团和世俗社会行乞,那么对她来说,死仍然是必要的,因为此时的死,乃是人生唯一的一次独立而自由的选择,是更庄严、更顽强、更伟大的生。

红草莓!多么硕大!多么甜美!当它径自选择了墓地,便无法说清:它是在点缀死亡,抑或傲对死亡……

1996年1月-2月

另一个高尔基

高尔基的名字,广泛地为世人所知,除了文学自身的因素之外,跟苏联官方的宣传大有关系。

从1928年联共(布)中央掀起欢迎高尔基回国的运动时起,斯大林就力图利用高尔基为自己的政治路线服务。而高尔基,也乐于充当"歌德派",在作品中盛赞斯大林,包括其"肃反"政策,片面夸大苏联的成就。为配合斯大林对"反对派"的斗争,他不止一次删改自己的著作,如《回忆列宁》。这样,当我阅读高尔基的另外一部被禁长达70年的著作的译稿《不合时宜的思想》时,心灵受到的震撼可想而知。

这部著作是高尔基于十月革命后,也即出国前夕所写的政论性随笔,最先发表在他主编的《新生活报》上。这些文字忠实地记录了当时苏俄的一系列社会生活事件,表明了与政府并非一致的立场。

高尔基说：一定要说出"真理和实情"！这是需要斗争的勇气的。

从书中看到，他单枪匹马地向整个社会挑战，所批判的对象，并不限于某个阶级、集团或个人。他批判农民、工人、士兵们的"动物性无政府主义"，也批判知识分子中那些"最优秀的头脑"，甚至布尔什维克。他谴责那些"试验家和幻想家"，那些"像狐狸一样拼命地争夺政权，像狼一样使用政权"的人。表面看起来，他似乎四处出击，毫无定见；其实他一意攻击的，唯是贱视生命、泯灭良知、扼杀个性、破坏和窒息社会生机的势力，是与文化的本质意义相悖的一切肮脏的、卑鄙的、虚伪的、庸俗的东西。

作为一个知识者，一个文化人，高尔基特别重视文化，对他来说，社会关怀实质上是文化关怀。他认为知识分子是负有使命的，这就是以一种"社会理想主义"进行文化启蒙和文化建设工作。他认为政治与文化简直是不相容的，"哪里的政治太多，哪里就没文化的价值"。

在高尔基看来，文化不等于文化知识，它不是自在的、消极的、散漫无章的一堆材料，而是有机的整体。文化之于作家，恰如大地之于安泰，须臾不可以离开。因此，与其说高尔基赋予了文化以灵魂，毋宁说他发现了文化，在文化面前表现出了一个文化人应有的谦卑，从而铸就了自己的独立的文化品格。只有具备了这样的品格的作家，才敢于宣告："不管政权落在谁的手中，我都保留有我那批判地对待它的人的权利。"

博大，深沉，正直，真诚，热情，傲岸，勇敢——另一个高尔基！

马克西姆·高尔基（Gorky Maksim，1868－1936），苏联作家。出生于木工家庭，1892年开始发表作品。1901年起因参加革命工作几度被捕。十月革命后，当选为苏联作家协会主席，领导并参与苏联各种文化和文学活动。一方面营救了不少受迫害的作家，表现了他的广阔的文化视野和人道主义情怀；另一方面追随斯大林为宣扬苏联的国家意识形态服务。他的地位优越，处境尴尬，内心复杂而矛盾。著有长篇小说《母亲》《阿尔达莫诺夫家的事业》《克里姆·萨姆金的一生》，剧本《底层》，自传体三部曲《童年》《在人间》《我的大学》以及许多政论、特写、回忆、文学论文等。

19世纪俄罗斯知识分子的人文思想,是对人类精神发展的一份独特的贡献。作为这一思想的继承者,高尔基是伟大的;然而,竟一度沦为斯大林的工具,可见改造力量的巨大。不过,他终究回到了自己——一如他称列夫·托尔斯泰为"人类中的人"——的立场。拒绝为斯大林作传,便是一个明证。在返回的道路上,可以想见,他经受了怎样的内心分裂、斗争和痛苦!

最强大的人不是世界的征服者,而是战胜自己的人。高尔基战胜了自己。为了返回,他付出了一生的代价。

据传,他并非死于心脏病,而是死于谋杀。

当高尔基陆续发表后来收入《不合时宜的思想》里的文章的时候,列宁确信:这是"病态"的,"完全不健康"的。他写信告诉高尔基:彼得堡是一个最不健康的地方,那儿聚集了太多的资产阶级知识分子;因为做着职业编辑,故不能不陷入那些充满怨恨的知识分子的"包围"之中。他告诫说,"要彻底改换环境",无论人、住地,甚至连工作都得改换。一句话,就是:

——走出彼得堡!

果然,高尔基不久便离开彼得堡,跑到意大利去了。他的朋友罗曼·罗兰在《莫斯科日记》中称:"曾宠爱过高尔基的列宁从两军厮杀的战场与战后的废墟上亲自给他以打击。"不知道说的是否与高尔基此次出国有关?从通信看,列宁毕竟是温和的。

然而,侨居的国土无论如何美丽,都不是高尔基所需要的;那只是一时的麻醉品,醉心的曼陀罗而已。所以,当列宁去世以后,他终于无法抵御幕后的策动与幕前的劝谏,重新回到俄罗斯。

苏联官方精心安排了高尔基的生活。在莫斯科市内，拨给他一幢花园洋房，还为他建造了两处豪华别墅。他全家的生活必需品，像斯大林和其他政治局委员一样，悉由内务部供应。此外，还拨给他一节具有特殊设备的车厢，供他旅游之用。每年，他都可以获准到意大利闲度一段时光。根据斯大林的指示，内务部头子雅戈达务必迅速了解他的愿望，并予以满足。在他的别墅周围，种上他喜爱的外国花卉；从埃及订购他吸的香烟；只要需要阅读，任何国家的出版物都会为他弄到。然而他就是无法同居民自由接触。凡生活在他周围的人，包括园丁和厨师，都负有任务向他提供虚假的信息。他常常被带领着视察一些工厂、农场和监狱，所到之处，则完全为欢呼和赞美的波涛所淹没……

作家的生活，原本是同社会大众连在一起的生活，自然真实的生活，可以自由选择的生活。而现在，它已然失去独立的意义，变做给定的、有限的、悬空的、可制造的了。要是庸俗的作家，完全可以适应这种特殊化的生活；为了满足固有的虚荣心，他们甘愿像家畜一般被人豢养。可是，天才的作家，都是孤狼一样地憎恶栅栏。高尔基逝世后，内务部人员从他的遗物中找到几本珍藏的杂记。雅戈达读了，随即骂道："狼总归是狼，喂得再好也还是想往森林里跑！"其实，在生命的最后岁月，高尔基已经深深不满于这种配给的生活了。他试图反抗过，结果自然无效。他过去的一位合作者什卡帕，在《同高尔基一起的七年》一书中这样记述说："我突然听到：'被包围了，被封锁了，进退不得！这真是异乎寻常的！'我以为我听错了，高尔基的声音及其说话的意思与往常不一样，眼睛的神情也变了。不是我熟悉的那双眼睛。现在他的眼睛流露出沮丧的神情……"

此刻的高尔基使用了"包围"一词。饶有意味的是，这个词，恰好列宁在那封著名的信中使用过。

"娜拉走后怎样？"思想家顾准一再用来借喻革命成功以后向何处去的问题。在这里，同样的问题是："走出彼得堡"以后怎样？关于作家的生活，政治家和文艺家的态度是可以很两样的。鲁迅在演讲《文艺与政治歧途》中说：政治要维持现状，文艺不安于现状，所以两者时时处在冲突之中。我想，大约是可以拿来做注脚的吧？

1995年6月15日

索尔仁尼琴和他的阴影

2008年8月30日,作家索尔仁尼琴在莫斯科辞世。

世界各大通讯社和报纸报道了这个消息,犹如报道一艘巨轮在伏尔加河突然沉没。在莫斯科,前往吊唁的民众并不算多,且多为中老年人;不过,政府当局是重视的,总统梅德韦杰夫和总理普京都出席了葬礼。在俄罗斯历史上,似乎没有哪一位知识分子作家,能像今天的索尔仁尼琴这样享受国葬般的待遇。

索尔仁尼琴的著作,最早的汉译本当是作家出版社1963年2月出版的《伊凡·杰尼索维奇的一天》和1964年10月出版的短篇小说集,属"黄皮书"一类。三卷本《古拉格群岛》由群众出版社出版于1982年,当时,版权页上清清楚楚印有"内部发行"的字样;前年重版,版权页仍然注明"内部发行"。

亚历山大·伊萨耶维奇·索尔仁尼琴（Aleksandr Isayevich Solzhenitsyn, 1918-2008），苏联作家。苏德战争时一度入伍，因在通信中批评斯大林而在前线被捕。1965年处女作《伊凡·杰尼索维奇的一天》遭到公开批判，1969年被作协开除会籍。1970年获诺贝尔文学奖。长期流亡美国，苏联解体后回国。著有小说《第一圈》《癌症楼》《古拉格群岛》等。

《古拉格群岛》全书结构宏大。厚实、沉重，而且真实得可怕，堪称一座献给时代全体受难者和受害者的纪念碑。1945年间，索尔仁尼琴因在通信中表达对斯大林的不满，结果在前线被捕，度过长达八年的劳改生涯。据他所述，《古拉格群岛》的资料来源，除了个人的劳改营经历以外，还包括了227人的口述、记忆和书信。从卑琐的日常生活到繁博的图书学上的依据，索尔仁尼琴在书中展开苏联境内劳改营、监狱和边地历时40年的奴隶苦役的全景。他不但记录了苦役犯肉身劳作、经受各种折磨直到被彻底消灭的实况，而且描画了众多灵魂在压力和苦难中遭到严重扭曲的情形；不但揭开了高墙铁网下的秘密，而且因为国安部的全面控制，纵横密布的"下水管道"的相关性，深入到极权社会的广大层面。在似曾相识的叙述中，他让我们看到，恐惧是如何使背叛、告密和说谎成为一种生存方式。无论在劳改营，还是在机关、学校和家庭，无论是犯人还是"自由人"，都逃不过同一命运的惩罚。"古拉格"是苏联国安部辖下"劳改营管理总局"俄文字母的拼音缩写，但从此，便成了一个专有名词，一个代表，一种象征，正如奥威尔《一九八四》中的"老大哥"一样。

1970年，索尔仁尼琴被评为诺贝尔文学奖获得者。在获奖演说中，他说："一句真话要比整个世界的份量还重。"他又在回忆录中坦承道："我一生中苦于不能高声讲出真话。我一生的追求，就在于冲破阻拦而向公众公开讲出真话。"可以说，正是说真话，构成为他的著作的全部重量。

在正常社会中，讲真话只是一个道德问题，但是，在警察国家里则首先是一个勇气问题。索尔仁尼琴是有勇气的。他的"讲真话"便迥乎不同于别样的作家，他们仅限于忆述禁锢时代与私人问题相关的某些具体的行为、对话、场景，根本不想去触及社会制度的真实的本质。而索尔仁尼琴集中加以暴露的，唯是苏联社会中"非人的残暴统治"，大量的反人权、反自由、反人类的现象，种种暴力与谎话，与现代极权制度的核心部分密切相关的事实。他讲的真话，涉及国家犯罪，最高统治集团犯罪；唯是这种合法性犯罪，才有可能导致罪恶的扩大化。所谓"真话"，除了真诚，就是真实和真理。真理是不承认任何权力与权威的，这样，说真话本身便意味着一种唐·吉诃德式的挑战，以及由此带来的风险。不存在风险性的真话，是没有社会价值的。

《古拉格群岛》，群众出版社版。

《古拉格群岛》有一个情节，写高尔基的索洛维茨岛之行。索洛维茨岛是苏联著名的劳改营地，在这里，犯人受到非人的虐待，冻死、炸死、烧死是常有的事，还曾发生多起逃亡事件。逃犯在国外著书揭露岛上种种劣迹，当然这是有损于苏联形象的诽谤了。政府当局让刚刚回国的高尔基上岛考察，目的是利用他的证词，对那些攻击性言论进行驳斥。海燕来了！岛上的所有犯人简直像期待大赦般地期待高尔基的出现。他们以为他可以坚持正义，可以管教一下管理者，让他们肆虐的行为有所收敛，可是，怎样也意想不到他会顺从克里姆林宫主人的意志，以至无视他们的存在。在儿童教养院，一个14岁的男孩子花了一个半钟，把岛上的一切告诉了他。他听了，老泪纵横，一副悲愤的样子；等到他登船离岸，男孩子就被枪毙了。然而，这位文坛领袖，社会主义现实主义文学的奠基人,是无需为这些负责的。他做了一个漂亮的转身,然后发表文章,称索洛维茨岛的犯人生活得很好,改造得也很好。

群岛头一项大工程是开凿沟通白海和波罗的海的白波运河,这项工程,是由斯大林亲自下令安全部头子雅戈达执行的。索尔仁尼琴写道:"斯大林需要的是在随便什么地方搞一项由犯人施工的大工程,它将吞噬许多劳力和生命,具有毒气杀人室的可靠性,但比它便宜,同时又可以留下一座属于他的朝代的金字塔式的宏伟的纪念碑。"运河于1931年冬开工,至1933年夏竣工,在不足两年的时间内,死掉了30万人。是年8月,120名作家集体游览了运河,事后由36人组成写作组,在高尔基的领导下,赶制了一部《斯大林白海波罗的海运河修建史》。这部集体撰写的历史著作,居然以毫不含糊的口气宣称:运河施工没有死一个人!

即使高尔基在十月革命后写过《不合时宜的思想》,营救过不少作家和知识分子,然而如此的粉饰太平也是不可以原谅的。一个优秀的作家为什么会给斯大林唱起肉麻的颂歌来的呢?索尔仁尼琴用了最低下的动机——物质欲——进行解释。他认为,高尔基为了获得更大的声誉和金钱,就必须坐定全国作家协会的头一把交椅,接受一切附带条件,自愿充当斯大林和雅戈达的俘虏。

政治高压可以培养忠顺的奴才,也可以造就反抗的奴隶。迫害的绝对性,使人于无路可走之际不得不面对自我、依赖自我而无需怯懦。除了《古拉格群岛》之外,索尔仁尼琴有影响的作品还

1950年代,监狱中的索尔仁尼琴。

包括《伊凡·杰尼索维奇的一天》、《第一圈》、《癌病房》等，都属于"劳改营文学"。他与高尔基走的是两条完全不同的道路。他逆风而行。

在索尔仁尼琴获得诺贝尔奖之后，文学界有一种议论，认为这是冷战的产物，于是用意识形态的大棒扼杀作家应有的道德良知，甚至因此否定索尔仁尼琴作品的文学价值。文学，一个最基本的特征，就是用内心体验的语言建构的。索尔仁尼琴的作品，不但广阔而精细地描述了人间最底层的监狱生活，人类最深重的灾难，而且对于暴政下的灾难，迄今还没有一个作家像他这样怀有刻骨铭心的仇恨和痛苦。然而，他并不曾因此而对人类失去信心，他还让我们看到，在那些濒临绝境的人们身上，依然保持着美好的人性，充满爱欲、悲悯与柔情。

在极端的年代里，索尔仁尼琴创造了一种苦难美学。

坚持与政府作对的立场，肯定吃不到好果子，只好到处碰壁，直到被置于万劫不复的境地为止。

索尔仁尼琴不是不知道"言论自由"、"出版自由"是写上宪法的谎言，但是，事关无可数计的被害者和死难者的集体记忆压迫着他，使他无法靠说谎过日子，安然享受一个公民的被赐予的"自由"。他最反感于一种所谓"不要翻旧账"的论调，而把个人写作看作是对有意或无意的遗忘的抵制；他认为，写作必须忠实于记忆，何况这些记忆中的事实并没有成为过去，作为现实的连体，仍直接威胁着人们当下的生存。这个明确而坚定的写作观念，从一开始就决定了索尔仁尼琴的作品有别于几乎所有登场扮相于官方出版物的文学的特异的品质。

因为政府是惯于说谎的,所以"说真话"的行为本身是反政府的。这样的作品,在现行出版制度中根本无法出版。中篇《伊凡·杰尼索维奇的一天》所以能够发表,是因为这样的"受迫害的文学"与当时的"非斯大林化"的形势正相契合,得到最高领导人赫鲁晓夫特别批准的缘故。仅此一篇,几年后也遭到了公开批判。他开始躲避克格勃,躲避熟人和朋友,甚至躲避编辑,寻找偏僻的地方写作,把写好的手稿卷成筒状塞进空瓶埋进菜地里,或拍成微缩胶卷藏进书籍的封皮内,或分成多件交朋友保存,以至转移到国外。他说过,《古拉格群岛》的书稿就从来不曾集中在一个地方存放过。他自称是"地下作家",他不能不藏匿自己。即使如此,仍然逃不过克格勃的眼睛。

《第一圈》被抄走了。其他一些手稿也被抄走了。他想到随时可能被捕,压抑、痛苦抓攫着他,这个顽强的汉子还一度想到自杀。幸而劳改营生活磨炼了他,使他终于从内心的黑暗中走了出来:

我在流放地受到教育,并且留下了永恒的印记。当我决定重要的生活方面的问题时,我首先是谛听我流放的同志们的声音。一些人已经亡故,死于疾病或者被处决。我忠诚地倾听,看他们处在我的地位该如何去做……

……这一生我感受到自己是从下跪的状态渐渐直起腿来,我是由被迫缄默到逐步自由地说话的。

记忆拯救了他,地狱底层的生活拯救了他。他从地下来到了地面。

他给作协发出公开信,要求"取消对文艺创作的一切公开和秘密的审查制","保障作协会员免受污蔑与非法迫害";接着,他参加了物理学家萨哈罗夫发起的"人权委员会",从此成为著名的"持不同政见者"之一;再接着,提出他的政治纲领,发出《致苏联领导人的公开信》。他当然清楚地知道,他的公开的叛逆性行为会招致什么后果,可是,他确实不堪忍受如此接连不断的沉重的迫害了。他要做一个人,而不是永远的囚犯!他要把自由夺回来!把一个人的尊严夺回来!他在公开信里说:"人类之不同于动物界是因为人类有思想和语言。思想和语言自然应当是自由的。如果对思想和语言加以禁锢,我们就要蜕化为动物。"

如果每个人都能获得自由的思想和语言,如果每个人都能成为人,奥威尔的"动物庄园"如何可能维持呢?

就在索尔仁尼琴为自由、人权和社会正义加紧斗争的时候,当局出手了。他们根本不能容忍一个为国家所掌控的小小作家可以擅自把作品拿到国外出版,可以轻易地跑到斯德哥尔摩领取大笔奖金,可以自恃一文不值的文学才华对政府说三道四。在把索尔仁尼琴开除出作协,并迫使他放弃领取诺贝尔奖金之后,紧跟着,就像驱逐一条狗一样地把他驱逐出国。

真正的英雄,正在于与绝境相抗争,所谓"困兽犹斗",而不在于凯旋的辉煌时刻。出国,对索尔仁尼琴来说是一个转折点;但也不妨说,至此他已然达至人生的顶点。

一旦远离俄罗斯,索尔仁尼琴便失去了大地,犹如巨人安泰一样无能为力。他失去了对手,失却固有的压力,这就使得一个勇士的精神处于失重的、混沌的、悬空的状态。一个人，当他丧失自由时，自由感可以变得更强烈；而在获得自由之后，对自由的焦渴自然缓解，原先敏锐的感觉也便随之钝化了。可以设想，有的人是为苦难而生的——虽然这个说法有点残酷；事实上，具有苦难气质的人适宜在忧患中生活，来到平安的环境，反而会因精神的过分松弛而瘫痪。

索尔仁尼琴在国内禁止发表的作品，全部都在西方面世；在国内被驱逐出来，是西方接纳了他。当他来到美国，并获得"美国荣誉公民"称号之后，却立刻把矛头从苏联极权社会那里掉转过来，直指美国和西方。

不是说西方不可以批评，知识分子由来便是说"不"的人，问题是，为什么批评？用什么样的尺度批评？索尔仁尼琴否认自己是侨民、流亡者，坚持认为今天人类历史的关键唯是俄罗斯。他有大俄罗斯情结，是典型的斯拉夫文化优越论者，像古代的圣愚一样，强调俄罗斯民族自身的传统，强调"东方精神"，批评西方文化是堕落文化，宣布西方民主陷入严重危机，美国即代表了"荒唐胡闹的民主制度"，又说西方的现代技术是"虚伪的神道"，是"罪恶之源"，西方流行音乐是"铁蹄下渗进去的污水"，等等。他断言："人的性格在西方被弱化了，而在东方得到了强化。我们经历了精神上的锻炼，这种锻炼比西方的经验要强得多。"为了取得一种对西方的优越感，他不惜省略了整个国家为此"锻炼"所付出的巨大代价。总之，他整个地否定西方经验，否定英法革命的政治遗产，否定近世的普适价值。桑塔格批评美国本土，其激烈程度并不稍逊于索尔仁尼琴，但是当说到索尔仁尼琴时，她的评价是："他对西方一无所知。"

别尔嘉耶夫多次说到俄罗斯精神的矛盾性。发生在19世纪俄罗斯知识社会中的"西方派"和"斯拉夫派"的斗争,其实就是这样一个东方大国的民族精神的内在矛盾的体现。他以陀思妥耶夫斯基为例,说:"俄罗斯民族的自我感觉和自我意识总是这样:要么狂热地否定整个俄罗斯,完全摒弃家园和故土;要么狂热地肯定整个俄罗斯的特权地位,而这时,世界上所有其他民族就都属于低等民族。"他批评陀思妥耶夫斯基,说这样优秀的人物也同样缺乏一种"坚定性",缺乏完全成熟的、独立的民族意识,在他身上感觉到的是"俄罗斯民族精神的病态"。说到"爱国"的病态,索尔仁尼琴当然要比陀思妥耶夫斯基严重得多。

作为一个坚定的"俄国人",索尔仁尼琴一直隐居在美国佛蒙特州的一个据说有着俄罗斯风光的小镇里。他曾应邀做过一些反西方的演讲,在遭到普遍的拒绝之后,便息影于公共空间,埋头从事《红轮》——一部关于20世纪俄国和苏联历史的著作——的写作。1991年,苏联解体。1994年,索尔仁尼琴终于应总统叶利钦之请返回了久违的俄罗斯。

从美国搭机飞抵海参崴,然后坐进英国广播公司为他包租的车厢,横穿西伯利亚,经过七周的时间索尔仁尼琴才回到莫斯科。被逐到西方,从东方返回。索尔仁尼琴所以选择这条独特的返回路线,据说是为了更直接地接触苦难中的人民。然而,比起去国时,索尔仁尼琴的身份已经从一名作家晋升为政治文化明星了,用中国的老话来说,大有"衣锦还乡"之概。在给他单独加挂的车厢里,配有专门的厨师和侍者,英国广播公司的摄制组如影随形,摄像头忙个不停。所到之处,人潮汹涌,鲜花如云。官方出动大批警察保护他的安全,一如保护国家首脑,待遇是很特殊的。

1994年，回到祖国的索尔仁尼琴正在参加新闻发布会。

索尔仁尼琴和妻子娜塔莎1994年在海参崴。

索尔仁尼琴自我感觉好极了。他要充当先知、精神领袖，据统计，当时有48%的人愿意选他为总统。他到处访问，发表演说，接见记者，做电视节目。头一年，他在电视上露面的频率在国内名人中位居榜首。

然而，很快地，俄罗斯社会对他不感兴趣了，尤其在知识界。大概这同他发表的政见陈旧、保守、毫无新意有关。

他推崇宗教、国土、俄罗斯祖国三位一体，反西方的观点是一贯的。对于苏联解体，他多次表示不满，认为这是"西方阴谋"，是向西方、尤其在美国面前"下跪"的结果。他大谈"爱国"，就是爱"大俄国"，强调"只有爱国主义才能凝聚起俄国人民"。在国会演讲时，他宣扬的就是"大俄国"的观念：恢复俄国的大版图，兼并乌克兰和哈萨克，或者至少"统一"原苏联领土北部的一半。因为在俄罗斯以外的其他共和国中，居住着很多俄罗斯人，所以要保护俄罗斯在这些国土上的利益，包括俄罗斯文化和语言。他批评戈尔巴乔夫"对国家权力的轻率放弃"，批评叶利钦"支持分离主义"，"使苏联分崩离析——这让苏联人长期奋斗形成的历史功绩荡然无存，使俄罗斯在国际社会上的地位急剧下降，而这一切都令西方国家叫好"。1998年，在他80大寿时，断然拒绝接受叶利钦颁授的圣安德列勋章。

但是，这个行动并不表明一个知识分子的真正独立性。2000年和2007年，俄罗斯总统普京两次登门拜访，至2007年颁给他国家荣誉奖章，他都欣然接受了。他所以接受普京，就因为普京在反西方化、中央集权以及重建神圣俄罗斯等方面，与他的政治观念相契合。

2007年，在莫斯科郊外的家中，索尔仁尼琴会见了前来拜访的普京。

虽然他曾长期关注个人在社会中的"主角"地位，但是又同时强调"民族精神的凝聚力"；他承认"国家理念"是一个不明晰的概念，但是又认为这是一个"有用"的"统一的思想"。在会见普京的时候，他表示说，现在赋予市政机关越来越大的权力，他是一直支持的。他驳斥西方对普京"专制"、"反民主"的指责，以及关于"俄罗斯的言论自由受到压制"的说法，认为"目前新闻传播基本上是自由的"，"没有感到什么压力"，云云，使用的是卫道者的语言。他极力为普京辩护，赞赏普京"提出了正确的目标：强大的俄罗斯，加强俄罗斯的统一"。

俄罗斯知识分子由来反对国家组织，别尔嘉耶夫总结说，他们"像害怕污秽一样害怕政权"；但是，在民族问题上，却普遍存在大俄罗斯主义倾向。19世纪俄国政府在东亚细亚、高加索等地区的扩张战争，他们是不关心的；对于波兰尝试脱俄独立的行动，他们基本上持敌视态度，连普希金、托尔斯泰、陀思妥耶夫斯基也无不如此。苏联在意识形

索尔仁尼琴和他的阴影

131

态及社会实践方面,延续了沙皇俄国的大国沙文主义、反犹和排外的历史。知识分子及普通民众即使诅咒极权主义,也仍然希望有一个强有力的外在权威,维护他们的伟大的祖国。

这种双重信仰,显然保护了专制主义的文化传统,使现存制度中的反民主倾向也因有了合法性的精神外衣,而得以顺利地扩展。在复活俄罗斯主义的统一行动中,东正教起着极其重要的作用。在历史上,东正教一直宣扬服从国家,以此加强专制统治及自身的世俗权力;它构成了爱国、团结、稳定、和谐,作为俄罗斯特性的重要部分。索尔仁尼琴是不承认苏联历史与传统的政治文化资源有任何联系的人,所以说,他是国家正统意识形态的当然继承者,正如他声称自己是一个"正教徒"一样。

他说,他花了50年时间研究苏联的革命历史,若是简要地概括造成"灾难性革命"的主要原因,就是:"人们忘记了神"。一个挑战神坛、毁坏神像的人,以同样的双手制造神像,包括神化自己。在俄罗斯历史上,这样的知识分子并不鲜见。

另一位"持不同政见者",索尔仁尼琴当年的盟友萨哈罗夫早就指出,索尔仁尼琴身上有一股权力主义气味,说他的大俄罗斯民族主义是"完全从半官方宣传武库里出来"的东西,带有冷战时期进行的那种"臭名昭著的军事爱国主义说教"的味道;甚至暗示说,他突出地宣传斯拉夫文化优越论,与斯大林的做法遥相呼应,值得警惕。同样作为"持不同政见者"的麦德维杰夫也批评索尔仁尼琴的宗教性的俄罗斯文化优越论,认为如果推行的话,将有蜕化为专制神权国家的危险。

索尔仁尼琴一生的戏剧性的结束，是由普京和他携手谢幕来完成的。从劳改犯、"地下作家"、"持不同政见者"到"国宝"级人物，我们意想不到一个知识分子角色会作出这样的转换，索尔仁尼琴本人也当始料未及的。然而，这一切回头看起来又是如此自然。

知识分子从本质上来说，就是自由知识分子，或可称为反抗知识分子。如果去除了反抗，去除了独立自主的意识，去除了自由选择，而仅使个人性从属于权力关系，自我约束以适应于现存秩序的逻辑，那么，自由将从知识分子身上自行剥离开来，从而从根本上改变其性质。对于索尔仁尼琴，萨哈罗夫有一个评价说："在我看来，尽管索尔仁尼琴的世界观存在某些错误，但是在当代充满悲剧的世界上，他仍不失为一个为捍卫人类尊严而斗争的巨人。"这个评价是包容的，有所侧重的，到底可接受的。在反抗暴政方面，索尔仁尼琴确实表现出了过人的勇气，而且直到最后，仍然坚持调查当年专制的罪恶，像德国清算纳粹一样追究迫害者的罪责；但是，无庸讳言，他的错误也是致命的。应当看到，无论对于文学世界还是整个社会，索尔仁尼琴的贡献都是伟大的。他的人道主义，他的权力主义，他的光辉，他的阴影，给予我们的都一样多，一样弥足珍贵。

2008年8月

米沃什的根

米沃什去世的消息并不令人震惊,因为,毕竟这已经是一棵历尽百年沧桑的老橡树了。意外的却是,在安葬问题上,引起了波兰国内很大的争议,他作为一位伟大的波兰人的身份遭到了质疑。

波兰政府最先拟定两个地方作为安葬米沃什的墓地,一个是克拉科夫的墓地,一个是克拉科王宫附近的教堂。在教堂的地下墓穴里,安葬着的都是波兰现代历史上最杰出的文化人。当然,政府最后还是确定把米沃什和他们安葬到一起。这个决定并没有获得国人一致的认同,一些知名人士公开表示反对,其中上个世纪80年代波兰作协主席斯特热莱维奇和波兰社科院的知名教授,以及四位波兰家庭联盟党的前议员等多人联名写信给克拉科夫地区教会的大主教,要求拒绝在克拉科夫教堂安葬米沃什。波兰的宗教电台玛莉亚电台完全置大主教的意见于不顾,号召听众反对米沃什的葬礼。不少反对者根本不承认米沃什是波兰人，波兰一些媒体在评价米沃什时，也使用了"叛徒"、"逃亡者"、"良心缺席者"等词语；在葬礼问题上，甚至出现当天是否应当让送葬队伍穿过城市这样一类争论。

米沃什成了一棵无根的橡树。

1951年，米沃什作为波兰驻法大使馆的一名文化官员突然出走，从此过起流亡的生活。是他决心同波兰政府决裂，从而主动地把自己同故土的联系切断了。他不能不做一个西方人。但是，无论是在巴黎，还是十年后在美国，他都做不成那类"世界公民"。像卢梭、马克思、爱因斯坦，他们身在异地，辗转流徙，确实很少带有为我们所惯见的"祖国"观念。米沃什不同。他在法国时，听纯诗的提倡者瓦雷里做关于永久性艺术的演讲，想的却是祖国内地政治大搜捕的恐怖情景。他在巴黎出版的文集《被禁锢的头脑》，反对极权统治与思想控制，同样是以波兰及东欧知识分子的艰难处境为背景的。在美国，这位波兰之子也没有被美国化。他自称属于"另一个欧洲"，来自"20世纪的黑暗中心"，可是，他不但拒绝为"自由欧洲之声"撰稿，而且反对东欧作家对西方的模仿，为西方的文化市场写作。米沃什一直心系波兰。1989年，当他获许再度返回波兰之后，便经常回国，晚年还选择了曾经作为波兰首都的克拉科夫作为长久的居住地。

作为一个失去了祖国、从而拥有流亡的自由的人，米沃什没有加入任何政党或社团，没有参加任何政治活动，唯在教学和写作中讨生活，一个人留守他的精神家园。他在伯克利加州大学任教时，讲授的是波兰文学，30多年未曾改变，在讲学中把波兰的思想引入美国。他坚持双语写作，写

切斯瓦夫·米沃什（Czeslaw milosz, 1911–2004），波兰诗人。出生于维尔诺。1930年开始写作，进入大学攻读法律，后在华沙波兰电台文学部工作。1939年纳粹德国入侵波兰后参加抵抗活动，并从事秘密写作。战后出任华盛顿、巴黎的波兰使馆文化参赞和一等秘书，1951年离职旅居巴黎，两年后出版文论集《被禁锢的头脑》，并获"欧洲文学奖"。1960年移居美国，1961年任加利福尼亚大学斯拉夫文学教授。1970年加入美籍。1980年10月获诺贝尔文学奖。授奖词称他"在外在和内在的意义上，都是一个被流放的作家"。

诗则必定使用波兰语，因为诗在他的心目中是最为神圣的。到了晚年，他仍然使用波兰语来翻译《圣经》。他自称是"波兰语的忠实仆人"，显而易见，波兰语就是他的故乡，已然流逝的激情岁月，"先人祭"的最虔敬最庄重的礼仪。但是，波兰语只是小语种而已，势利的文坛肯定瞧不起它、忽略它以及以它作为媒介的所有文本。一旦使用波兰语，便意味着自我孤立，拒绝为美国和西方所了解；这对于一个把文学当作一项宏伟的事业的作家来说，应当说是致命的。然而，米沃什对此不曾有过犹豫和怨悔。在法国上流社会，或在美国知识分子中，当他自称为维尔诺人、波兰人、"小地方人"的时候，他是自豪的。

这样一个具有深刻的波兰情结的人，竟然毫不讳言接受西方主流文化——人文主义传统的影响，不能不说是一个异类。"我是一个西方文化的追慕者，我的左派倾向并没有改变我的亲西方主义。"这就是米沃什的表白。他批判美国的文化现象，尤其是束缚于单纯的市场价值和自然威力的现象，所操持的思想利器，便是源自西方的；而不像同样流放于美国的俄国作家索尔仁尼琴那样，对美国的批判，纯然出于固有的东方立场。从这样的意义上说，米沃什不失为一个西方知识分子。波兰人质疑他的身份，公平点说也不是没有理由的。其实，这里所涉及的，已不仅仅是国籍问题，或者所谓的"个人历史问题"了。

那么，米沃什到底属于哪一个国度？他从波兰出发，最后回到波兰，但是其间的道路是向西方敞开的。西方对于知识分子的定义，其中之一便是"漂泊者"，用这个意象说明米沃什的归属最恰当不过。漂泊是无根的，漂泊是一种自由。可是，对米沃什来说，与其说自由是他的生存状态，勿宁说是他所选择的人生态度。他的《被禁锢的头脑》迄今未有汉译本，据说德译本是由存在主义哲学家雅斯贝斯作序的。"选择即自由"，是存在主义的一个著名命题；就精神实质而言，它确实体现了流行于20世纪的存在哲学的积极的、富于实践意义的方面。

切斯瓦夫·米沃什像。

米沃什是一个怀有自由理想和个人尊严的作家。他的独立而自由的行动，可以说，都根源于对自己作为一个波兰人的生存境遇的认知。波兰的历史，是一部被宰割被奴役的历史，在20世纪，它是同世界上两位极权主义领袖希特勒和斯大林的政治生涯联系在一起的。二战时，波兰成了纳粹灭绝犹太人的屠场，奥斯威辛等著名的灭绝营就在波兰境内。1944年8月华沙起义，便有20万人死于街头。二战后，苏联对波兰实行双重殖民：一是意识形态控制，二是政治干涉，力图把波兰变成它的影子国家。米沃什曾经写道，从睁开眼睛的那天起，他看见的就是火光、大屠杀，是背信、侮辱，以及吹牛家的无耻。《使命》一诗说：

> 在畏惧和颤栗中，我想我会完成我的生命，
> 只当我促使自己提出公开的自白书，
> 揭露我自己和我这时代的羞耻：
> 我们被允许以侏儒和恶魔的口舌尖叫，
> 而真纯和宽宏的话却被禁止；
> 在如此严峻的惩罚下，谁敢说出一个字，

谁就自认是一个失踪的人。

这就是米沃什的祖国：波兰。

由于他不能忍受一个极权制度的压迫、专制和黑暗通过所有感官所加于心灵的伤害，于是继战时参与地下抵抗活动之后数年，在作为外交官员的体面的位置上，义无返顾地选择了逃亡。在此后漫长的漂泊异域的道路上，他始终不能忘却至今仍然陷入政治恐怖的波兰人民，他的亲人和朋友，始终不曾放下沉重的创伤记忆，而选择了自由写作，一种独自活跃于纸面上的政治行动。他的文字，有着十分突出的政治意识。但是，他从来没有写过什么谀词赞颂当代的任何一位政治家，他有理由以此为荣。

> 既然岁月已经改变了我的血，
> 而成千的行星系统在我体内生生死死，
> 我坐着，一个灵巧而愤怒的诗人，
> 眼睛斜视，满怀恶意，
> 手中，掂量着笔，
> 我密谋复仇。

政治在米沃什这里意涵着自由，标示着自由的处境。他是一个在反抗和斗争中过来的人，深知自由的代价，所以并不像一般的知识者那般地害怕暴力，也不讳言复仇。有人称米沃什是一个个人主义者，充分表现出波兰人自尊的、不屈服的品性。如果仅从实现个人的自由意志方面着眼，这样的称谓对他来说应当是恰切的。但是，正如许多被称作"自由主义者"卖身权门而倡言"自由"一样，许多自命为"个人主义者"的人,唯凭一己的私欲行事而毫不顾及自己的社会身份;倘若如此,那么,他们与米沃什相去甚远。在米沃什看来,作为一个人,如果来自专制社会而忘记奴隶的身份,头脑遭到禁锢却不曾产生束缚的感觉,备受凌侮而心灵不觉伤痛,实际上是对个人的背叛!

正是沿着自由精神的轨迹,一个多难的民族的历史经验同一个人的生活体验叠合到了一起,一个人的文学理想和人生理想叠合到了一起。米沃什写枪口、铁丝网、权力、威势、火和废墟,然而也写葡萄酒、茶和面包,写樱花、菊花以及明月,他有能力把所有这些关于自由与不自由的相悖的事物组合到他的各种文本里。对于一个自由书写者来说,本来并不存在艺术的门限。正如米沃什,政治介入的意识使他的作品更富于血肉相连的生命质感;在他的文字里,随处可以感觉到那种传教士式的或帕斯卡式的热情。只有那样一些不知自由为何物,专意摆弄所谓艺术的大小雕虫,才会指摘米沃什写得太广太杂,说他的诗带有"封闭性",抒情味道不够,等等。其实,米沃什的作品,自觉地承受了更多的现实。对于艺术道路,他看得非常清楚,明确说:"对每一位当代诗人来说,波罗的海人的问题比风格、格律和隐喻重要得多。"

为了自由宁可放弃祖国,获得自由却又怀念祖国,这就是米沃什。自由使他一生长受困扰,使他冒险,使他逃亡,使他得深沉的怀乡病。自由使他区别于其他的东欧人、美国人,也区别于其他的作家和诗人。自由一开始便使他陷于分裂和瓦解,使他在空虚中追逐,呼告于无边际的旷野。即使诺贝尔文学奖给他艰难坚持的工作以肯定性的评价,那也不过是一种象征,并不曾使他免于尴尬的境地:美国人读不懂他的诗歌,波兰人看不到他的诗歌。自由使他孤立。但是,这是无法挽救的事。自由是排他的,就是说,要自由就自由到底,一旦选择了自由,就没有了别的选择。

  米沃什的葬礼,上演了一出关于一个热爱自由的人的悲喜剧:他切割自己的根,他寻找自己的根,其实根,一直长在他的身上。

2004年8月25-28日

包围凯尔泰斯

    当瑞典文学院宣布2002年度诺贝尔文学奖授予匈牙利小说家凯尔泰斯时,势利的传媒立刻追踪而至,聒噪不已,使得这个即使对他的祖国来说也显得相当陌生的名字,一夜之间传遍了全世界。对于获奖的殊荣,许多作家在演说词中,都表达了难以遏止的感激之情;相比之下,凯尔泰斯却是出奇的平静。获奖算得什么呢?这位年逾七十的老人对纷纷前来表示祝贺的人们说道:"这是一场幸福的灾难。"

    他等待得太久了!

    从写作第一篇小说开始,凯尔泰斯就已经为小说的标题——"无形的命运"——所抓攫。什么叫命运?他解释说是"悲剧的可能性"。为了摆脱这种可能性,他作了最大努力的挣扎,然而仍然无法逃脱极权主义下的可怕的境遇。他说:"我个人的空间是充满失败的胜利","我只是胜利史书中没有文字的黑色一页"。这是荒谬的。然而,事实确实如

凯尔泰斯·伊姆雷（Kerte Szlmre,1929- ），匈牙利作家，2002年度诺贝尔文学奖获得者。著有《命运无常》《英国旗》《另一个人》《船夫日记》等。

此。他一直站在绝望的悬崖上等待人们对他的文学理念、记忆、想象、内心诉求的认同，如果说获奖是一个相关的迟来的信息的话，那么他至少为此等待了30年！

凯尔泰斯于1929年11月出生于布达佩斯一个普通的犹太人家庭，14岁时被德国纳粹投入波兰著名的奥斯威辛集中营，不久转到德国境内的布亨瓦尔德集中营，1945年获得解放。1946年，他开始在火花报社做记者，五年后被解职。从1949年开始，匈牙利实行事实上的一党制，拉科西以铁腕政治掌控全国，直至1956年事件发生，苏联军队长驱直入，建立合法化的新殖民主义统治。拉科西时代的不自由的生活，尤其在1956年事件中经历了血洗的民主与受挫的改革，使他重返奥斯威辛。1965年，他动手写作小说《无形的命运》。这是一部自传体成长小说。主人公柯韦什的社会化过程是在集中营里完成的。集中营的现代性的运作方式，使柯韦什从中学会适应，以保持和谐一致；等他后来重返故乡时，这段被囚禁的岁月居然使他产生了一种近于乡愁的怀恋。他承认，已经发生的都是有效的，无可逆转的。他说："我们决不可能开始新的生活，我们永远只能够继续把旧的生活过下去。"开始时，凯尔泰斯并不知道要写些什么，也不知道该怎么写，但是他承认，有一种动力在刺激他，拉科西时代的极权制度背景下的怪诞的世界在刺激他，他从一个极权之下生活的感受中得到启发，增进对另一个极权社会的认识。在小说中，一切都围绕着奥斯威辛展开。奥斯威辛是一个象征，所有属于它的东西，无论过去的还是现在的，都是欧洲人以至全人类的耻辱和创伤。凯尔泰斯坚持认为，几百年来奥斯威辛一直在"空气中游荡",因此悲剧或迟或早总要发生,即使不在德国发生,也会在其他地方发生;即使过去发生过,将来也仍然会发生。他所以写作,不但要为一代人所经受的历史作证,而且要促进人类心灵的觉醒。

可是,用13年的时光艰难写就的小说,经过长达10年的辗转努力才得以出版,印数很少,仅达出版底线;其中的大部分没有进入书店,全堆积在发行部门的地下室仓库中,凯尔泰斯曾经到过这个仓库,当他从中发现了自己的尘封的著作之后,便折价买了200本,分赠给亲戚朋友。

就让一个作家徒然地耗费他的心血去吧!让他哭泣去!让他独个儿咀嚼那些早已被风干的陈年往事!一年一年这么多的出版物,谁会顾及一个无名之辈的小说呢!从编辑、出版家、评论家,直到众多的读者,全都忽视了凯尔泰斯的存在。他分明被置于全社会的麻木、冷漠以至敌意的包围之中。此后,他开始大量翻译德语作家的哲学和文学作品,为此他还曾获得德国语言诗歌学院颁发的大奖。对于热衷于直接表达的作家来说,翻译很可能是一种不得已的选择;可是,有谁注意到,在这些散发着存在主义气息的作品中,凝聚着、流连着译者的哀伤的眼神呢?

凯尔泰斯在《苦役日记》中对此作了回顾,其中写道:"1979年4月,《无形的命运》出版了。我真诚地审视我自己:我是自由而又虚无的。我没有企望也没有感觉,至少有一点自惭形秽之感——号角已经沉寂,'我们胜利了!'——战将叹息了一声,死去了。"

他在多年的停顿之后,续写《无形的命运》,这就是小说《惨败》及其后的《给未出生孩子的安息文》,被称作"三部曲"的后两部的写作。《惨败》以上个世纪50年代的匈牙利社会为背景，主人公仍然是柯韦什。老柯韦什是一名作家，他认定自己的生活就是写作，但是又预感到他的真正的小说将被拒绝，只能写出其中的开始和结局，而中间的所有内容都必须放弃！凯尔泰斯在回答为什么以"惨败"为小说命名时指出："惨败是今天唯一可以完成的体验。"他认为，这是他的"最重要的作品"。他说："如果我们现在回顾过去的匈牙利和东欧，就会发现许多事情都是在仿效《惨败》的模式。"《给未出生孩子的安息文》的主人公，跟作者一样是一名作家，他对自己的不幸的婚姻感到痛心，并且为在这个残酷的世界上不能再生一个孩子而悲哀莫名。若有命运，便无自由，若有自由，即无命运。在生存与自由之间，凯尔泰斯意欲选择什么呢？在后两部小说中，作者明显地变得更阴郁、更消沉了！

　　凯尔泰斯不能不陷于重重的包围之中。首先，他的写作是反体制的，奥斯威辛即是纳粹政权与现行体制的共名。在这样彻头彻尾的极权体制之下，单一的人被定制化地剥夺了其固有的自由。凯尔泰斯把这种极权状态称为"无形的命运"。极权主义国家的上层建筑及意识形态，从本质上说是敌视个人的，因此必然像对待罪犯一样对待自由写作者。凯尔泰斯曾经指出，奥斯威辛之后的艺术变得更谨慎了，就像一个残疾人，一只手扶着墙，另一只手拄着拐杖蹒跚向前。由于绝对权力的威吓，艺术失去了它的果敢，即使在大屠杀面前，它也只能皇顾左右，唯唯诺诺，以致闭上眼睛。在这里，还有一个凯尔泰斯说的"希特勒风格化"问题。现代独裁者想从表现中剥夺艺术，往往使之降格为荒芜的形式主义，实质上藉此窒息艺术精神，掩盖个人权利和自由的缺席。无往而不在的国家意识形态很大程度上左右着主流艺术。在当时的匈牙利社会,作家协会和出版社都是官办的,以阻遏暴露现实和反抗强权的作品出现。因此,像凯尔泰斯这样坚持以个体脆弱的经历对抗历史的强暴的作家,遭到文学出版界,包括思想同样被毒化的读者在内的普遍的阻拒,也就变得十分自然。有关的情形,凯尔泰斯本人曾经向一位德国作家明白表示过,他说:"我用我们自己的语言所写的作品,在我自己的国家里确实存在着付之东流的危险,因为我所写的东西是今天的匈牙利社会不情愿去触及的。更有例为证的是,许多即使是重要的匈牙利作家,也被拒之于匈牙利社会的意识之外,随后便被人们所遗忘,因为他们所写的作品与当时占主导地位的时代思想或当时所处的政治状态是相互对立的。"

凯尔泰斯根本没有想到,正是他所控诉的奥斯威辛的制造者所在的国家,热忱地出版和阅读他的作品,并把它们推向世界文坛。可以设想,如果没有德国出版界的推广,以匈牙利语这样的一个"蕞尔小国"的小语种,他的名字怎能不在斯德哥尔摩那些评委的沉重的眼皮底下迷失?正如俄罗斯《消息报》有评论说的:"假如凯尔泰斯这次没有获奖,那么他依旧是个名不见经传的作家,是诺贝尔文学奖把他推到了众人关注的舞台上。"

一个匈牙利作家的作品,需要德国签发"通行证",——作家的地位的确立,唯靠他自身的才华是否已经足够?倘若他处在重重包围之中,唯靠一个人的力量是否可以突围?世界上许多事物的发展结果,都与原初的动因相悖。生命现象同样如此。被困于祖国的轭下,凯尔泰斯对此深有感触,他说:"只有在心中燃烧着熊熊的憎恶和怨恨之火的人才会坚持,会在报复中勉励自己坚持下去,并恪守自己的诺言。虽然我心中也燃烧着愤火,但我担心,它们并不足以让我坚持下去,也不足以让我通过它们来干点什么事。"消耗一个人可以长达一生,坚持到底能够延续多久?像凯尔泰斯这样优秀的作家,竟然也失去了信心!

作家的宗教是一个人的宗教,信仰的勇气全然来自内心。然而,困难的是,当他面对包围过来的压力时,首先需要战胜的是内心的虚无和恐惧。不能说卡夫卡没有勇气,虽然他要求朋友彻底毁灭他的手稿,但是他毕竟坚持到了生命的最后一刻。卡夫卡如此坚忍地付出了所有一切,仍然不可避免地成为一个牺牲者;他只活在文学史上,而在生前,却过早地死于喧嚷的文学界里了!

凯尔泰斯处于一个人们普遍屈从于政治强权的时代,比卡夫卡所经历的时代远为严酷,却能够以自己的眼睛目睹突围的胜利,实在过于侥幸!但是,即便如此,他已经丧失了许多!

2004年5月

在死刑面前

  关于生命，好像人们没有不说是宝贵的，其实未必如此。古人便有视同草芥的说法，所以说及英雄的伟业，往往免不了"杀人如草"一类字眼；以牛羊为喻更普遍，随意买卖和宰杀，实在很确当的，"牺牲"一词一直沿用至今，词源盖出于此。唯有一种行当可以提升生命的价值，它就是死刑。

  死刑乃通过消灭生命来彰显生命，——大概这也算得是辩证法的一例吧？假如生命没有一定的"含金量"，何劳古今酋长动用那么多人力，建造那么多的绞刑架和断头台？就说巴黎著名的刽子手桑松，除了无偿居住国家提供的中央市场带阳台的房子，享受多种权力与特权之外，仅年薪就高达6.5万利弗尔！

  从远古的时候起，死刑就是"神圣之刑"。不幸的是，生命即使神圣到万分，刹那间也归于黯淡的结束；只有死刑的神圣永存。合法杀人是无可指责的。所以无论哲人苏格拉底或是政治家罗伯斯庇尔，临终时，都没有一个同胞肯站出来为他们辩护。意大利法学家奥卡里亚说，死刑是一场国家对一个公民的战争。就是说，只要国家认为消灭这个公民是必要的和有益的，那么，他将肯定活不下去。

然而，即使这场战争势力殊异，成败已定，以世界之大，终究有人为死刑犯——毫无希望的人——说话，至少在俄罗斯。

托尔斯泰一生写过不少宏伟的作品，如《战争与和平》之类，那是经过理性和美学的严密的安排的。作为心灵同世界的直接对话，还写了大量简直无法分类的短文，其中就有《我不能沉默》。质疑，控告，驳诘，不平则鸣，这是在文体和技艺之外独立生长的一种风格。阅读是一场劫难，它突然而至，使你对人类命运无法作壁上观；纵使终于从字缝中逃逸出来，却从此留下了永久难忘的惊悸。

1908年5月10日，托尔斯泰从报上获悉20个农民因抢劫地主庄园被判绞刑的消息，立即著文抗议。农民是世上最平凡最卑贱的人，何况抢劫犯，更何况区区20个，实在大可不必愤愤的，更不消说为之申辩了。

然而，他说，他不能沉默。

人类之爱，同情心，人道主义，在这里成了不可抗拒的精神力量。它使一个地主伯爵老爷背弃了传统的立场，使一个主张"勿抗恶"的宗教家动摇了终生的信仰，使一个安详的和平主义者变做了一个躁动难耐的复仇主义者。

托尔斯泰不承认死刑犯有罪，他辩护说，他们只是一群"不幸的、被欺骗的人"。到底谁是真正的罪犯？恰恰相反，正是那些使用了一切力量败坏他们，毒害他们的灵魂的人。他指出，劫夺别人的财产是令人气愤的，但是最使人不堪忍受的，是劫夺别人的灵魂，迫使别人伤害自己的尊严，破坏别人的精神幸福。而有能力干这种事情的人还有谁呢？除了整个的专制制度，除了支撑这个制度的各种与"正义"和"神圣"分不开的机构：枢密院、宗教院、杜马、教会、沙皇，除了威严的统治者。法官和刽子手算什么？不过小小的工具而已。

他极力抨击政府以"建立安宁和秩序"为借口实行屠杀的野蛮行径，无情地揭露被称之为法律的愚蠢和虚伪，说："你们别说你们做的那种事是为人民做的，这是谎言。你们所做的一切肮脏的事，你们都是为自己做的，是为了维护你们的既得利益，为了实现不可告人的私人目的，为了自己能在那种你们所生存并认为是一种幸福的腐化堕落之中再生活一些日子。"他警告说："你们现在所做的一切，连同你们的搜查、侦查、流放、监狱、苦役、绞架，——所有这一切不仅不能把人民引诱到你们意想达到的状态，而是相反，会增添愤怒，消除任何安定的可能。"

托尔斯泰（左）与高尔基合影。

托尔斯泰（右）和契诃夫、高尔基合影。

总之，他认为，所有这些无家可归、满腔忿恨、堕落败坏的人，从官员到死刑犯，都是政府一手制造的；今天所谓"安定"的局面，都是政府施行恐怖统治的结果。正因为政府成了他控告的对象，所以，他不能不意识到履行一个作家的职责的全部风险。但是，他决心为自己的行为负责，哪怕以生命作代价。

他说："我写下这篇东西，我将全力以赴把我写下的东西在国内外广泛散布，以便二者取其一：或者结束这些非人的事件，或毁掉我同这些事件的联系，以便达到或者把我关进监狱，或者最好是像对待那20个或12个农民似的，也给我穿上尸衣！……"

政府逮捕了刊载这篇文章的报纸发行人，以至连一些读者也都遭到监禁，可见作家的抗辩不是没有一点力量的。可是，对于托尔斯泰本人，政府相当宽容，好像没有特别降罪的表示。大约这同地位生了些干系，名与无名，政府从来是区别对待的。

十月革命犹如一场大雪，一夜之间，便覆没了整个的沙皇制度。然而，纯净的空地也有血迹和尸体。随着积雪的消融，旧日的污秽再度暴露出来，而且使新鲜一并变得陈腐。这一片血与那一片血，这一具尸骸与那一具尸骸，它们的区别何在？难道仅仅因为时间的冲荡而使颜色与形貌发生了变异吗？如果生命是至高无上的话，此刻，是否仍然有抗辩的必要？

托尔斯泰死了。

真正伟大的人物，不会在诞生他的地方永远消失。既然这里的土地培育了他的良知和勇气，那么属于他的精神，必将以散在的形式存寄于原来的世界，适时再度凝聚为声音。

这是新的声音,但也是昨日的响应。总之,沉默是不可能的,除非民族历史上从来未曾出现过这样的人物,也就是说,未曾形成一定的文化血统;不然,就是气候发生了根本的变化,不复如从前的恶劣。

在托尔斯泰身后,有一个人叫柯罗连科。从青年时代起,他已为托尔斯泰的博大、睿智、深沉的激情所吸引,曾经比喻为遥远、灿烂的星座;虽然后来为革命思想所激荡而参加各种活动,并因此不断遭到监禁和流放,可是在心灵深处,依然保存着最初的那一束星芒。

人道主义成了最高的道德律。革命,在俄国知识分子看来,它固然是改造整个专制俄罗斯的伟大的社会运动,但是对于个人苦难,也都同时具有拯救的意义。革命必须符合普遍的道德准则,也即人道的原则。如果在个人危难面前无动于衷,甚至无端地制造流血和死亡,所谓革命,无论打着怎样好看的旗子,其性质都是可疑的。

柯罗连科(Vladimir Galaktionovich orolenko, 1853—1921),19世纪末20世纪初俄国杰出的批判现实主义作家,年轻时因积极参加革命活动,被流放西伯利亚6年之久。他的作品具有强烈的民粹主义倾向。主要作品有《马卡尔的梦》《盲音乐家》《我的同时代人的故事》等。

在沙皇时期,作为一个作家,柯罗连科写过许多关于死刑的作品,多次打破审查制度所容许的范围,讨论死刑的权力;而实际上,他也亲自解救过一些被军事法庭判处死刑的人。到了十月革命胜利后的几年,他目睹了行政机构以"反革命分子的捣乱"为由而进行的持续的杀人行为,却深感无能为力,因为这些行为不但是超越道德的,而且是超越法律的。

柯罗连科在托尔斯泰的泛道德主义立场上后退了一步,但是,他一样表现了不容亵渎的人的尊严。他指出,世界上没有一个国家的侦察委员会的作用是同作出判决的权力,尤其是作出死亡判决的权力联系在一起的。在任何一个地方,侦察委员会的行动都要经过法院的核查，而且这核查必须置于辩护系统的参与之下。即使在沙皇时代，情况也是这样。他自述说，在法国，他曾经仔细观察过中世纪遗留下来的野蛮的杀人行为，但是他看到，在大战期间，枪杀人质的事情也不曾发生过。因此，对于国家的侦察委员会的武装镇压，以及契卡所作的结论，他愤怒地宣称："这是苏维埃政权的真正的耻辱。"

> 如果说在什么问题上公开性比任何东西都重要的话，那就是人的生命问题。在这种问题上，每一个措施都应当公诸于众。所有的人都有权知道，谁被剥夺了生命（如果这已被认定是必须的话）？为什么？根据谁的判决？这是对政权的起码要求。

对权力者来说，政权就是目的。一切革命手段，无非为了夺取政权和维护政权，怎么可能要求庞大的政权对渺小的个人作出这样那样的许诺与回应呢？然而，柯罗连科引用卡莱尔的话说："政府常常死于谎言。"他质问道："在你们的制度中一切都是真理吗？在你们已经向人们灌输的那些东西中就没有这种谎言的痕迹吗？……"镇压"反革命分子"，集体枪杀人，居然说是有利于'人民的幸福'，有利于"社会主义"！而且还要辩解说，"革命是有自己的规律的"！即使在19世纪发生过革命群众的屠杀，甚至如巴黎公社社员枪杀人质那样，也是自发的行为，而不是系统化了的疯狂发泄。在柯罗连科看来，这段历史，已然构成了一座"血腥的灯塔"，给社会主义运动本身留下了可怕的阴影！

柯罗连科呼吁道："让兽性和盲目的非正义完全留在过

去，留在已死亡的东西一边，而不要渗透到未来之中……"最令人痛苦的，是谁也不向人类的未来负责，包括知识精英。像卢那察尔斯基这样的人物，身为知识分子官员，应当是最理智的了，然而，也没有及时发出警告，不去讲公正，不去讲对人的生命的爱惜态度，却在自己的讲话中，表示同行政机构的枪杀行为合作。真正的知识分子，是独立于政权之外的力量，他们不应当屈从于权力意志，屈从于胜利者所写的历史。作为世界痛苦的见证人，他们应当无保留地暴露一切罪恶，不论它们来自何方；作为历史责任的担当者，他们应当预言恐怖，唤起人们普遍的不安，以期免于在酣睡中沦亡。要做到这一切，对于知识分子来说是艰难的。因为他们只是一个松散的集团，从来便是单个人地处在黑暗的包围之中，所以，在履行使命时，他们必须先行战胜自己身上的黑暗。在所有的知识分子面对疯狂的枪杀而默不作声的时候，柯罗连科意识到，他必须带头讲话。结果，他以绝望的勇气讲了：

> 只要我的微弱的嗓音还能讲话，只要我还有一口气，我就要不停地抗议不经法庭审判的枪决和杀害儿童的行为！

当然，这些话不是如托尔斯泰一样公开发表的，而是以通信的形式，诉诸于政府的高级官员。收信人正是教育人民委员卢那察尔斯基。从1920年6月19日开始，信陆续写就陆续发出，一共6封；卢那察尔斯基的答复则是：沉默，沉默，再沉默！……

历史的沉默更长久。1922年，这些信件曾经以单行本的形式在巴黎出版；可是在国内，直到1988年，也即苏联行将解体的时候才公开发表。这其间，经过了整整近70个年头！

无论控诉和警告，都是封套内的声音。

几乎与柯罗连科写信的同时，还有一个高尔基，撰写了系列政治文化评论，其中有相当篇幅关涉死刑，发表在他主办的《新文化报》上。对此，列宁是反对的，最先忠告他"走出彼得堡"，随后动员他出国。在别什科娃那里，列宁开玩笑似地对他说："如果你不走，那就驱逐出去！"后来，他果然去了意大利。但是，无论出国还是留在国内，他是从此再也写不出这种抗辩风格的文字了。

无独有偶。高尔基的评论一经发表，即被禁止传播，等到这些"不合时宜的思想"重新面世时，又已是20世纪80年代末梢了。其被禁锢的时间，正好与柯罗连科的信件一样漫长。

人们的命运各种各样，思想的命运则大体相同。自古迄今，知识分子由来作为失败者活动于历史舞台，即使胜利，也只是属于道义方面的，而与本人无关。问题是，知识分子总是不甘失败，始终坚持着手头的批判性工作，恰如传说中推石头上山的西西弗斯。

面对动辄要人性命的"官刑"与"私刑"、野蛮的肉体报复的思想、动物性无政府状态，高尔基十分愤慨。由于他把这些都归结为政治对文化的入侵，以及文化自身的薄弱；因此，要消除人民身上的兽性与奴性，他认为，必须"经过文化的慢火的锻烧"！但是作为一个引火人，当他发现工人在大街上逐杀逃犯，发现市民在讨论用什么样的死法惩办小偷，发现士兵几十名几十名地集中枪杀"资产阶级分子"，发现大学生们因举行告别聚会,被当作阴谋活动而遭到杀害……当他发现人的生命在人们观念中变得如此低贱时,态度十分峻急;就个人而言,他不会容许"锻烧"有片刻的延缓。

他把火把举到领袖的面前,说:"逐一杀害不同思想的人,这是历届俄国政府国内政策中已经验证过的老法子。从伊凡雷帝到尼古拉二世,我们所有的政治领袖都自由而广泛地运用这种同叛逆作斗争的简便的手段,列宁又为什么要放弃呢?他不但没有放弃,并且公开声明,他会不择手段地将敌人消灭干净……"他指出,正是这一类声明,使人们陷于一场残酷而持久的斗争,整个俄国将因此而蒙受危险!

他谴责"用暴力和凶杀培养起来"的红海军的水兵,把他们的宣称肉体报复的声明比喻为"肆无忌惮,却又极为胆小的野兽的咆哮"。他告诉他们:"你们摧毁了君主制度的外部形式,却未曾消灭它的灵魂,致使这灵魂活在你们的心中,迫使你们失去了人的形象……"在这里,他说,他看到了君主制度的血腥专制精神的存在和胜利。"应该努力做人,"他告诫说,"这很难,但必须这样。"

作为政治问题的症结所在,高尔基认为,主要是苏维埃政权"对群众的恐惧与谄媚"。对于新生政权,他指责说,其实这是"在旧的基础上,即在专横和暴力之上建立新的国家制度",它把自己的精力可悲地耗费在煽动恶意、仇恨和幸灾乐祸的情绪上面了。制度笼盖一切。只要在政治上把良心、正义、对人的尊敬与爱护等等,厚颜无耻地说成是"感伤主义",一种健康的文化就无法生长。他肯定:人类失去了这一切是无法生活的。

此间的系列评论,几乎都在重复着同一个主题:"在这些普遍兽性化的日子里,让大家变得更人道一些吧!"

在政治家看来,这不过是知识分子的梦呓而已。所有关于人道主义的呼吁,既不能阻遏政治家的嗜血欲望,自然也不能阻遏群众性的嗜血行为。当时,高尔基来不及把话说完,就到国外去了;而事实上,为他所指陈的杀人现象,不但未见稍减,反而变得越发疯狂起来。直到斯大林导演的肃反运动正式上演,鲜血就像洪水一样,不出几年就淹没了整个红色苏联。

高尔基在发表那篇指责水兵的短评以后,曾经收到几封恐吓信。他没有在阴谋和恫吓面前退却,再度著文宣称:"这是愚蠢的,因为用威胁迫使我缄默是不可能的……"可是,到了后来,他缄默了。

在血腥的30年代,枪声大作,而舆论界格外平静。

高尔基是一个过渡型人物。他是用资产阶级文化的奶汁喂养长大的强壮的流浪汉;因此,与其说是无产阶级文学的奠基人,毋宁说是有教养有文化的资产阶级最后一名代表。

无产阶级,以及诸如"无产阶级文化派"一类知识分子,一开始就从外部被灌输了一种斗争哲学。长期以来,斗争被赋予了无所不在无所不能的神明性质,它唤起人类的攻击本能而强行压抑爱欲,把攻击性当成人性的全部而加以阐扬、传布和膜拜。实际上,斗争是有条件的,有保留的,斗争是不得已的一种手段,有时候甚至显得十分迫切;但是,既然是人类的斗争,而不是动物的搏噬,它就必须建立在人道主义的基础之上。人道主义不是哪一位形而上学家臆想出来的抽象的原则,它是人类文明的产物,具有一定的实质性的历史内容。在反对封建专制主义的斗争中,资产阶级的双手也沾满了鲜血,但是他们学会了怎样清洗自己。自由、平等、博爱、人权、民主、自治……一系列的口号和观念,都是他们在清洗的过程中第一次提出来的。无产阶级还没有学会清洗。清洗是需要文化的,需要知识和经验,而这些又恰恰来自它的敌人——资产阶级。如果拒绝这一切,所有的人们,包括斗争者自己,都将最终成为斗争的牺牲品。

高尔基就是著名的牺牲品之一。当斗争已经形成普遍无知的野蛮的杀戮,良心的发现,只能加速他的死亡。据悉,高尔基是被毒死的,——一种暗暗的死。这样,比较起来,经过审判或不经审判的死刑毕竟要显得庄严许多。自从这只海燕也像众多的无辜者一样溺于血海,在这里,人道主义的正义的火焰便慢慢衰微下去了。

所幸还有火光。虽然火焰不再如初燃时的迅猛、热烈、亮丽,但是,它仍然能让人感觉着世界的光明和温暖;就像置身于冬日的原野,目送远方最后一缕抚慰般的淡淡的余晖……

1996年9月

可笑的骑士

作为群居动物，人类是通过吞并个体成为社会的。个人的行为，连同梦想，简直不可能越出由法律、教条和各种舆论编筑的藩墙。远溯史前史，群集的猿猴也不是没有大一统观念的约束的。其中最勇敢最聪明的猴子，必先设法佝偻着逃出猴群；只有到了另一块空旷地，方可独个儿慢慢学会直立着行走，学会打磨石头，以及其余种种活计。出于偶然性因素，从中又逃出一只，而且是异性，这样凑在一起便有了亚当夏娃的神话。人类的始祖是逃亡者，这当是毋庸置疑的，倘使居留原来的群体中间，而又执意表露出某种独立的倾向，那结局，只能被大家咬死。

在猴群与人群之间，不知道有哪一位学者，曾经仔细搜索过这个维持或脱离传统权威统治、充满暴力与死亡的边缘地带。

人类的进化就在于，有时候不必动用牙齿。对于异类，如果不至于构成即时的威胁,大可以换成柔软的舌头,仅仅说一些笑话。然而一个人,只要在众人的口舌中成为笑料,他的生命也就算得完结了。笑是极其出色的虐杀。所以,无论中外,都流传着这样一个经典性的譬喻:笑是一把刀。

唐·吉诃德就是如此死于人们的谑笑的。

这个西班牙人,因为看了一通游侠小说,便为一个伟人的冒险的事业所蛊惑。他找了一顶头盔、一副铠甲、一柄盾牌和一支长矛,外加一匹精瘦的驽马;全副武装以后再找来一个桑丘,以及一头恰如桑丘般木实的灰驴,随同他踏上征程。从此,次第展开的追求与实现的过程,遂使他由体面的绅士变做了"逗乐的骑士"。

唐·吉柯德版画。

唐·吉诃德既以游侠骑士自居,当然得把建立骑士道作为毕生的使命:排除暴行,伸雪冤屈,改革弊端,救助苦难无告的妇女、孤儿和穷人。他渴望成为英雄,然而,英雄主义的骑士时代早已成为过去。这是一种不幸。尤其不幸的是,生在黑铁时代而偏要恢复黄金时代。时代是一个框子,所有人的目光都停驻在框子之内,唯有框内的内容是真实有用的,所以自然而合理。唐·吉诃德提着长矛一味在框外鼓捣,怎么不显得荒唐可笑呢?然而,这个背时的人,竟不觉得自己是滑稽的角色。

他固守曾经热爱的一切。这种忠实,简直到了顽愚的地步,令任何智者都无法开启。由于一开始就把杜尔西内娅小姐看作自己的灵魂的保护人，故而无论海伦或鲁克瑞霞，或古希腊罗马的任何有名的美人都比不上她；即使后来得知是一位矮小粗陋的村女，而作为绝代佳人的形象，在他那里一点儿也没有改变。"游侠骑士没有一个不痴情的"，他说。他确乎无需世人所妒羡的随机应变一类智慧，所需只是专一的情感。忠诚是反智慧的。世人早已把理想当作破草鞋弃置一旁，崇高感委地以尽，他仍然背负着古老而神圣的信仰，一生也不愿放松。世人习惯于过一种近乎玩世的生活，相反，他处处当真，简直不知道世界上还有敷衍和虚假。价值这东西，世人都把它看作是变动不居的，可交易和可代偿的，他却认定是永恒不变的：金子就是金子，美人就是美人。他始终生活在精神里面。

　　一个古典主义者，宣言拯救世界，骨子里头在坚持自己；而成打的现代主义者，标榜自我中心，事实上以市场行情为转移。唐·吉诃德的落伍就在这里。随着社会的进步，世界上的万事万物无一不成为商品；即以人体论，奴隶制还仅只限于肉身买卖，中世纪过后，就变得可以买卖灵魂了。灵魂不给出卖，又要体现自身的价值，这是可能的么？

　　唐·吉诃德的可笑之处不独此也。本来，有了一个高妙的理想，摆到展览大厅炫耀一下，或是搁在小沙龙里把玩把玩倒也罢了，而他偏要实行，倘迟迟不实行还觉得对不起世人哩。就算实行起来，他也偏要寻一条艰辛的无人救援的径路，没有半点罗曼蒂克可言，虽然事情到了大家的眼中全都改变了情调：

　　　　我的服装是甲胄，
　　　　我的休息是斗争……

斗争是世人所憎恶和厌倦的。然而，不满现状的人怎么能不斗争呢？处于一个衰败的时代，多半的骑士，身上只余锦衣的窸窣声，再没有钢盔铁甲的铿锵声了。他深知，作为游侠骑士，是与"朝廷上的骑士"很两样的，只好吃无穷的苦头。他对桑丘说过这样一段很有点严肃的话："自由是天赐的无价之宝，地下和海底所埋藏的一切财富都比不上。自由和体面一样，值得拿性命去拼。不得自由而受奴役是人生最苦的事。"由于他把受人奴役看得比斗争更苦，所以遍体鳞伤也毫不嗟叹，且继续去寻那类足够可以让自己送命的行当。

这种愚妄，推究起来，就因为他始终生活在别处。一个信仰主义者，不可能离开信仰去观察现实；故而现实中的事物，无不与他的理想世界相关联。我们是实在论者，我们可以把精神产物视为虚妄，可是在他那里，看不见而且并不存在的东西却是历历如睹的。火与十字架的对抗者布鲁诺说："英雄式的爱，乃是那些被称之为疯狂者的卓越的本性之一。"卓越与否尚在可议之列，而英雄与疯子相去不远，倒是不争的事实。

唐·吉诃德一心想做英雄，但不是恺撒的那一种，没有三军可以统率，他要做独行侠，一种孤胆英雄。然而，无论何等顽愚，他总算知道一个人的能量，对于骑士道的实行并无多大把握，所以虑及前途，有时难免忧郁。自称"哭丧着脸的骑士"，应当说是有几分肖似的。可是一旦实行起来，什么忧虑都变得无影无踪了，浑身纯净透明得唯见沸腾的血液。这时，他的眼中只有一个目标，只管勇往直前，决不退却。在想象中，他总是把自己扩至无穷大，"力拔山兮气盖世",自是攻无不克了。总之,失败主义是无缘的,虽然实际上,他的战斗没有一次不是以失败告终。可逗乐者,他就是不肯承认这个再彰显不过的事实,几次三番地败下阵去,又几次三番地卷土重来,直到气息奄奄不能动弹而后已!

这样一个骑士狂,怎么不教人笑死呢!

对此,唯一的一个不承认主义者就是桑丘。他不以成败论英雄,唯以内心的体验,这般评价他的主人说:"他虽然败在别人手里,却战胜了自己……这是为人在世最了不起的胜利。"

噢,他算得是一个胜利者么?傻乎乎的桑丘!充其量不过是疯主人的传声筒罢了,谁愿意听他的呢?于是,年复一年,全世界就只有一个声音:

——可笑的唐·吉诃德呵!

最后的迷失

  天性忧郁的人都憎厌人群,但是,无论如何总得寻找一个人。仅仅一个人,这也就够了。悬崖上的孤松,多么向往柔润的雨水能顺着枝丫,弯弯曲曲一直深入它的根部;如果终有一天暴雨如注,却又害怕变成岸柳,——在悠长的岁月中,它早已习惯于坚硬的岩石与干涩的砂粒了。这样,在事实上,它向往的只能是一朵停云。

  有一个人来了又去了。这中间停驻了13年,欲雨不雨,在另一个人的期望中。

  人海茫茫。正如在大海中找不到两朵相同的浪花一样,很难想象,在人群中会寻到质地相同的两颗灵魂。

  奇迹出现了。

  是音乐契合了他们:柴可夫斯基和梅克夫人。一个创造,一个倾听。"我们只是在距离上是远别的,此外我们便

彼得·伊里奇·柴可夫斯基(Peter Ilyich Tchaikovsky, 1840-1893),俄罗斯浪漫乐派作曲家,也是俄国民族乐派的代表人物。其风格直接和间接地影响了很多后来者。代表作有舞剧《天鹅湖》《睡美人》《胡桃夹子》和交响诗《罗密欧与朱丽叶》《悲怆》等。

几乎等于一个人;我们对于同一件物事都有同感,而且往往是在同时。"梅克夫人说。

作为"雇主"的扮演者,收购曲谱的人,梅克夫人对于音乐生命的质量,要求十分严苛;可是,当她提出意想中的曲式和主题要求柴可夫斯基创作时,却不忘以女性特有的关怀,唤醒音乐家倦睡的乐思。乐曲完成之后,她那么陶醉于丰美的旋律,仍然不忘报以由衷的赞美,让创造者及时赢取创造的快乐和骄傲。

日日夜夜,梅克夫人的精神深处,到处回应着柴可夫斯基的音乐。她熟悉那里的每一个音符,每一处停顿;熟悉那里每一缕清风,每一簇星光,每一条幽隐的道路⋯⋯心灵大抵因善感而长于倾听,是故倾听者对艺术的敏感,往往胜于音乐家本人。柴可夫斯基称莫扎特为"阳光灿烂的天才",她却以鄙夷的口气,说是"伊壁鸠鲁派的莫扎特";还有瓦格纳,她说他亵渎了艺术,说:"多谢上帝,我们没有瓦格纳,只有彼得·伊里奇(柴可夫斯基)。"她以异常的穿透力,通过飘忽的音符,把捉音乐家的整个人格。人格是重要的。在她看来,只有音乐家的人格与才能相等时,才能给人以深刻而真挚的印象;相反,音乐家身上没有"人",作品则愈是音乐化,他愈是一个说谎者、伪善者、剥削者。这是一个具有纯正斯拉夫人血统的女性。在她的身上,除了高尚,分明还透露出一种博大深沉的苦难气质,那是俄罗斯精神的特质;所以,她厌恶莫扎特式的快乐主义,瓦格纳式的形式主义,厌恶炫耀、轻浮、做作和一味的闲雅,而以刻骨铭心的热爱,称柴可夫斯基为"我们的俄罗斯民族作曲家"。对于她，与其说热爱柴可夫斯基的音乐，不如说热爱音乐里的灵魂，俄罗斯的灵魂。

在书信里，梅克夫人称柴可夫斯基为"亲爱的灵魂"，正包含了所有一切。找到这样的知音，于音乐家无疑是一种幸运。柴可夫斯基说："我笔下写出的每一个音符，都要献给你。"他努力寻找两颗灵魂的共振点，并为此而深感慰藉。梅克夫人倾心于他的灵魂——同时也是自己的内心灵魂——里的声音，她这样诉说听了《斯拉夫进行曲》以后的情愫变化："我一想到它的作者就某种程度来说是属于我的，我就有说不出的快活——谁也不能把它从我这里夺去。自从我认识你以来，我第一次在非常的环境里听你的作品。在贵族会堂里面，我多少感到有若干敌对，我觉得你更欢喜许多别的友人。但是在这里，在一个新环境里，周围都是陌生者，我感到你更其完全地属于我，我感到谁也不能和我做对手。在这里：我占有，我爱！"对于这种"疯狂的呓语"，柴可夫斯基回答说："当我知道我的音乐深深走进我所爱的人的心里时，这是我一生最快活的时光……"

《第四交响曲》辉煌了整个演奏大厅，然而听众毫无反应，甚至他所有的朋友，多年生活于其中的音乐学院的赫赫有名的教授们。在沙漠一样的噤默与荒凉之中有一个慰安者从天而降——那就是梅克夫人！这个天使，给他打来祝贺的电报，紧随着，又在信中寄出炙热的赞词，称他为俄国音乐的"伟大的建筑师"。

柴可夫斯基在《第四交响曲》的乐谱上写下"献给我最好的朋友"是当然的；正如梅克夫人称《第四交响曲》为"我们的交响曲"一样是当然的。

——"我们的！"

梅克夫人像。

梅克夫人说:"'我们的'这个词儿包含着多少迷人气味哩。"然而,这气味氤氲了好一阵,终于消散了。最后,他们谁也找不到谁,——不,从通信的那一天起,他们就一直规避寻找和认识。他们永远是一对陌生人,虽然那么靠近。

一面规避,一面靠近。

愈是设法规避,愈是渴望靠近。

难道这一切都是火的缘故吗?火能给人温暖,火又能毁灭一切。梅克夫人对此十分了解。当她第一次向火堆投放柴薪的时候,就已经想到灰烬了,因此,必须禁绝燃烧!

梅克夫人:"曾经有过一个时候我想和你见见面。现在呢,我越觉得感动,我就越怕见面。我不能对你说话。如果在什么地方,我们偶然面对面了,我不能够当你是陌生客人的——我应该向你伸出我的手,但仅仅是无言地握着你的手。目前我却宁愿远远地想念你,在你的音乐中倾听你,在那当中一道起伏着感情。"

远远的想念,直到终老。她将伸出的手缩了回来,藏进怀里,不让他看见那几乎病态的颤栗。当她听说柴可夫斯基结婚的消息,曾经寄出一封短简,言不由衷,只是行间夹了这样一句:"有时也得想起我。"想不到柴可夫斯基很快便来信称结婚为"恐怖的日子",告诉她,这是一场"精神的折磨"。这时,她立刻做出反应,怂恿他离婚,——"从伪善和谎话中逃出来"。

逃脱以后又如何呢?在时间之河里,他们是互相追逐、喋喋不休的两尾游鱼;然而在空间,他们只是危岩上各不相属的两棵树，树上的两朵停云。

出于一个根本无法稽查的原因，梅克夫人给柴可夫斯基写了最后一封信。信很短，告诉他产业快要破产了，从今以后再也无法寄钱给他了。行文是一种奇怪的调子，从来未曾使用过的调子。耐人寻味的是最后一句话——"别忘记我，有时也得想起我。"——曾几何时，她同样这么说过。

他读不懂。他猜测，抱怨，伤心，像受委屈的孩子般写了长长一封复信，试图再度点燃火焰。他说："我从来没有一刻钟忘记你，将来也永远不会忘记你，因为我对我自己的每一个想头，也都与你有关的。"他说："我用尽我心中所包含的全部热力吻你的双手，希望你能够了解，除了我之外，没有第二个人那样同情你，没有第二个人像你一样感到了那种痛苦，而且为你分担这些痛苦。"他说："我是烦恼得写不出清楚的字了……"

然而，没有回声。一点也没有。

永别了。

在莫斯科时，他原以为自己快完了，曾写过一张近于遗嘱的纸条："如果我死了，原稿送与梅克夫人。"如今，她在哪儿？柴可夫斯基整个人崩颓下来，匆匆两年，灰黯的生命遂再也吹不出一粒火星。死时，他发着呓语，轻唤着梅克夫人的名字——

菲拉列托夫娜！……

两个不幸的人。

他们的不幸，是因为一个偶然的机会而竟邂逅了。致命的是，他们都把对方视作唯一的，等同于神。对于幸福，如果说哲人一生致力于意义的追问，他们则始终致力于形貌的想象，在形而上的高处，一样是收获不到浆汁饱满的果实的。

作为遗孀，梅克夫人一直处在对时间的悼亡状态。对着书简流连、叹息，时时提及死亡。对生命失去信心的人，孤单、惊怵、疲倦，有可能进行爱情的角力吗？其实，爱情本身就是一场战争。她无力作战。她表白说："忍从是笨拙的，但又有什么办法？你不能以继续不断的战斗来折磨你自己。"她自称是一个"现实主义者"。关于两个人的现实是，她必须给贫困的柴可夫斯基以物质上的援助，此外都是梦想。她给他钱，以卢布抵偿精神的援助，同时让他也感激卢布，从中安妥自己的灵魂，极力回避因为艺术的相知而可能促进情感关系的未来的恐惧。对于她，音乐欣赏与教养孩子已然构成一个自足的世界。她说音乐里有"一种愉快的肉体的感觉"，她一面沐浴其中，一面以母性角色体验着"养孩子的快乐"，她把这种快乐叫做"现实的诗意"。一种爱被另一种爱置换了。由是，她享有安宁。

柴可夫斯基一样是忧郁的人。他逃避人，一如逃避法律，长期设法一个人留在音乐的故园。他说："艺术家所过的是一种两重生活，一重是人类日常的生活，另一重是艺术家的生活，这两重生活总是不大能够融合在一起。"他过的其实只是艺术家的生活，而把日常生活抛弃了。梅克夫人说，他一生爱音乐太多，因而缺乏对女性的爱。在他的身上，死亡本能特别活跃，这本能使他变得脆弱、伤感，不堪一击，但是也能培养一种异于寻常的耐受力，使他安于极端的孤独。精神上的自虐，就这样藉艺术创造而化做了自娱。

灵魂是需要血肉滋润的，灵魂深切的交往，同样需要日常生活的足够的给养。普希金说："习惯代替幸福。"世俗间多少男女自以为幸福者，都是同一个屋顶之下的共同生活的事实：吃饭、交谈、劳作、睡觉、生儿育女等等毫无激情的大量的重复性动作。逼仄的空间教人协作、亲近，虽然协作并非协调，亲近也非亲切，正如事实与真实之间存在着巨大的差异那样；然而，事实是强大的，无法违拗的。柴可夫斯基与梅克夫人在同一个戏院里远远避开，在路上相遇羞于窥视，甚至住在同一个庄园里也不互访，所有这些矫情的行为，却在事实上为他们留下了无法弥补的空白。

他们在预设的防线跟前倒下了。

柴可夫斯基与梅克夫人的精神交往，成了音乐家传记中最激动人心的一章。对此，素喜夸张的传记作家写道：爱情的悲剧故事。其实，真正的悲剧是：爱情从未发生。

山 之 民

> 青山青史两蹉跎。
> ——龚自珍:《寥落》

他刚刚出生就被扔进山谷里。整个中国都被扔进山谷里。

幽深了两千年的山谷。

开始便是结局。他无路可走。少年时击剑吹箫,英迈又温柔,想见石破天惊的刹那,所有峭厉的峰峦都比作浑圆的波涛,舞涌于眼底。然而,大小鬼蜮早已占据了可供攀越的去处。大海不可即。大海只是一种怆痛无已的情怀。

他无路可走。到处布满坟冢、洞穴、焦先式的蜗庐。万籁无言,鼾声如沸。昏睡者同僵尸、朽木杂陈一处,有镣铐相拘系,虎豹诡诡然往来其间,下面是狗蝇、蚤蚁、蚊虻和各式爬虫。人类聚居的地方,未必就可以叫作人类社会。偶有一二醒者,也只能怨鬼般地窃窃私语。窃窃私语的世界。悬崖上,有鸱鸮之声,不时重复着先祖的训谕。星月绝迹,灯烛无光。唯磷火明灭,以及专司锻炼的大铜鼎,布施人类以光辉……

觉醒是没有意义的。觉醒而无路可走，又与昏迷何异？中国的知识者，总是不能单独做任何一件事情。所谓书生，既不能唤起民魂，也不能联络同类，只好弄文章。然而，纵使文章惊海内，纸上苍生而已。

旧时代死了，新时代无力出生。——处此绝谷，局天蹐地，没有呼号，没有响应，那是何等可怕的境遇呵。

等待，于是成了唯一的选择。

前进的人们一定会把这种等待视作东方式的犬儒主义。其实，无由前进的等待，决不会比前进更容易一些。只要前进着，便有接近目标的可能，何况在不断的实现中，还有胜利的欣悦相伴随。而等待，那是连道路也没有的。与其说在等候希望，毋宁说是苦恋，无望地坚守一种初衷。这种苦恋，全在啮食自己的心肝，直到鲜血淋漓也不肯停息。无所谓胜利，也无所谓失败，自然无所谓欣悦，也无所谓苦痛。大约人到失去痛觉的时候，才可以算是经验了真正的苦痛。等待，谁愿意等待呢？

世上少有艰苦卓绝的人物者以此。知识者或者顺从权力，守默守雌，或者号称隐者，枕藉高林，都一样是现实的脱逸者。逃避现实，同时也在逃避等待。

作为山之民，他知道自己的所在。他的目光，无时不触及时代的荒凉的前额：农田、盐铁、销烟池内的残灰……任何足以牵系民族命脉的事物，无一不经过他的思考。思考一万遍，依旧那么新鲜，那么令他莫名的感动。阴符无效勿虚陈。从什么时候起，他已不复叩问山灵了。他渴望海，从来未有过的焦渴。他从身内的骚动，和身外的充满怨愤的私语与流言，以及此起彼伏断续不匀的鼾声中感觉着未来的潮

龚自珍（1792-1841），清末思想家、文学家。字璱人，号定盦，浙江仁和（今杭州）人。为嘉道间提倡"通经致用"的今文经学派重要人物，开知识界"慷慨论天下事"之风，提倡"更法""改图"，揭露清王朝的专制腐朽，是近代革命的先驱者。著有《龚自珍全集》。

讯。他相信且守候自己的感觉，一如守候情人。万一禅关砉然破，美人如玉剑如虹。而山围故国，依样嵯峨，放眼青冥，美人安在呢？一种确信，往往为急躁的情绪所毁坏，于是变得犹疑起来。愈是确信，便愈见犹疑。如此反复折磨，颇类山外之山的惨苦的西西弗斯。一样的精神胜利者。一面忍受苦刑，一面硬唱凯歌。或许非此便不足以支持自己？总之到了最后，剑气销磨，箫心呜咽，他也不愿承认：大海仅仅是一个想象。他模拟大海，不时地在内心制造波动。秋心如海复如潮呵，四厢花影怒于潮呵……

然而没有法，究竟是山之民。

大约五十年过后，腹地武昌，这才涌起了第一个蓝色的波浪。在守夜者看来，五十年不算太久远，然而他早已疲乏不堪，为自己所推举的巨岩压倒了。一个人的目光，可以越过千万重峰峦眺望大海，却往往无力穿透最切近的一道山岩。——潮水就在身旁，他无法确知。

大海，就这样以空无劫夺了他的一生。而当潮水来时，人们却全数把他遗忘了，偶或提起他的名字，也无非为了嗤笑那痴顽的守候。既是山之民，自然只属于山而不属于海的，即如山石一般。山石就是山石，连介类也不是。

现代的赶海者，这才是一代天骄呢！熹微中，他们列着长队，舞蹈般地登上各式舰艇，却也一式地随备救生圈，摇动花花绿绿的小旗子，如此驶向为气象台早经言明的平静如镜的水域。天地为之钟鼓，神人为之波涛，就是这样的一个场面么？的确，这是开放的、洒脱的、快乐的一群，可是，多少心灵没有风,没有水,没有蓝色深沉的颤动,枯涸单调一如被遗弃的山地……

大海在哪里?

真正的航海人在哪里?

但见他孤身一人,以手当桨,坐在自己的柏舟上,如一尊危石。箫声起处,群山奔涌而来……

1990年7月7日

一个人的爱与死

> 总之:逝去,逝去,一切一切,和光明一同早逝去,在逝去,要逝去了——不过如此,但也为我所十分甘愿的。
>
> ——鲁迅:《写在〈坟〉后面》

一

1 这个人

这是一个从无爱的人间走来的人,一个向坟的过客,一个背负了巨大的虚无,却执著地挑战死亡的人。

2 两间

精神分析学者认为,人类具有两种本能:一作爱欲,一作攻击;一作生存,一作死亡。两种本能冲突的结果,每每体现为单一的倾向,于是成就了世上的许多宗教家、艺术家、伟大的统帅、铁血宰相、强盗、刽子手、书报检查官、裁缝匠,各种类型的人。对他来说,两种本能冲动却都是同样的激烈，相生相克，缠斗不已。当此明与暗、生与死、过去与未来之际，他不能不呐喊且彷徨于友与仇、人与兽、爱者与不爱者之间。

3 相关的世界

为他所爱的有限的几个人，已经渐次地归于陨亡，或竟自沉没；唯余无所可爱的茫漠的世界在身后。但他屹立着，一如从前般地抵挡迎面的刀箭；他总觉得这世界与他有关，毕竟这是所爱者曾经存活的世界——

复仇的战士！

二

4 摧毁性打击

无爱的婚姻，对他一生的打击是带摧毁性的。

结婚时，正值青春的盛期，他却感觉着突然衰老了。东京，北平，革命的浪潮起伏无已。然而，身外的青春固在，于被禁锢的生命又有什么关系？因此，无论杀人或自杀，他都可以毫无顾惜地一掷身中的迟暮。

在会馆的古槐的浓荫里，钻故纸，读佛经，抄古碑，无非借此从速消磨自己的生命。虽然，这也未尝不可看作政治高压之下的一种麻醉法，如刘伶们之食五石散，但是鳏居的日子显然给他整个的反抗哲学涂上了一层绝望的底色。即使后来投身于《新青年》，作小说，写杂感，一发而不可收，却也同样出于无爱的苦闷，就像当时他所翻译的一部颇具弗洛伊德主义色彩的文艺论集称指的那样："苦闷的象征"。

鲁迅（1881-1936），原名周树人，字豫才，浙江绍兴人。早年留学日本，辛亥革命后，曾在南京临时政府和北京政府教育部任职，并在北京大学、北京女子师范大学授课。1926年南下厦门、广州任大学教职，1927年10月赴上海定居，专事写作。其间，曾加入多个自由进步团体，于1936年10月病逝。著有《鲁迅全集》等。

5　苦闷与创造

《补天》的女娲,其伟大的创造,唯在无爱的大苦闷中进行。

6　遗产

他深爱着他的母亲。

正是他所深爱的人送给他一份无所可爱的礼物:朱安。命运的恶作剧。然而,这是不容违抗的,因为血脉是不容违抗的。或如他所说,她是一份"遗产",那么在接受这份遗产之前,他已先行接受了另一笔更大的遗产——传统礼教——了。

说及战斗,他曾说自己从旧营垒中来,反戈一击,易制强敌的死命。对于家族意识的暴露,他是刻骨般的深入,这不能不归因于他所亲历的一份沉痛。

许寿裳丧偶后,他写信劝慰道:"子失母则强。"他之所以愈战愈强,莫不正是精神上丧母的缘故?自婚姻事件之后,大约已因深味这"亲子之爱"的恐怖而远离他的母亲了。

7　可怕的牺牲

他有一则随感录,记他读了一位不相识的少年所寄的一首题名《爱情》的诗的感想。

诗里说,他夫妻两个"也还和睦",就是不曾"爱"过,仿佛两个牲口听着主人的命令:"咄,你们好好的住在一块儿罢!"他感同身受,当即发挥道:

爱情是什么东西?我也不知道。中国的男女大抵一对或一群——一男一女——地住着，不知道有谁知道。

我们既然自觉着人类的道德，良心上不肯犯他们少的老的罪，又不能责备异性，也只好陪着做一世牺牲，完结了四千年的旧账。

做一世牺牲，是万分可怕的事……

我们能够大叫……要叫出没有爱的悲哀，叫出无所可爱的悲哀……我们要叫到旧账勾销的时候。

8　两重性

观念的激进主义者，
行动的保守主义者。

9　觉醒

克尔凯郭尔说："与整个19世纪相违抗，我不能结婚。"存在主义哲学家以抽象的语言掩盖了关于丧失自我的未来的恐惧。

他成婚在20世纪初，正是中国现代思想文化刚刚发轫的时刻，个性解放的时刻，充满尝试与突破机会的时刻。这个"人国"乌托邦的建造者，深知自己犯下的"时代性错误"，但是，他无力纠正。所以，他说：

"人生最苦痛的是梦醒了无路可以走。"

三

10　爱情与婚姻

爱情源于爱欲，是爱欲的升华。

爱情是敞开的、自由的，是心灵的契约。在本质上，它是蔑视世俗的，因而是无畏的；当它一旦被家庭转译为组织的语言，便变得颇多忌讳了。婚姻使爱情物质化、法律化，作为两性结合的形式，它是公设的关于爱欲的封闭系统。

爱情并不等同于性爱，由于灵魂的参与，从而具备了高出于动物性的内容。它是关于人的本质的最完整的体现。

爱情只是个体与个体之间的一种关系，富于良好的弹性；当它被婚姻实体性地置于一个固定的空间之内，便构成了某种现实环境。这样，婚姻得以以一种团体的性质改变爱情的个人性，成为个人的异化力量，从而失去了人性本真的广度。在婚姻中，爱情是隶属的，是被支配的团体所有物。可以说，婚姻是奴隶制在现代社会中的最后一处安稳的居所。

11　夹击中

无论对人类还是对个人而言，爱情都是柔弱无助的，它经常处于死亡本能与死亡文化的夹击之中。

12　流放

他的哲学既然以生命为本位，那么，作为生命活动的基本形式，爱情不能不成为他所渴望的人生。可是，他太重视精神了。灵与肉的自然结合难道是可能的么？这个怀疑论者，即使怀着一种高远的理想，最后也不能不把自己放逐到荒原中去。

13　雨和雪

《雪》说，朔方的雪是孤独的雪，是死掉的雨，是雨的精魂。这雪，已经使他永远失去了江南时期的那种滋润美艳，甚至隐约于其中的青春的消息了。

14　剪绒花

小说《在酒楼上》以苍凉的语调，述说着一个无所爱的记忆：因为南归，辗转买得红剪绒花，意欲送给邻居姑娘阿顺，——我知道，那是她所喜欢的。带到老家，打听得阿顺已经在出嫁前病殁，再也无法用它装扮苍白的青春了。托人转赠阿顺的妹妹吧，这妹妹一见我就飞跑，大约将我当作狼或别的什么。那么，剪绒花的存在究竟有什么意义呢？

爱是没有对象的。

15　馈赠

他说《我的失恋》，旨在讽刺流行的打油诗，其实一如《他》以及其他白话诗一样，都是爱的独白。其一，是说我的所爱在寻找不及的地方；其二，爱人所赠与我的回馈完全的风马牛不相及：百蝶巾——猫头鹰，双燕图——冰糖葫芦，金表索——发汗药，玫瑰花——赤练蛇，彼此的价值并不对等。据考证，后者正是他平素所喜欢的。事情如此悖谬，难道爱，真是可以期待的么？

16　影的话

于是，有《影的告别》：

朋友，时候近了。
我将向黑暗里彷徨于无地。
你还想我的赠品。我能献你什么呢？无已，则仍是黑暗和虚空而已。但是,我愿意只是黑暗,或者会消失于你的白天;我愿意只是虚空,决不占你的心地。

我愿意这样,朋友——

我独自远行,不但没有你,并且再没有别的影在黑暗里。只有我被黑暗沉没,那世界全属于我自己。

四

17 他和她

爱有一种偶然性。爱是瞬间的发现。

在人生的某一个驿站,正当潮流汹涌的时刻,他和她突然相遇——相爱了。

18 两位女性

在女师大,他遭遇过一位年轻的女性许羡苏。大约他们是亲密的罢,所以曹聚仁在一部关于他的评传里,称她为他的"爱人"。因为她,他写了《头发的故事》;她对他的生活——其实是生命的相当重要的部分——表现过女性特有的关怀,在他逃难期间,也是看望最殷的一个。后来,他偕同另一位女性,她的同学许广平离京南下,每到一处,必有明信片报告行止;除了通过她报告母亲,其间,想必还受了一种近于赎罪的心情的支配的罢?但无论如何,他已经决定同后者比翼南飞了。

感情这东西是无法分析的。他所以最终选择了后者,自然有着种种因由;但是,可以肯定其中最重要的方面是:她是一匹烈性的"害马"。

19 选择

"害马"以身相许，在给他带来无比的欣慰的同时，也带来了无穷的忧虑。

从为"害马"剪去鬃毛的那天夜里开始，他就紧张地思考着面临的问题：是同"害马"结合呢，抑或做一个婚姻形式主义者，继续过一种独身生活？他同时写了两个小说：《孤独者》和《伤逝》，可见过分焦虑的灼痕。如果拒绝"害马"，自己将要成为魏连殳，最后弄到无人送殓的地步；如果生活在一起，则势必不但连累"害马"做牺牲，而且自己也会像涓生似地变得一无所有，唯存永生的悔恨与悲哀。

离京前，他将司马相如的《大人赋》书赠川岛，结句是："必长生若此而不死兮，虽济万世不足以喜。"仙乡是不足留恋的，他决心走出禁欲主义的境地。即使时已至此，他仍然瞻前顾后，犹疑不决。在厦门和广州之间，两地传书，也还有过将近一个月的关于"牺牲"的讨论。

鲁迅、许广平、周海婴合影。

爱一个人是艰难的。对于爱情，他原来便很自卑，由于年龄和健康的缘故，怕因此"辱没了对手"；再者，是对于地位的考虑，在他看来，这同经济生活是颇有些关联的；最后便是"遗产"问题了。其实，所有这些，都经不住"害马"的一一冲决。"不要认真"，她告诉他说，"而且，你敢说天下间就没有一个人矢忠尽诚对你吗？有一个人，你说可

一个人的爱与死

以自慰了……"在他摸索异日的道路而需要"一条光"时,她给了他"一条光"。

20　宣言

"我先前偶一想到爱,总立刻自己惭愧,怕不配,因而也不敢爱某一个人,但看清了他们的言行思想的内幕,便使我自信我决不是必须自己贬抑到那么样的人,我可以爱!"

他终于说了。

21　一种战胜

"我可以爱。"在这里,爱是一种权利。"我是我自己的,他们谁也没有干涉我的权利!"子君说的,同样是爱的权利。五四时代的著名的题目:"娜拉走后怎样?"说到底还是爱的权利问题。

没有权利观念的爱情,其能否存在是可疑的。

为了争取爱的权利,而终于背叛了婚姻,对于他,可谓个人主义对人道主义的战胜。

五

22　冲突

两人结合之后的第一次冲突,即关于"害马"的职业问题。

她要到社会做事,应友人之邀去编辑一份杂志,不要像子君那样"捶着一个人的衣角"过日子,实在很有点"新女性"的气魄;作为五四战斗过来的老战士,本当表示欣赏的,至少应当尊重她的选择,然而竟不然。

他并不赞成两个人分开工作，倘使如此，岂不是又要回到从前独战的境地中去了？于是他替她预备了一个计划，就是从他学日语，以便将来从事世界最新思潮的译介工作（当时，社会科学一类书籍多从日本方面转译而来）。这是极有益于中国的。可是，如此终极性目标，岂是一般人所可抵达的？即便计划是万分完满的罢，也当由本人作出，无须乎从外部施加压力的。

最后，她屈服了。

在职业问题上，他的谋虑是广大深远的，但又明显带有自私性。或许，爱情正好因为自私而不同于人类其他的社会行为。没有哪一位伦理学家主张爱情是完全为他的。倘不需要接受对方的任何东西，大约自己也决不会将所有这一切给予对方。

23　返回

致命的是婚姻。

《伤逝》怀着深隐的恐惧言明婚姻的束缚性、权威性，言明爱与死的二律背反。然而身不由己，他已经落入网中。

本来，选定"同居"的现代形式，是最适宜于爱情的自由栖留的。可是在事情的发展过程中，却不可避免地婚姻化、家庭化。特别的"报应"，是多出了孩子，这就益增了传统家庭的稳定性。

24　结婚答卷

同居半年，他就"结婚然否问题"复信李秉中，答道："结婚之后，也有大苦，有大累，怨天尤人，往往不免。"稍后又说："结婚之后……理想与现实，一定要冲突。"

25　歧异

在"害马"给他"一条光"时,他说:"置首一人之足下,甘心十倍于戴王冠。"

其实他是不甘心的。

爱情的健康发展,决非造就其中任何个人的僭主地位。如果要穿越婚姻这一死亡形式而保持爱的活力,必须承认个性歧异的客观性,在实际生活中,让出个体活动的空间;可是,在"害马"的职业问题上,他恰恰采取了以共性排除个性的方式。他要成为一个人。

她性格外向,他偏于内倾。她出身学生领袖,重视群体斗争的方式,曾经一度加入国民党;他是一个写作人,自由职业者,所取是典型的个体方式,所谓"散兵战",所以深畏组织的羁系,反对加入任何党派,更不必说憎恶政客一流了。如果不是在思想倾向一致性的基础上,发展各自的个性,冲突将是难免的。

26　爱是一个过程

为了避免爱为婚姻所葬送,除了获取个性的独立和自由,也即男女双方的平等地位之外,还须把它视作精神的平行发展的一个过程。用《伤逝》的话来说,就是:

"爱情必须时时更新,生长,创造。"

"安宁和幸福是要凝固的……"

爱是起点,也是终点,求生是漫漫长途。爱作为精神现象而贯穿其中,却往往或迟或早被日常生活置换为形体的交往。这是极其可怕的爱情悲剧。说它可怕,是因为它几乎无事地以正剧的形式上演。

27　爱与生活

爱是伟大的，生活是重要的。

在《伤逝》中，子君和涓生因为相爱而走到一起，结果却在生活艰窘中分手了。如果说子君忘却了生活而保留了爱，那么涓生则保留了生活而忘却了爱，两者都使爱凝定在先前那里，而呈一种孤离的状态。涓生反复表示自己的悔恨和悲哀，是因为对于爱，既不曾坚持也不能坚持。"人必生活着，爱才有所附丽。"这是的确的。但是，由于长期为大家庭的经济所累，而且习惯于旧式婚姻的无趣，实际上已使得作者本人将生活和爱割裂开来，而把生活置于优先考虑的位置；当二者不可得兼，为生存计，是宁可牺牲爱作为代价的。

对于日常生活中的爱，他有一种虚无感。

28　隔膜

事实证明，他的顾虑并非杞忧。

"害马"在家务面前已经变得日趋驯顺了。一个叫作家庭的巨物，把她同社会运动隔离开来。原来写作过凌厉的杂文，这时完全停顿下来了。她已单方面放弃了早年对于社会改造的参与；正像《伤逝》里的子君，功业完全建立在吃饭中，"似乎将先前所知道的全都忘掉了"。停顿，放弃，完全的忘却，都是个体生命内部死亡本能的象征。

在两人关系上，她除了帮忙誊稿、校对、送邮，做种种杂事（本身构成了足够的牺牲），已倦于追踪他的思想发展。在他辞世以后，她写作关于他的回忆录，也多限于起居饮食之类，而对一个精神战士的心路历程，尤其晚年的状况几乎一无所知；在有关的许多重要方面，留下了大量空白。

《伤逝》写到子君,感慨系之曰:"人是多么容易改变呵!"

29　倾听

而他,可曾倾听过她那牺牲底下的心灵的颤响?

30　对话

相爱的过程是对话的过程。男女双方作为坦白自在的对话者,一旦话语贫困,或竟无话可说,可视同爱情的衰亡。

唯有一种沉默例外,即所谓"默契";此乃无言之言,是最深入的对话。

31　冷战

他一面不满于她甘于平庸的变化,一面对她作出的牺牲怀有负罪感;他一面渴求交流,一面又喜欢寂寞。这种矛盾的纠缠,促使"冷战"的间断出现。

她曾叙述过他在"冷战"期间的自戕的表现,那是很悲惨的:他可以沉默到一句话不说,最厉害的时候,连茶烟也不吃,像大病一样。或者在半夜里大量地喝酒,或者走到没有人的空地里蹲着或睡倒。有一个夜晚,他就睡到阳台的暗处,后来被孩子寻到,也一声不响地并排睡下时,他才爬了起来……

战后,他常常抱歉似的说:"做文学家的女人真不容易呢,讲书时老早通知过了,你不相信。"或者叹息着说:"我这个人的脾气真不好。"

她会回答说:"因为你是先生,我多少让你些,如果是年龄相仿的对手,我不会这样的。"

于是和解了。

譬如洪水，和解相当于闸门的调节，理解则是河道的疏浚，情形可以很不同。

32 潜伏者

现代行为学创始人洛伦兹说："真正的爱，都带有很高的攻击性潜伏者。"

或许如此。

33 保存与牺牲

早期，他写《死火》，写《腊叶》，都是写自己如何因爱而得以保存的际遇。在爱的途路上，他是得了家族和亲友的反对，而无畏前往的；何况当时，相爱于他已经不再是青春的故事。保存与牺牲是连在一起的。这牺牲，使他常常深怀感激，虽然他知道感激于人很不好。"感激别人，就不能不慰安别人，也往往牺牲了自己，至少是一部分。"他说。《野草》里，过客就是害怕感激的。

他曾购《芥子园画谱》相赠，题诗道：

十年携手共艰危，以沫相濡究可哀。
聊借画图娱倦眼，此中甘苦两心知。

爱，在这里，更多的不是前瞻，而是回顾。回顾往往要使他因过往的情景而重寻自己的爱的角色，进一步意识责任的沉重；也往往要因对方的牺牲而唤起难泯的感激，且因感激而除去许多不满，那结果，也就变成了自己的心的慰安。

34　又一种战胜

对于他，如果说相爱是个人主义的战胜，那么它的维持，则是人道主义的战胜。

35　挣扎

他在致一对青年伉俪的信里，说到他和她在年龄和境遇等方面都已倾向于沉静时说：

"冷静，在两人之间，是有缺点的……"

家庭的宁静也是一种死亡。无论如何的受制于理智，只要爱着，一定有激情鼓荡其间。如果激情平息了，湍流变成了止水，便遗下本我在挣扎。

爱欲的挣扎是最深的挣扎。

《道德经》曰："柔弱胜刚强。"死亡是强大的，而爱欲是持久的。

六

36　梦一

随着青年流亡者萧红的到来，他的孤寂已久的心地，仿佛有了第一次融雪。

她像他一样，过早地蒙受了婚姻的创伤。而且病肺，身心严重受损。对于无法返回的故园，两人都怀有热烈而沉郁的乡土情感；他们的小说，诗一般地散发着大地的苦难气息。此外，同样地喜爱美术，对美特别敏感。这样，他们之间就有了更多的共同语言。

对话范围很广：社会，文学，直到裙子，靴子，穿戴的漂亮与否。因为她与爱人的矛盾，苦闷之中，前来看他的次数更多了，有时甚至可以一天几次。有一个上午她来过，下午再来，他立即把椅子转向她，说：

"好久不见，好久不见。"

这是别有会心的玩笑，她怔住了。

后来，她远走东京，一去没有了消息。这是颇费猜量的。及至回国，她做的第一件事就是到墓前看他。她几乎倾注了全部的情感，不停地作文，写剧，以此纪念她所敬爱的人。

37 梦二

上海时期，他经常去内山书店，其中有一个目的，即与山本初枝倾谈。她住的地方，就在书店的后面。

他给山本夫人的信，在日本友人里面，份量仅次于增田涉。他与增田通信，主要讨论翻译及学术问题；与她的通信，内容更多关涉生活和情感方面。对于时局的观感，也较其他人为直接。像"中国式的法西斯"，"白色恐怖"，"政府及其鹰犬"，"网密犬多"的话，像"只要我还活着，就要拿起笔，去回敬他们的手枪"，"试看最后到底是谁灭亡"，"非反抗不可。遗憾的是，我已年过五十"的话，无论诅咒或感慨，在其他通信中是罕见的。对中国社会的关怀，可谓心灵相通。他致信增田说，山本夫人不能来上海"是一件寂寞的事"；而致信山本夫人，则几乎每信必诉说"上海寂寞"，更为其他信件所罕见。

有一封信，说到"君子闲居为不善"时说："尤其是男性，大概都靠不住，即使在陆上住久了，也还是希罕陆上的女性……"是很有点意思的。还有一封信，说到自己也在家

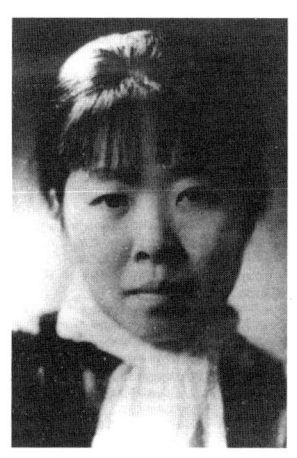

萧红（1911—1942），中国现代女作家，原名张迺莹，曾用笔名悄吟，黑龙江呼兰县人。1930年，为反对封建包办婚姻，逃离家庭，开始过流浪生活。1942年因患肺病逝世于香港。著有《生死场》《马伯乐》《呼兰河传》等。

里看孩子，便说："这样彼此也就不能见面了。倘使双方都出来漂流，也许会在某地相遇的。"

漂流是一个白日梦。

家是坚固的城堡，不能移动的。

难怪山本夫人初闻他的噩耗立即失声痛哭。他是她所挚爱的。她发誓要写一部关于他的传记，如果对他没有足够的了解，对他的生平不曾拥有足够的材料，这种设想是不可能的。后来，传记没有写成；但作为一位歌人，每逢他的忌日，都没有忘记作诗，吊慰她心中的那具寂寞的魂灵。

版画《入浴》。

38 梦三

他喜欢裸女画。

居室妆台上方放置的三幅木刻，其中两幅便是裸女：一幅《夏娃与蛇》，一幅《入浴》。两幅木刻，都是他所爱的德国画家毕亚兹莱式的，纤柔，神秘，而更富于原始爱欲。

还有一幅装饰性很强的小小木刻画，被他放在枕边，不时地拿出来自赏。画面上：一个诗人手握诗卷在朗诵，地面玫瑰盛开；远处，有一个穿着大长裙子、披散了头发的女人在大风里跑……

这是什么意思？

萧红不知道，许广平也不知道。

39 梦后

富于青春活力的生命，柔情，自由无羁的精神交流……如果这一切都只能得自梦中的给予，可知生活本身的匮乏。

当一个人把全副心力投入社会性工作，完全沉湎于现实斗争，实际上等于帮助社会完成对个人的占有。这种极其悲惨的个人牺牲，可能出于对个人问题的无意的舍弃，但也可能出于有意的遗忘。

版画《夏娃与蛇》。

七

40 求索

所爱的人在哪里？

如果连最亲近的人也相距如此遥远，那么，在茫不可及的社会上可能寻到更亲密的人吗？

41 爱与憎

难怪他要"爱对头"了。

在《复仇》中，他让耶稣在手足的痛楚中，玩味以色列人怎样对付他们的神之子，悲悯他们的前途，仇恨他们的现在。在《颓败线的颤动》中，他让垂老的女人冷静地走出深夜，遗弃了背后一切的冷骂和毒笑，一直走到无边的荒野。在《死后》中，他让死者表示至死也不给祝他灭亡的仇敌知道，不肯赠给他们一点惠而不费的欢欣……

他小说中的许多人物都是在无爱的人间死掉的，而实际上，他生活中的许多人物都是在无爱的人间死掉的。最后，连他本人也将死于无爱。他不甘屈服于死对爱的战胜，说是"同我有关的活着，我倒不放心，死了，我就安心"，乃是因为死对爱的战胜，正好使他无所眷顾、无所忌惮于无爱的人间，而成为满布怨敌的社会的顽固的敌人。

42　水与火

超然的心，他说须得像贝类一样，外面非有壳而且有清水不可。不肯超然的心，自然得不到壳的保护和水的濡润；于焦灼中自燃而为愤火，终至焚毁了自己，并以此照见周围的黑暗。

43　本原

——"待我成尘时，你将见我的微笑！"

1996年7月31日-8月8日

存在的见证

> 在这样的岁月中,没有任何比荆冠更可爱、更美丽的东西……
> ——〔俄〕涅克拉索夫《母亲》

1

人生苦短,竟都顽强地致力于一种保存;穷达贤愚,概莫能外。

有这样一具病弱之躯,从来未曾尝受过青春的欢乐,便已届垂暮之年。对于这生命,大约他也有着不祥的预感的吧,临出远门的时候,这样对他的父亲说道:

"父亲,我活了三十五岁,除了三本笔记,再没有什么可以存留的了。您为我好生放着,或许将来会有点用处……"

第二年,他就死掉了。

阔人保存的是权杖、华宫、珠玉、美女,甚至尸体;而他保存的,唯几个小本子而已。

2

张中晓——

倘使不是一只扭转乾坤的大手把这个名字写进一条叫作"按语"的东西中去,世界上不会有人知道他。

当然这是一种假设。倘使名字与手无关,他根本不可能成为"胡风反革命集团"的要犯,于是也就不必坐牢,不必承受后来的种种灾难;他会成为一位权威理论家,以等身著作赢得人们的妒羡。但当然,这也是一种假设。一旦脱离了人生战斗而仅仅满足于符号概念的摆弄,所谓理论家者,充其量只配是一只雄视阔步的火鸡,决不会成为鹰隼的。

3

张中晓是鹰隼。虽然失去了在世间搏击的机会,但是,他拥有另一幅天空:三个笔记本便是他的羽翼,为他留下挣扎着飞行的带血的记录。

张中晓(1930-1966?),1949年后曾在上海新文艺出版社任编辑,1955年被打成"胡风反革命分子",遣返回乡。"文化大革命"时被勒令返回上海,在书店库房内监督劳动,吐血致死。自编有随笔数种,身后由友人选编为《无梦楼随笔》出版。

由于在那场著名的围猎中被猝然击中,他的目光变得更加锐敏了。从地面的草丛到天际的云翳,他都逐一地搜寻过;他必须学会从风声中听到弓弦的颤响,从阳光的飞瀑中看到羽箭的闪光。他从伤口中发现世界。世界呈环形包围他,重重叠叠,他便往不同的方位切入,直达事物的内质,并从中找到一种可怕的网状的关联。形而上学在哲学家那里是一枚晶莹剔透的水晶球,而在他这里,则紧连着自身的生命,稍稍剥离,便见血肉模糊……

他喜谈政治,而且几乎一定是古代政治。在他那里,好像距古代更近一些。关于政治,所谈的范围似乎颇偏狭,完全集中到政治哲学,尤其政治道德方面。他总是不忘把政治同权力联系起来,而权力是恶的:不是强暴,就是虚伪,即所谓霸道与王道。其实,两者都是同样通过对个人自由的干预来维持"天下太平"的。他说道,政治的道德性存在于纯粹理性领域,而在实际运作中,就只余流氓的跋扈了。

《无梦楼随笔》封面。

至于经济方面,他极少触及,最注目的一处是:"某些经济学家的学说由于沉迷于抽象之中,忘记了人,忘记了领有并应该相授一切财富的人。"各种经济学说,无非环绕数学和逻辑推演,没有谁用如此简洁而丰饶的字眼来加以表述:人。在20世纪50年代后期,这个批判性结论无疑具有爆炸性的力量,但是它藏在一个语言的铁壳里面,沉默至今,而仍旧无人知晓。有一个叫沙夫的东欧人,十年二十年以后,同样以"人"作为一种体系哲学的中心来建构他的理论,那结果,居然震动了大半个世界!

文化问题一样是人的问题。不同于学者的是,张中晓没有把文化看成是无所不包的自在的生成物,而是视作不同文化群体自为的和互动的过程。他特别重视国民的文化性格和文化心理。人们的恐惧、盲动、谨慎、温和、折衷、顺从等等,在他看来,都是统治集团的强迫主义和愚民政策的产物。这中间,当然也还有文人集团的参与。他对先秦诸子如申韩老庄一流的批判,用的简直是庖丁刀法,洗练而深刻。他认为,中国的古文化,无论如何智慧和高超,要害是没有通过个人,也即在于扼杀独立人格和自由精神,对人是陌生的、僵硬的、死相的。

还有哲学、宗教、艺术、美，议论所及，都是历史的陈迹。一个狂热而荒芜的时代，在他的字行中间一下子跳过去了，简直不存在一点具体的面影。然而，那文字，却又都处处唤起我们关于自己的曾经活过的记忆。

对于张中晓，写作是苦难的历程，或者可以说是绝望的煎熬。不要说带着凋残的肺叶执笔，备受生理的痛苦；也不要说作为戴罪之身，十面埋伏，动辄得咎；即使历尽艰辛写将下来，结果还得像陈寅恪说的"盖棺有期，出版无日"。思想是现实的产物，它的生命，全在于参与现实的改造，而要像藏匿的文物一般等待未来的发掘，则远违了创造的初衷，失去其固有的意义了。更何况，思想过的东西未必都能写出；而写出来的思想，又往往因为要回避危险而必须锉减原来的锋芒呢！

幸好还有锋芒！

4

在充满敌意的环境中生活，人是很容易堕落为兽的，像张中晓这样备受舆论的打击、镣铐的拘囚、亲人的歧视与疾病的折磨者，很难想象不会变得浮躁、乖僻、颓丧、不近人情。

然而，圣徒就是圣徒，魔鬼就是魔鬼。

他的思想确实具有火和金属的性质，但至刚至烈处，乃有水一样的至爱柔情。他爱人类，即使遭到弃绝，这份深沉的情感依然支持着他，直到生命终结。所以，他才不断重复地说到道德，说到良知，说到使命和责任。在一个陷于仇杀的时代里，有谁向我们说过这一切呢？而我们，又何曾想到过向自己和可望得救的子孙负责？

这个虔诚的道德论者，人成了他唯一的信仰。他的目光，总是犀利地穿透把人抽象化了的虚伪的群体结构而投向个人，复杂的生命个体。他谴责历史上无数显赫的帝国的罪恶，正在于它们以国家的至高无上的利益吞噬了个人的存在。他说："一个美好的社会不是对于国家的尊重，而是来自个人的自由发展。"他对中土玄学的批判，也正因为它以一个"统一"的思想体系消灭个人自己；他认为，申韩的功利的原则是毁灭道德性的，而庄子的下贱的原则，则从另一形式放逐了道德性，结果泯灭了"人生的庄严感"。

人即个人。个人是不容亵渎的，然而竟遭到了亵渎！于是，他面壁呼吁建立"道德的民主"：在对于人性有获得个人自由的能力的基础上，关怀他人，尊重他人，以期获得基于和谐而不是基于胁迫的社会稳定性。"道德的民主"这个概念，纯属于他的创造；而作为乌托邦思想，却早已在人类的梦境中艰难辗转了几千年！

在论及"道德的民主"时，张中晓特别对"容忍"和"仁慈"作了比较。他认为，仁慈是一种恩赐，而恩赐是反道德的；容忍是人对人的关系，完全出于自由的心情。但是，主张容忍，并不排除正义的憎恶和对压力的反抗；不然，人性的道德就会变得萎软无力。事实上，多年以来，人道主义本身不就是一只极力逃避追捕的左右奔突的惊怯的兔子吗！

5

就在周围接连不断的鼓角声中，张中晓伏在黑暗里写下这一切：他的沉思，他的冥想。作为战士，他失去了战场；作为演员，他没有观众。而作为人，也不能过正常的生活，剩下的权利，就只有呼吸和思想了。

因为思想，所以活着。——这是思想者的骄傲呢，抑或思想者的悲哀？

6

我知道张中晓为什么要着意保存三个笔记本了。作为生命个体，那是思想剩下的最后的灰烬，所谓"此在"的唯一可靠的证明。

20世纪50年代，中国曾经出现过这样一个青年知识者。他纯净、正直、热情，结果因追求真理并有所泄露而罹祸。在一个高度重视意识形态的国度里，思想犯所受的惩罚，并不比政治犯或刑事犯更轻一些。只是，他没有向命运屈服，在极度艰难中，终于为自己挣到了一截短暂的生命。就凭着这惨淡的生命之光，他坚持写满了三个用碎纸片装订成册的笔记本。其实，那是三本书稿：《无梦楼文史笔记》、《狭路集》、《拾荒集》。

如果没有了这三个本子，我们知道张中晓什么呢？要彻底地消灭一个人，实在是太容易了！

7

我读着友人从这三个本子中编选出来的文字，如同读他生前为自己写下的墓碣文。记得其中有这样一段：

只要真正的探索过，激动过，就会在心灵中保存起来，当恶魔向你袭击，它就会进行抵抗。即使狂风和灰土把你埋没了，但决不会完全淡忘，当精神的光明来临，你的生命就会更大的活跃。

作为精神实体完成的人，他已经做出了伟大的工作。他超过了神。而神是什么呢？神不过是愚蠢的人们出于胆怯和无知，根据头人的模样虚拟出来的一个偶像罢了。

1993年秋深时

文化遗民陈寅恪

昔时评骘士人，常言"道德文章"。所谓文章，亦可泛指学术，或其他艺文类。在这里，道德是第一位的；还有一层意思是说，道德与文章是一个整体，两者不可能完全分开。以现代人的眼光看来，这样的批评标准也还没有过时；近来传媒，对于知识分子的"人格"不是颇费了些鼓吹吗？问题是，辛亥-五四的启蒙主义运动，已然把中国文化的历史截成两段，道德文章也者，便判然有了新旧之分。

学者陈寅恪，其道德文章，为时人所推重；自《陈寅恪的最后二十年》出版之后，更传诵一时。有关的评论及著作，甚或称作"学人魂"、"当前精神领域之偶像"，推许之高，前所未有。的确，陈寅恪在历史学，以及相关的众多学科内均有所建树，且不少具有开拓性质；而一生恪守学人本色,绝不曲意阿世,尤属难得。但是,所有一切唯局限在旧文化范围,与新文化扞格不入。作为"文化遗民",陈寅恪的气节,本质上是维护旧文化的;今天之所以变得特别稀有,乃因为中国知识分子以长达几十年的集体性精神溃败,而突显固守的意义而已。

陈寅恪尝自谓:"余少喜临川新法之新,而老同涑水迂叟之迂。"其先人是晚清一代变法开风气的人物,故少时受到一定的思想熏陶;但是到了后来,便以陆游自况,对变革持有异议了。陆游祖父本王安石门人,后为司马党,列入元祐党籍,故陈寅恪有诗云:"元祐党家惭陆子"。自称"旧党"中人,所要反对的是什么呢?他有另外一段著名的自白,说:"平生为不古不今之学,思想囿于咸丰同治之世,议论近乎湘乡南皮之间。"对于张之洞,陈寅恪一直服膺其"中体西用"说,赞为"中体西用资循诱";直至60年代,挚友吴宓仍证实,他以中国文化为本位,反对"西学"对"中学"的改造,这种由来已久的思想主张丝毫未曾改变。1927年,王国维投水自沉,以前清冠服入殓。陈寅恪不同一般识见,认为王氏所殉,非系"具体之一人一事",而在神州文化的陆沉。他把这种文化定义为"三纲六纪之说",并且认为,其存在必须依托"有形之社会制度"。陈寅恪挽王氏的诗词有云:"赢得大清干净水,年年呜咽说灵均";"他年清史求忠迹,一吊前朝万寿山。"吴宓解说陈诗乃"悲王先生之忠节",又说"王先生所殉者,君臣之关系耳"。表明陈寅恪对中国传统政治文化中君臣大纲的认同,对君主制的认同。至于大清王朝,不过是其中的一个构件罢了。对于

陈寅恪(1890—1969),江西义宁(今修水)人。曾任清华大学、西南联大、岭南大学教授。1949年后,任中山大学教授、中央文史馆副馆长。其对历史学、古文字学及佛教经典的研究成就,为海内外学者所推崇。著有《隋唐制度渊源略论稿》《唐代政治史述论稿》《柳如是别传》等。

曾经力主君主立宪制的梁启超，他深为惋惜，以为"不能与近世政治绝缘"。既视政治改良主义者若此，遑论革命？近世之民主共和，在陈寅恪的论著中不着一字，实有深因。封建时代的政治秩序，对中国知识分子的影响是深远的。但看近今有治思想史的学者宣称"告别革命"，扬康有为而抑孙中山，对于陈寅恪所抱的保守主义态度也就不足怪异了。

新文化运动兴起时，陈寅恪及吴宓等尚在海外求学。据吴宓幼女吴学昭所记，"对于陈独秀、胡适倡导的新文化运动，他们认为甚为偏激"，于是，这就成了稍后由吴宓出面主编《学衡》，提倡复古主义的因由。陈寅恪对《学衡》的宗旨是赞成的，但并不直接参与，只在刊物上发表少数诗文。新文化运动把语言文化革命当做颠覆传统意识形态的突破口，力倡白话文，并试图推行文字改革。国粹派则坚决反对白话，主张不废反现代、反大众、反实践的文言文。当时的"文白之争"，其本质是新旧两种思想之争。但当白话文流行已久，陈寅恪仍主张用对对子来测验学生的国文程度。他强调中国语文的特性，固然反对汉字拉丁化，连引进外国的文法观念也是拒斥的，声称"必不能'认贼作父'，自乱其宗统"。他前后出版的著作，坚持使用文言文，繁体字，竖排本，这在现代众多学者中间是突出的。

20世纪20年代中期，"国民革命"勃兴。此间，党派政治、工农运动、俄式道路、各种主义，都不是君主制的卫道者所可接受的。所以，先有王国维之赴死，后有陈寅恪之挽词。及至国民党"一党专政"，乃系王政时代所未见者，自然更为陈寅恪所痛诋。1930年，他述及中国学术现状时，说："今日国虽幸存，而国史已失其正统。"在此，与其说不满的是政权的性质，毋宁说是政权的形式，即无君无臣的非

"正统"性。他是把整个现实中的政治文化看作是新文化的一部分的。殊不知,他所称的"党家专政",其实是旧制度的产物,是生杀予夺的帝王政治的借尸还魂。新文化运动中的"科学"、"民主"、"自由"等口号,长期停留在思想层面,却没有能够成为政治制度的基础。1949年以后,他以文化的眼光看政治的态度并未改变。海外有学者著文申说他的"反共立场",其实是反对新文化的一贯立场的延续,正如他本人所自述的:"五十年来,如车轮之逆转,似有合乎所谓退化论之说者。是以论学论治,迥异时流,而迫于事势,噤不得发。"对于共产党政权,他有明确的表态:"我决不反对现在政权";"我从来不谈政治,与政治决无连涉,和任何党派没有关系。"这种不合作主义态度,是传统士大夫式的,与西方知识分子对权力的疏离与对立有着根本的不同。1956年,陈寅恪列为政协委员,颇受"礼遇"。他有联语云:"万竹竞鸣除旧岁,百花齐放听新莺";有诗云:"今宵春与人同暖,倍觉承平意味长"。他也不无满足之感的,有诗为证:"余年若可长如此,何物人间更欲求。"无须讳言,他的诗集不乏现实政治的感喟,但是,篇幅更大的是自伤怀抱,以及作为一个历尽沧桑的史家的兴亡之感,是负鼓盲翁唱给旧文化的深情挽歌。

陈寅恪几次提到"独立之精神,自由之思想",最为人所称道。考其出处,用法有三:其一是维护"我民族"的独特性,此即为《论韩愈》、《柳如是别传》的主旨之一;其二是反对政治对学术的干预,保持学术的"中立"价值,亦即王国维所说的"学问之自由独立";其三指治学态度,不可依傍他人。其意如此,距真正的独立精神尚远。独立与自由,是一种新型的文化品格,它们是不可能脱离现代价值观念而存在的。

在近人中，陈寅恪和王国维极重学术的地位，他们同样力求以学术重振业已衰微的民族文化精神。虽然，陈寅恪也曾言说"时代学术之新潮流"，其实这也是他所说的"道教之真精神，新儒家之旧途径"；外来学说的吸收，无非在促使"新儒学之产生"而已。这种学术思想，与他的研究方法，包括以诗证史的方法，甚至叙述方式颇相一致，常有浓郁的"本家"气息。他一生著述，少有系统条理的史述，多为笔记式的考据文章；由于留学时深受德国语文考证学派的影响，所以能够在原来乾嘉学派的基础上更进一层。

《论〈再生缘〉》和《柳如是别传》是陈寅恪晚年的得意之作。所谓"晚年唯剩颂红妆"，两书均借"罕见之独立女子"作主角，感怀身世，发愤明志。表面上揄扬女性，固有的传统观念却随处可见，尤以后者为甚。关于柳如是，书中写道："清代曹雪芹糅合王实甫'多愁多病身'及'倾国倾城貌'，形容张、崔两方之辞，成为一理想中之林黛玉。殊不知雍、乾百年之前，吴越一隅之地，实有将此理想而具体化之河东君。"述及柳如是与诸名士往来而以弟自称时，说："河东君之文采固不愧子由，卧子牧斋作诗，以情人或妻或弟牵混，虽文人做作狡狯，其实亦大有理由者也。一笑！"书中还开柳如是"三寸金莲"的玩笑，说清政府幸未令女人放足，否则"迫使河东君放脚，致辜负良工濮仲谦之苦心巧手也，呵呵！"写到柳如是内服化妆品发为"热香"，则说："河东君之香乃热香，薛宝钗之香乃冷香；冷香犹令宝玉移情，热香更使卧子消魂矣。"及至柳如是于歌筵绮席间议论风生，不禁赞曰；"对如花之美女，听说剑之雄词，心已醉而身欲死矣。"狎昵，庸俗，明显是一种没落的士大夫情调。

作为诗人学者，陈寅恪自有其存在之价值，但不必悬作当代知识分子的楷模；正如"为学术而学术"自有其成立之理由，不必一定尊为学术之正宗一样。现代意义的知识分子，固须立足于自己的专业，又须超越自己的专业，以独立的批判态度，体现对现实社会的关怀。其价值取向是属于未来的，而非过去和现在，所以能够来自传统而反叛传统，不致成为传统的陪葬品。

在这里，不妨拿章太炎做一个比照。对于章太炎，新文化运动的先驱者的评价，就不是从纯学术观点出发的，而是定位于中国文化的发展方向。胡适称章太炎是一个复古的文家，他的复古主义虽然言之成理，"究竟是一种反背时势的运动"。鲁迅说他"既离民众，渐入颓唐"，"先生遂身衣学术的华衮，粹然成为儒宗"，"虽先前也以革命家现身，后来却退居于宁静的学者，用自己所手造的和别人所帮造的墙，和时代隔绝了。纪念者自然有人，但也许将为大多数所忘却"。陈寅恪与章太炎，在阅历和治学方面自有许多不同，但于"反背时势"，"和时代隔绝"者则一。

思想学术与社会进步的联系是一个严峻的命题。时代潮流不比世俗时髦，它来源于深层的历史变动，因此不只需要追随者，更需要战斗者。30年代，有人把新文化运动的战斗者毁之为"趋时"，为此，鲁迅写了《趋时和复古》一文做辩护。他说，"趋时"其实是"前驱"之意，所以希望敬爱战斗者的人，"不要七手八脚，专门把他拖进自己所喜欢的油或泥里去做金字招牌"。虽然，把陈寅恪当"金字招牌"者亦大有人在，然而他却着实未曾"趋"过"时"。

读 顾 准

> 航海是必要的，生命是其次的。
> ——北欧航海者言

1

当城头变换了五星旗开始，30年间，中国知识界几乎只有两副大脑在掘进：张中晓和顾准。

一个因思想而罹难，一个因罹难而思想；一个倾全力于批判，一个在批判中建设；一个如电光石火般来不及引燃便熄灭了，一个长期在釜底下自我煎熬。他们中谁也不认识谁，却一前一后在摸索民族的出口：一个朝东，一个朝西。方向完全不同，由于思想的深度，终至于在黑暗中汇通。

前进是那么艰难：贫困、饥饿、疾病、孤独，各种羁限、逼拶和毁损……唯靠良知给个人以支持。对于他们，夜与昼是没有区别的：绵延中照例地吞咽书本，反刍苦难，舔滴血的伤口。他们用笔，默默记录精神潜行的历程，此即所谓道路。然而，这道路并非为世人准备的，——他们深知，他们是远离了权力，而且为权力所嫉恨的人。

当知识分子尚未形成独立的社会力量的时候，任何先觉者的对抗话语，都是大夜中的梦呓。

2

利用知识进行思想，于是成了知识分子的全部工作。脱离思想的知识性操作，其实相当于一般的"活计"，是可以导致知识分子角色的消失的。

没有平和的思想。

对于传统社会，任何思想都带有颠覆性质。所以，真正的思想者，就其本质来说都是异端。他们虽然各各借了文字符号的形式，无声地显示单个的存在；然而，一旦破译出来，仍然无法逃脱"国民之敌"的恶名，从而遭到合理的诛杀。

思想是危险的，无论对于社会，还是思想者自身。

知识分子无力抵抗现实的威逼，唯有进入思想领域，才可以挑起犄角，使用牙齿。

顾准遭到革命的遗弃以后，在这个世界上，再也得不到人类的庇护，包括母亲。在同来的道路上，妻子早已自杀。于无助中，他只好伸手乞求儿女们的宽恕，直到死神降临；可悲的是，革命的新一代并没有最后跨出站定的门槛。

他需要温情，那么渴待。

可是，当转身面对众神时，竟只有剑和火焰了！

顾准："不许一个政治集团在其执政期间变成皇帝及其宫廷。"

顾准："我还是厌恶大一统的迷信。至于把独裁看作福音，我更嗤之以鼻。"

顾准："唯其只有一个主义，必定要窒息思想，扼杀科学！"

史官文化；寡头政治，大一统，"普遍的奴隶制"；僧侣共产主义，斯巴达平等主义；当代的政治权威和思想权威；流行的"目的论哲学"和辩证法；唯理主义，一元主义，"钦定的绝对真理"……

人与非人的区别是最根本的。思想者顾准，当然无法容忍一个社会对人的全面控制和彻底剥夺。从政体，党派，主义，到各种价值与方法，他都坚持认为，人们有权获取选择和拒绝的自由。

"我憎恨所有的神。"普罗米修斯说。

"我憎恨所有的神。"顾准重复说，恍如千年空谷的一个回声。

顾准（1915-1974），出生于上海，早年学习会计学，在会计师事务所工作，撰写会计学著作，还曾在几所大学任兼职教授。1934年参加革命，1935年加入中国共产党。40年代曾到过延安，后进华东工作。1953年调到北京，1956年入经济研究所。其间，于"三反"运动时被撤消党内外一切职务，1957年和1965年两次划为右派分子。死后获改正。著有《顾准文集》等。

3

作为窃火者，顾准处于地下状态。

思想如同火种，从闪耀的瞬间开始便处于地下状态。企图给予流布或竟给予流布,是另外一些人的事情,也许永远不是一个人的事情。但当思想终于像野火一样肆意蔓延的时候,它已经脱离了个体,完全属于大众社会了。

至于统治集团,永远不可能产生思想。权力是绝对的,思想是相对的;权力是箝制的,思想是敞开的;权力是守成的,思想是改造的,因而是富有活力的。思想一旦为统治者所占有,必然变得僵化起来。

西谚云:"播种龙种,收获跳蚤。"可怕的是,无论如何衍变,个人思想一旦成为社会思想,那结果,常常要改变初衷。

一个新生的、进步的思想遭到普遍的敌意和漠视是可能的,先知往往被钉死。也有陈腐的思想,因为戴了假面而引起宗教性狂热的时候。

我们毕竟生活在"史前时期"。

在封闭性社会,除了运动与潮流,思想的日常渗透是十分困难的。倘一定要把思想灌输给大众而又要避免牺牲,便须演说,辩论,出版小册子。中世纪宗教裁判所的火堆和十字架是有名的,法国的《百科全书》同样是有名的。

思想不会停留在意识表层,它将自然冲决理性秩序而进入情感世界;正如暴雨为密云所孕育,却终于穿透鸣雷和闪电,重返大地,唤起被压抑的生命、爱欲与激情。

4

一部《顾准文集》,几乎言必称希腊,其实所言并非希腊；正如言不及中国，其实所言全在中国。

"历史有什么作用？"大历史学家布洛赫居然这样发问。

时间环绕我们，承载且推动我们，而我们常常无从感知历史的存在。其实，存在于废墟、古堡和一些残篇断简之中的历史只是死去的部分历史；还有另一部分，那是活的历史，早经深入现实而成为命运的一部分。因此，当我们提及历史时，所指就不仅仅是记忆而已。

与其说总结历史，毋宁说清算历史。

大而至国家、民族、政党、教派、领袖人物，小而至经典、训诫、定理、公式、符号，无一可以逃避后来的清算。传统愈久远，积累愈深重，清算便愈迫切。

作为个体思想的最沉实也最具挑战性的表达，顾准的著述，乃缘于某种现实的使命。

在相当长的时间里，他一直用经济学的刀法解剖社会；当他了解到资本主义并非纯粹的经济现象，而同时也是一种法权体系时，便继续向历史学、政治学、法学、文化学作突击般的求索了。对于他，任何工作，任何学科知识，任何文字，都在奔赴同一个目标。他翻译熊彼得的《资本主义、社会主义与民主》，据美国学者海尔布罗纳说，该书所以从马克思开始论述，是因为，"只有马克思是他真正的对手"。又说，"熊彼得的论点，卓越之处在于他在马克思的范畴中击败了马克思……"

广场上的人们，曾经一度为真假马克思主义而争吵不休；可是，数年以前，一个归来的流放者，已经在黑屋子里暗自鉴定马克思主义的真假了。

思想的全部力量在于批判。

批判的外向为文化批判，内向为自我批判，二者统一于同一主体。批判不是审判，审判是下行的，而批判是上逆的。顾准的批判对象主要是政治文化、权力文化。他是由文化批判而达于自我批判的，所以，《文集》没有古代圣者的道德内省，多是信仰的检讨和观点的校雠。

真理是残酷的。

真理穿透个人而把许多貌似坚牢的信念摧毁了。任何思想的诞生，必然伴随着怀疑、困惑、感悟、瞻望的躁动与诀别的痛苦，伴随着旧日的挽歌。

思想者由于致力于现实斗争，一般而言，其结论难以超越某个时段。世道沧桑，人生苦短，多少思想文本被埋没于地底下，未及闻见声光，匆遽间便成"文献"了。这时，有谁可以从发黄的纸页间感知其温热，想象过为此消磨的许许多多于渊默中沸腾的夜晚？谁能为这场无用的战斗与无声的毁灭而悲悼？

5

顾准坦言自己是一个倾心西方文明的人，总有拿西方为标准来评论中国的倾向。其实，这类备受攻讦的"全盘西化"论无非表明：只有借异质性的文明，才能击破固有的深具整合能力故而滞重无比的传统结构,而与进步人类相沟通。

鲁迅:"哀其不幸,怒其不争。"
顾准:"民主不能靠恩赐,民主是争来的。"
与普鲁士王室的有学问的奴仆黑格尔的"现实即合理"的哲学不同,立足于争,其思想维度是指向未来的。

历史与未来成了现实的两大参照。
或者可以更准确地说:未来提供了价值观,历史提供了方法论。
方法论并非纯粹的工具论,不能引进,也不能仿造。方法论与价值观同在,而容涵了价值观。

思想的性质是以偏概全的。
战斗的思想者几乎全数偏激,偏到极致。五四时代,"打倒孔家店"的口号即是。然而,一场厮杀过后,战士纷纷卸去盔甲,换上布袍,以论战为可忏悔之事;收集旧作时,亦每每因其过激而不惜删汰。戏剧性的是,运动中总体的战斗倾向,复为历经文化洗劫之后的新一代"学人"所诟病。据说他们的学术要纯,要平正通达,要不偏不倚;这样,思想便死掉了!

集众的偏,是必须以自由为先导的:言论自由、新闻自由、出版自由、学术自由、批评自由⋯⋯
自由是梦中的天地。思想者于是戴着镣铐,从无边的荆棘地里蹒跚至今!

6

人民何为?

顾准认为人民在政治上永远是消极被动的,在大众中间,实行直接民主是不可能的。为此,对于马克思在《法兰西内战》中对巴黎公社的肯定,他直率地表示异议。相反,对致力于批判且不善感恩的"精神贵族",他颇为欣赏;并且建议多加培养,说是:"'贵族'多如过江之鲫,他们自然就'贵'不起来了。"

表面上看来,顾准之论颇近鼓噪一时的"新权威主义";究其实,他的主张是以贵族消灭贵族,以权威消灭权威。在他这里,权威不复是绝对的,而是更新的。一言以蔽之,可谓有"权威"而无"主义"。

启蒙是长期的,因为思想是常在的。

所谓思想,首先应当交付给谁?

思想者从来强调自我承担。霍克海默与阿道诺在《否定的辩证法》中有一段话说:"我们所疑虑的并非遍布大地如同地狱一般的现实图景,而是没有冲破这种现实的合适机会。在今天,如果还存在着我们可以把传递信息的责任交付给他人,那么,我们决不馈赠给那些'大众',也不馈赠给个人(他已无力),而是馈赠给一个想象中的证人——只要他不会与我同归于尽。"所说"想象中的证人",其实就是"我"自己。出乎自我,返乎自我,——思想是无援的。

思想者唯以孤独显示强大。

古人说"胆识",胆是先导的。

所以，顾准说到卢梭时，首先赞赏的就不是智慧和灵感，而是勇气。他重复说到勇气问题，而勇气，是直接与实践相联系的。

思想者具有实践的品格。可以是社会实践，也可以是思想实践，即思想返回思想者自身。只要思想着便是美丽的，即使是乌托邦思想。

从理想主义到经验主义，从诗到散文，顾准燃尽了自己的一生。对于他，人们到处颂扬那最后的夺目的辉光，此时，我宁愿赞美初燃的纯净的蓝焰。

7

人们常常称引海德格尔的"返回精神家园"的话，作为人文科学的本质的说明；顾准则常常称引国人鲁迅的"娜拉走后怎样"的话，作为个人精神求索的中心主题。
"返回"与"出走"，是形而上哲学家与形而下思想者的全部的不同。

顾准也是娜拉。
他必须直面"出走"以后的困境。但是，无论如何，他绝不会重新回到老地方，即使那里有着庸人共享的幸福与安宁。
"出走"是一个人终生的事。
然而，顾准说："娜拉出走了，问题没有完结。"

1995年6—7月

纪念李慎之先生

1

我不懂电脑，无缘上网，仅凭可买卖的报刊了解世事，实在只好做半个盲人。

《南方周末》编辑小磊一天来电话，说李慎之先生因肺炎住院，已是弥留时刻，快不行了；又告说准备做纪念的事，说是许多朋友都答允写文章，问我是否想到要写？我答说与李先生之间没有私谊，反倒有过两次"笔墨之争"，虽然内心始终怀有尊敬，但毕竟对先生知之不多，还是让别人去写吧。隔了几天，突然记起这件事，便拨通《南方周末》的电话，询问李先生的病况。适小磊不在，接电话的是诗人杨子，答话似乎颇诧异：你不知道吗？老人去世已经好几天了。时间又过去了一周，我仔细查找报章，仍然看不到相关的报道。传媒的沉默，使我顿时感觉到李先生的份量，心里随之变得重坠起来。

2

李慎之（1923-2003），资深新闻人，国际问题专家，1957年被打成"右派"，后获改正。曾任中国社会科学院副院长。

《顾准文集》出版后，知识界躁动一时。后来见到《顾准日记》，使我从中发现顾准的某种复杂性，深感一个民族的具体的时代环境可以怎样限制一个人的思想高度，于是写了一篇短文《两个顾准》，发表在《南方周末》上。不久，上海《文汇读书周报》刊出李先生回应的文章，题为《只有一个顾准》，明显反对我的意见。我接着发表《再说两个顾准》，反驳了李先生。有关李先生的情况，其实当时已经有了所谓"南王北李"的说法，只是我跟知识界很隔膜，不得而知罢了。记得为此曾经特意打听过，及至后来读了《中国的道路》，对李先生的道德文章，才算有了一个较为完整的了解。

然而，在这之后，《书屋》杂志发表了李先生致舒芜先生的信，却使我很有点失望。其中诸如否定革命，反对斗争，扬胡抑鲁等一些重要的观点，我以为是错误的、有害的，于是照样以公开信的形式写了驳难的文章，仍投《书屋》。发表前，主编周实先生特意寄给李先生过目，征求他的意见。李先生随后给编辑部写了一封信，周先生在电话里给我念了其中部分的内容，态度非常友善，毫无反辩之意，只是说我没有注意到他的关于个人主义主张的一贯性，还特意让周先生他们转告，希望我能集中精力做一篇关于个人主义的专论。

从前读李先生的文章，总感觉到一种"霸气"，这时，才知道他原来是一位温厚的老人。

3

李先生一生没有专著，这在所谓的学术界中显得很特别。我在读《中国问题》的书稿时，见到李先生亲自撰写的个人简介，谓是"无职称，无著作"，说得很坦荡，甚至有点自得，使我暗暗佩服。这种淡泊名利的态度，在今天的学人中间，大约已经不可得见了。

在我看来，李先生其实是重行不重言的那种人，要说言，也多述而不作，要说作，也都以"用世"为任，并不把"学理"悬作最高价值，为学术而学术。他坦承道，"我不是一个有学问的人，更不是一个做学问的人"；又说，"我从来不认为自己是一个学者"。他重思想而轻学术，重思想家而轻学问家，这个倾向是明显的。由于李先生始终关注的是人类存在本身，因此在所有思想中，他最看重政治思想，因为政治是带根本性的，对人类的自由生存有着直接的影响。他认为，中国人近百年来最难改变的就是政治思想，所以强调说，任何学术必然有一个"政治上的大方向"，政治标准是判断学术的重要标准。以鲁迅著作为例，他把《阿Q正传》置于《中国小说史略》之上，标准就在于政治思想的贡献。何谓"政治"？在这里，政治决非权力或权力者的替身。李先生的解释很浅显，譬如是赞成民主与科学呢，还是专制主义呢？这就是政治。所以他会说这是学术的"大方向"，并且确信，只有通过这个方向，才可以看到学术里面有没有现代精神。这种认识，在大队儒雅的学人中间也是少有甚至于没有的。

4

知识分子与政治思想相联系的结果,便是启蒙。

启蒙是一个把"有用"的知识和理念"用"起来,即转化为广泛的社会实践活动的中介性工作。对此,学者的看法当然大为不同。在他们看来,知识本身就是目的,"学理"只能纯粹而又纯粹。一般说来,他们是看不起有用的东西的,因为那样未免太俗;要说有用,也只能用于个别的人物和地方,譬如为学术小圈子所激赏,或者做"王者师"。学者的"特殊"就在这里。所以,看待学者,有时似也不必太迂,以为提出"反启蒙",便一定是学理出了问题,于是起而辩正,甲乙丙丁,不一而足。其实,许多标榜学理的说话都是在学理之外的。无庸讳言,李先生大半生都在做"王者师"。从40年代起,在新华社专事编辑"大参考",作为"意识形态专家",把资产阶级新闻过滤、转换以后给高级官员使用;右派生涯结束以后,官至中国社会科学院副院长,成为最高领导人的"智囊人物"之一。在他那里,到底没有完全摆脱"王者师"的情结。但是,从李先生晚年所做的实际工作来看,他的立脚点已经转向社会上来了。就他个人来说,这叫暮年变法,是一个了不起的转折。

他表白说,他最想做一个大学校长,还多次提起"当一辈子中学公民教员"的夙愿,想到为青少年编一本《公民读本》,那意向都在启蒙。他强调说:"救治专制主义的唯一出路,就是启蒙,就是以近三百年来作为人类历史主流正脉的自由主义取代专制主义。"因为志在启蒙,所以他的论文不像一些学者那样故作高深，玄之又玄，而是力求深入浅出，透彻明白。像托尔斯泰一样的大作家，躬身写作给农民阅读的小册子，中国从来是没有的。至于学术，框架是科学的，问题是社会的，价值是普世的，语言是大众的，哪一位学者愿意做，而且可以做呢？这不仅需要学识，更需要道德和责任。在当代中国，至少我知道，还有一个李先生。

至于有些被称为"学术权威"者，往往厕身于权力与学术之间，或者像鲁迅形容的那样，脚踏两只船，或者将学术径直转变为权力。从经院到沙龙到大小会议，他们极力营造小圈子，打进来，拉出去，不惜使用市侩乃至政客手段，赶造传记，刊布日记，甚至连无名小报廉价吹捧的广告文字也给塞进去。不学有术，饱学亦有术，学术并用，大抵术大于学。李先生怀抱天下，心志高远，自是远离这些趋附权势巧取名位之辈而安于独守，恰如《史记》写他本家李广将军的传赞说的那样："桃李不言"。

5

顾准自称是"西方主义者"。依我看，李先生也是这样的一个西方主义者。

在中国，李先生是最早意识到全球化问题，并极力倡导全球化研究的少数先觉者之一。在讲说全球化历史时，他指出，苏联的解体便是信息全球化瓦解一个封闭社会的结果，可见全球化意涵着波普说的开放社会的理想。在他那里，现代化和全球化是同一个词，代表着人类的主流文化，是当前中国面临的一大课题。

在阐释现代化的时候，李先生一再强调五四提出的两个口号：民主和科学。由于一种问题意识的导引，他着重指出，"科技"一词不能代表科学，正如"法制"不等于"法治"一样。他说，其实并无科技一词，这是自造的，是中国"酱缸文化"的表现，缺乏对人的关怀，缺乏为求知而求知的精神；这样，诸如"科技兴国"、"科学技术是第一生产力"之类的时行论调，在李先生这里便成了问题。他有理由作如下推断：国人对科学与人本思想的关系的认识，并未超出清末民初时期。

关于民主，李先生习惯把它同自由和人权联系起来加以探讨。他说："民主的价值归根到底是个人的价值，所以民主主义者必须要以自由主义和个人主义为出发点。"他对自由主义特别推崇，多次指出自由主义是"最具普遍性的价值"，"最有价值的一种价值"。据说，直到去世前，他还向人要有关杨朱的材料，寻找个人主义的本土资源。在许多学者那里，自由与民主是对立的，而李先生总是力图把两者统一起来。在著名的1957年，他正是因为"大民主"的建议而成为钦点的"极右分子"，失去长达二十年的个人自由。因此，与其说这是学理上的一种整合，毋宁说是出于深受伤害的中国人的锥心之痛，是源自生活逻辑的结论。

自由从根本上说是属于个人的。李先生说："自由的要求最终来自每一个人的内心。自由是每一个人天赋的权利。"对于多数人的暴力，即所谓"群众专政"，对于假民主之名对个人自由的扼杀，李先生始终保持着一种警惕。他认为，自由主义可以有多种解释，既是一种学说，一种经济思想和社会哲学，也是一种社会政治制度，但是他更愿意从生活态度方面去理解，并且把它视为"正确的公民意识"。这种个人本位的、个人主义的自由，是美国式民主的基础。李先生承认，他说的现代化与陈序经、胡适的"全盘西化"口号有一定的渊源关系，所以有时也称之为"西化"，甚至"美国化"。对于现代性以及相关的许多主义的解释，李先生并没有像其他学者那样绕弯子，那样陷于形式主义繁琐主义混乱主义的讨论；他的解释，也许被认为并不那么准确、完整、规范，但是"丹青难写是精神"，他恰好把其中的精神给把握住了，那就是我们常称的"人文精神"。而在他的求知和启蒙工作的过程中，同样贯穿着这种精神。

也许，正是人文精神，使李先生痛恨专制；更有可能的是，由于深味了专制的荼毒，他才像需要水和空气一样需要人文精神。李先生有文章破解"封建主义"一词，以为在中国历史上的使用是不恰当的，应改作"专制主义"。此说虽然不是他的发明，但是至少表明了他的关切程度，念兹在兹，刻骨铭心。他敏感于非人性的现象，敏感于封闭、愚忠、奴隶主义，敏感于中国传统文化中人权的缺失，多次提到"人的尊严"问题。为此，他对捷克由作家而总统的哈维尔甚为心仪，赞扬哈维尔是"我们时代杰出的思想家"，"一位促成了后极权主义结束的思想家与实践家"，指出哈维尔"最大的功绩在于教导人们如何在后极权主义社会尊严地生活，做一个真正的人"。

什么叫后极权主义呢？他的定义是：

> 后极权主义就是极权主义的原始动力已经衰竭的时期。用二十多年前因车祸去世的苏联作家阿尔马里克的话来说，就是革命的"总发条已经松了"的时期。权力者已经失去了他们的前辈所拥有的原创力与严酷性。但是制度还是大体上照原样运转，靠惯性或

曰惰性运转，权力者不能不比过去多讲一点法制（注意：绝不是法治），消费主义日趋盛行，腐败也愈益严重。不过社会仍然是同过去一样的冷漠，一样的非人性，"权力中心仍然是真理的中心"。

这个社会的最高原则是"稳定"。而为了维持稳定，它赖以运转的基本条件仍然是：恐惧和谎言。

这是李先生对"苏东事件"的一个观察点。他不愧是一个具有世界眼光和历史眼光的人，没有被眼前已告终结的具体的事件所囿，而能通过地缘政治，通过人类自由生存的状况，把一个时代同另一个时代接连起来。

读到李先生一些叹息衰年的话，或是以自己时日无多而寄希望于来者的话，难免慷慨生哀。但是，就人类的前途来说，他总是能够持一种乐观的态度，给人以慰藉和鼓舞。比如，写到民主社会时，他是多么地富于向往的热情，他说："既然历史已经走到后极权主义社会，那么也就可以套用中国人十分热爱的雪莱的诗句：'如果冬天已经到来，春天还会远吗？'"

6

李先生的勇气尤其令人钦佩。

理论的勇气，实践的勇气。知识分子是批判性的。同学者比较起来，知识分子除了必备的批判性知识以外，还因为问题意识的激发而不断形成批判性思想，但是，更重要的是敢于言说。勇气是自由的果实。如果是一个真正的自由知识分子，他必然通往那里，他知道，那里决非诗意的栖居。

所以，中国知识界在80年代有了一道"说真话"的题目。巴金提倡说真话，于是有《真话集》，其实那是小学程度的真话，这种真话用的是记叙文的方式，说的大抵是关于个人的事情，一点回忆，一点感悟。然而，即便如此，事情就已经闹得不得了了，发表时是曾经给开过"天窗"的。但这并不能说明巴金的真话之真有很高的程度，只是说明我们的程度更低，此前只是"文盲"，几十年盲人瞎马的过来罢了。萧乾也说是要说真话，但提出要修改巴金的"要说真话"的说法，加上"尽量"两个字，明显地后退了一步。在关于哈维尔以及别的文章中，李先生恰好也提及说真话。他赞誉王国维、陈寅恪的是"唯真是求"，不与"官学"合流，也不趋时媚俗，"一样以身殉学术而决不向政治权力低头"。真话是分层级的。如果说王陈二位的真话不出学术的范围，那么李先生的真话则是超学术的；"真"的程度很高，这不是中国的知识分子容易做到的，特别在沉寂的90年代。

几年前，接到北京朋友寄来的李先生的一篇文章，记得展诵时已是黄昏，窗外下着大雨，正所谓"满城风雨近重阳"，读罢颇多怅触。后来想，李先生说的唯是大实话而已，何以有如许力量？因而想及一个语境问题。其实，言说的价值有时并不在言说本身，而在它与语境所构成的关系。就说左拉，他为德雷福斯案件而作的《我控诉》，力量在哪里呢？在道德、良知和勇气那里。因为言说以外的这些东西，正是那个语境所稀有的，所以才有了金子一般的价值。可以设想，如果置换了另一个语境，开放、宽容，还有左拉吗？即使那文字比《娜娜》还要美妙动人，难道便可以于顷刻间动员整个社会来倾听，并且迅速凝聚了正义的声音，犹如《我控诉》的一个强烈到千万倍的回声吗？这就是政治美学。李先生是服膺左拉的，他特别喜欢用"爱国者"称呼左拉，他深知，左拉勇敢地站出来反抗主流，只为自己的祖国。

7

顾准说他从理想主义到经验主义，李先生则是从集团主义到自由主义。"削肉还母，剔骨还父"。这是一个否定、决裂、弃置的过程，从被迫选择到自我选择，无疑地，这是需要更大的勇气的。

但是，李先生在否定自己的同时否定了革命本身，正如顾准否定直接民主一样，至于何以如此，确实很值得研究。李先生一面反对专制，一面却又反对革命。他看到革命蜕变为专制的事实，比如法国大革命、十月革命、国民党的"国民革命"等等，但是看不到革命作为人民行使自身的权利，是反抗暴政的有效的民主手段之一，唯是肯定宪政建设的主张。他批评鲁迅而推崇胡适，即由此发端。李先生说得很好："宪法是管政府的"，但是被他忽略的另一面是宪法从制定到实行都是"政府管"的，像国民党这样一个"一党专政"的政府，一个靠"党军"和特务统治支撑的政府，一个制造恐怖与谎言的政府，凭一个胡适和几个宪法学专家就可以把它管起来了吗？这是在李先生那里遭遇到的悖论之一。还有一个悖论，是李先生极力鼓吹西化，反传统，反"国学"，反"亚洲价值"观，但是又不放弃从中国哲学中寻找科学性、普适性，这是可能的吗？

所以如此，除了事物固有的矛盾性以外，大约与李先生过去长期作为"王者师"的经历有关，他晚年背叛自己，努力挣脱自己，却仍然处在急剧转变的过程中。或许，唯其因为地位的局限和矛盾的纠缠，致使李先生这个自称"一直做着'中国文艺复兴之梦'的人"表现得更真实、更勇敢、更悲壮。

顾准借用鲁迅的题目《娜拉走后怎样》讲说中国革命问题。李先生也是娜拉。在他生命的最后二十年间，出走成了唯一的主题。他终于走了，前脚跨出大门后脚就不准备再跨进大门，然而不幸的是，最后的时刻已经来到。

他倒下了，倒在门槛旁边。门槛内外都有着纪念他的人。外面的人更多，而且会愈来愈多；我知道，他们纪念他，并非因为他曾经有过尊贵的名份，他不是海尔茂太太，而是娜拉，一个永远不再回来的娜拉。

2003年5月4日

只有董乐山一人而已

去年冬夜,我突然焚烧一般地想念起一个人。大半年过后,心里还燃着余焰,偶尔遇到关于思想文化一类问题,还会凛凛然地升腾起来。

大约这同当时手头的一部翻译小说有关:《中午的黑暗》。这部小说的译者,与著名的《一九八四》的译者恰好同为一人。两部小说的主题的相关性使我确信,它们对于译者来说定然出于某种选择,而不是意外的巧合。但当联想起历史性著作《第三帝国的兴亡》,也是由这位译者领衔翻译时,不觉大为震惊,因为他的目标实在太明确了。接着,我把书架上的他的其余一些译著翻了出来:《古典学》、《西方人文主义传统》、《苏格拉底的审判》;我发现,在这中间,埋藏着的是另外一条思想线索。鲁迅曾经说过,翻译这工作相当于"偷运军火"。当今的这位译者,不正是沿着在前头仆倒的精神战士的道路，继续摸索着行进的吗？于是，在寒风呼啸的夜晚，我仿佛看到有一个人，擎着火把，把一小批又一小批炸药艰难地运抵古堡……

这个人就是董乐山。

在与邵燕祥先生合编的《散文与人》丛刊上，我编发过董乐山先生的一篇短文，其中拒绝用电脑写作的固执，给我留下很深的印象。此外，我还曾遵从来信的嘱托，为他把另一篇短文转给南方的一家报纸发表。因为想到给《曼陀罗译丛》添译一种奥威尔的随笔，与董先生之间通过一回电话；记得听筒里的话音十分爽朗、宏亮，依稀夹带笑声，其实当时他已深陷病中了。然而，我并不认识董先生，他去世的消息还是朋友告诉我的。听说北京的报纸做过一个悼念他的专版，我也不曾见到。

出于探寻一个精神生命的渴望，我恳请邵先生代为搜集一份董先生的译著的清单。从邵先生那里，我约略知道董先生生平的一点轮廓：原来他是一名左翼分子，在1947年脱离组织，这在别样的人们看来，当然是"向右转"了；十年过后，果然坐实了"右派分子"的名份，变做了专政对象。这种情形，与《一九八四》和《中午的黑暗》的两位作者的身世不无相同之处。1949年以后，他一直在新华社，主要从事《参考消息》的编辑及翻译工作；至于译书，应当算是余事了。

邵先生寄来的书单是李辉先生开具的。随后，李先生还

董乐山（1924 — 1999），出生于浙江宁波，1946年毕业于上海圣约翰大学，全国解放后曾长期从事新闻翻译和英语教学工作。1957年被划为右派分子，后获改正。1981年调到中国社会科学院美国研究所，担任研究员。曾任中国社会科学院研究生院美国系主任。著有《董乐山文集》，译著《一九八四》等多种。

特意把他为《董乐山文集》写的序文寄了来,加深了我对董先生的了解。对于一个毕生从事文字工作的人,生命的根本依据便是文字。关于翻译,仅以董先生撰写的《英汉美国翻译社会知识辞典》这样一种工具书来说,他就足够有资格被称为"翻译家中的翻译家",何况,还翻译了那么多著作。特别是史著、学术著作和政治性小说,它们构成了董先生的灵魂,使我们从中国翻译界的浓密的灌木林中,一眼便能瞥见一棵伤残而傲兀的大树,以铁似的干子,直刺奇怪而高的天空。

《第三帝国的兴亡》是董先生在新闻工作之外的另一种翻译的起点。

这部三卷本的巨著,从20世纪60年代初动手翻译,70年代末出版,中间横隔着"文革"十年。在这个红色恐怖时期,身为"右派",处境的恶劣可想而知;然而,他和他所邀约的倒霉的伙伴竟然决心推举这块巨石。为什么呢?是不是因为译者从喧嚣一时的野心家、阴谋家、专制主义者身上,看到了当年的纳粹党徒的影子,在"大树特树"、蛊惑群众、绝对服从、种族歧视,以及其他灭绝人性的行为方面过份肖似?是不是书中对元首直到所有的法西斯分子的暴露,给了已然失去自由言说的权利的译者以诅咒的快感?第三帝国的覆亡本身难道还不足以提供一种信仰、一种眼光、一种力量吗?"人民还活着。土地也还在。但人民却茫茫然,流着血,挨着饿。当冬天到来时,他们在轰炸的劫后残垣中,穿着破烂的衣服不停地打着哆嗦;土地也一片荒芜,到处是瓦砾成堆。曾经企图毁灭其他许多民族的希特勒,在战争最后失败的时候也想要毁灭德国人民,但与他的愿望相反,德国人民并没有被毁灭。只有第三帝国成了历史的陈迹。"一个帝国的崩溃,其影响是世界性的。整部译著回响着这种震动,同时,我们也分明听到夹杂其中的译者的激烈的心跳声。董先生起意翻译这部巨著,我猜想,决不会仅仅展示一下西方历史的陈旧地图;最初的动机,恐怕还是借了物理学的折射原理,反观东方的现实。在令人窒息的日子里,为了把一个希望的信息传递给中国读者,译者当付出多少坚忍的热情,作着怎样挣扎般的努力呵!

"文革"幸运地宣告结束了。正当知识界为"第二次解放"而欢欣鼓舞之际,至少在名义上已经给平反了的董先生,开始翻译英国作家奥威尔的《一九八四》;80年代中期,接着译完了英籍匈牙利裔作家库斯勒的《中午的黑暗》。这两部小说的翻译,实际上是翻译《第三帝国的兴亡》的工作的继续。

《一九八四》是一部寓言体小说,同札米亚京的《我们》和A.赫胥黎的《美丽新世界》一起被并称为"反面乌托邦三部曲"。社会批判的色彩是明显的。在小说中,世界分为三个超级大国:大洋国、欧亚国和东亚国。"大洋国社会的根本信念是,老大哥全能,党一贯正确。"主人公温斯顿·史密斯就在大洋国政府的真理部工作。所谓真理部实际上是谎言部,正如和平部是战争部,友爱部是镇压部,富裕部是匮乏部一样。温斯顿的日常工作是制造谎言,涂改历史,抹杀人们的记忆。周围处于"思想警察"高度监控下的恐怖气氛,以及人们工作的性质,都是为他所痛恶的。在此期间,唯一能够让他享受生命的欢愉的便是与同事裘莉亚之间的爱情。但是,即使他们总是设法秘密接触,仍然逃不出组织的巨掌,终于被捕。在狱中,温斯顿经过种种精神酷刑,证实了"洗脑"的效果:"他又回到了友爱部,一切都已原谅,他的灵魂洁白如雪。"就像小说最后说的,"他战胜了自己。他热爱老大哥。"关于《一九八四》的思想内容,董先生在译序中概括道:"作者所描述的未来社会实际上是当时(即第二次世界大战前后)法西斯极权统治的进一步恶性发展:人性遭到了泯灭,自由遭到了剥夺,思想受到了管制,感情受到了摧残,生活的单调和匮乏就更不用说了。个人完全成了一个庞大的官僚主义化社会中的一个自动化的机器,尤其可怕的是人性的堕落达到了没有是非善恶之分的程度。"经历了"文革"十年,想必译者会有一种切肤之痛。到了《中午的黑暗》,"老大哥"变做了"第一号"。小说写道:"第一号成为主持弥撒的大祭司。他的发言和文章,甚至文风,有了一种绝对正确的教义问答性质。""第一号的政权玷污了社会国家的理想,甚至像一些中世纪的教皇玷污基督教帝国的理想一样。革命的旗帜降了半旗。"革命的异化程度是惊人的。小说中的主人公鲁巴肖夫同温斯顿一样,都是组织的叛逆;但是不同的是,他不是一般的工作者,而是领导者,亲自处理过无数优秀的或无辜的分子,正因为如此,对革命的反思也更为深刻。不同于温斯顿的还在于,他是被处决的,而且至死没有被改造过来。"30年代的情况,似乎已是过去的事了,在人们的记忆中,由于同时代人的逐一凋零,也被慢慢淡忘了。但是清洗的阴影,不仅仍旧笼罩着许多国家,而且在这半个世纪中仍旧不断地到处在借尸还魂。即使在大讲'公开化'和'透明度'的现在,许多人仍'心有余悸'。因为目的与手段的矛盾仍没有解决,政治权宜仍是行动准则。要消除这种扭曲和畸变对人类的威胁,光明正大地、毫无隐晦地正视这段历史,让人民和历史作出应有的判断,是任何一个真正的革命者的不可推卸的义务。"在译后记行将写完时，他给补了这样最后一个句子："但愿在人类的历史上，'中午的黑暗'只是艳阳天下一时的阴影。"文章写于"不问春夏秋冬楼"，时间是1988年4月。董先生的心是广大的。他的梦想，他的悲愤，他的忧患，在这里已经表白无遗。

董先生对奥威尔的著作可谓情有独钟，在《一九八四》之后，又翻译了一部30万字的《奥威尔文集》。其中有一篇《我为什么要写作》，大可以看作是董先生关于翻译的自白。"我在1936年以后写的每一篇严肃的作品都是直接或间接地反对极权主义和拥护民主社会主义的，当然是根据我所理解的民主社会主义。"文章说："我在过去十年之中一直要做的事情就是使政治写作成为一种艺术。我的出发点总是由于我有一种倾向性，一种对社会不公的强烈意识。我坐下来写一本书的时候，我并没有对自己说，'我要生产一部艺术作品'。我所以写一本书，是因为我有一个谎言要揭露，我有一个事实要引起大家的注意，我最先关心的事就是要有一个让大家来听我说话的机会。"对董先生来说，翻译相当于奥威尔的"政治写作"，他是同样作为一种艺术来经营的。在小说中可以看到，许多地方经由他的转述之后变得多么美妙。比如《一九八四》，描述温斯顿在小组讨论时有一句话，他译为，"很像雄鸡一唱天下白时就销声匿迹的鬼魂一样。"语意双关，真乃神来之笔。

未经改革的体制具有很大的封闭性。由于我们长时期被置于名为"极左"的政治路线的阴影之下，因此得以重现《一九八四》的颠倒世界，尤其是"文化大革命"，简直就是"中午的黑暗"。可是，对于这样一段由权力和阴谋主宰的历史,我们的文学不是不能表现,就是无力表现,作家在因袭的和实验的形式中构造的故事,同残酷的现实比较起来是那么苍白,更不要说思想深度了。我们对历史的判断,仍然习惯于使用共同的意识形态的框架;我们的思想活动,在官方的结论那里一动不动地打下死结。偶有意识松动的作家,也都学会使用含糊的措辞,在三审制之下,同编辑一起与官方达成看不见的"社会契约"。在历史面前,我们的文学其实等于交了白卷。正是在这样一片空白的文学地带,出现了董先生的翻译小说,它们的价值,实在远远超出于原著本身。

思想者顾准,在90年代为中国知识界所推重。顾准思考的中心问题是民主问题。对于民主,他是从它的源头——古希腊城邦制度——导入进行考察的。而这个思路,正是董先生的思路。他们一样是"倾心西方文明的人"。

在西方现代思潮汹涌而入的时候,中国人普遍表现为一种阻拒和惊恐的态度,就像鲁迅所形容的那样,大叫"来了",却不想根究来了的是什么。为此,鲁迅颇感慨于知识界在观念引进方面的怠慢。大约因为考虑到异质文化对于变革传统、改造国民性的重要性,所以,他把翻译工作提高到与创作、学术并列的地位,力倡"拿来主义",并且身体力行。董先生也是这样认识而且实践着的人。他在晚年接连翻译的几种理论著作,都是致力于民主与科学的建设的;这时,他已然来到了他所译的抨击极权主义的小说的背面。

《古典学》为英人著作,是一部关于西方文化传统的入门书。作者从现今伦敦市中心展示的一座古希腊神庙的几块雕塑残片出发,讲述它们的作用,以及它们的建造者、建筑思想和相关的理念,进而扩及美术、陶器、文学、哲学和科技等更广大的知识范围。所谓古典学,在这里,所指不仅包括希腊罗马构成的古典世界,还包括了对其中共同的问题、故事、疑问和意义的思考。"思考生活在现在的过去,思考生活在过去的现在",也即是思考我们与希腊人和罗马人的世界之间的距离,是对我们所在的现代世界的性质的界定。

如果说,《古典学》中的希腊罗马世界仅仅是一个起源,那么,《西方人文主义传统》着重介绍的就是主河道,源远流长,一直通往20世纪。在译著中,董先生对"人文主义"一词做了很详细的阐释,他是主张把它放到人类的自由生存——"人学"的根本意义上进行理解的。针对中国思想知识界的现状,他批评说:"过去中国虽有两次西学东渐,但主要由于客观上的原因,两次都不深不透,近乎一知半解。最近这次虽然因为新思潮新学说纷呈,着实热闹过一阵子,但还未深透就戛然而止,以致烧成了不少夹生饭。不是有著名政治学家没有听说过——更不用说读过——柏拉图的《理想国》吗?在反对'言必称希腊'的时代,这并不奇怪,但发生在第二次西学东渐的今天,这不能不说是一个笑话。至于把民主理解为'当官要为民作主'而犹理直气壮,那就更加令人啼笑皆非了。"写这译序时已是90年代,而人仍在"不问春夏秋冬楼"。

美国报人斯通的《苏格拉底的审判》是董先生晚年所译的又一部著作。

斯通把言论自由的源头一样上溯到希腊古典文明时代,他认为,"古代雅典是思想及其表达的自由空前发达的最早社会,在它以后也很少有可以与之相媲美的"。然而,恰恰在这个以言论自由著称的城市,对一个除了运用言论自由以外,别无武器捍卫自己的哲学家起诉、判罪、处死!在本质上，苏格拉底坚持的立场是个人独立自由的立场，也是反民主的立场。通过对苏格拉底的审判，斯通揭示了民主与自由的矛盾性，民主政体的缺陷及其潜隐的危机。但是，他并不因此而否定民主，而是通过对民主的批判，使之趋于完善。民主是开放的、多维的、兼容的，而不是独裁者的招牌和多数的把戏；它必须使个人自由栖居其中，成为它赖以长存的基础。

董先生在译著中高度赞扬斯通，把他同苏格拉底相提并论，誉为一样的牛虻式人物。在董先生笔下，斯通不畏强权，特立独行，因此不仅不容于当道，而且在主流同行中也被侧目而视。但是，他们不得不钦佩他的人格，倾听他的言论，因为那是"美国新闻界唯一的荒野呼声"。为了深入地进行有关新闻自由和言论自由的理论探索，这位老报人居然在七十高龄之后，开始学习希腊文，目的是直接阅读希腊哲学原著和相关的史料。《苏格拉底的审判》便是这个痛苦的自我折磨的结果。从这里，我们可以看到董先生的人生价值的取向；其实，他不也是从很晚的时候才开始急跑步地进入西方人文思想的译介工作，喊出荒野的自由的呼声的吗？

70年代末，即董先生说的第二次西学东渐时期，译业逐渐发达起来。最先涌现出来的是文学经典，因为争夺版权的缘故，拙劣的重译本至今源源不绝；紧接着是流行小说，西方刚刚问世，这里就上市了。严肃的科学著作却不多见，尤其是社会科学和人文科学著作，它们的翻译带有很大的盲目性；一些较成系统的丛书，也多从学科方面考虑，而不是从中国社会现实的需要出发。董先生不同。首先，翻译于他是一种生存方式和表达方式。在特定的历史环境里，倘非此不足以张正义，舒愤懑，董先生便不会翻译史传、小说、随笔；由于他是作为一个受难的中国人而存在的，这样的翻译，在多难的中国人中间就有了很大的代表性，容易引起共鸣。从所有这些著作看来，董先生并不止于控告和抗议；在情感的投射中，随处显示着历史理性的力量。知识分子角色的自我认知，赋予董先生以神圣的使命，驱使他在有限的余年，进一步选择并且翻译了数种基础性的思想理论文本。董先生始终是一位启蒙战士，所以不同于那些一般的信守"信达雅"的翻译家。许多翻译家，哪怕最著名的翻译家，他们的译事，都大抵不是出于专业的目的，就是关乎纯粹的个人趣味，很少有人做到像董先生这样跨越专业，以社会改造为旨归的。在翻译家那里，注重的仅仅是阅读，是知识；在董先生这里，注重的则是命运和前途，是关于社会人生的大问题的思考。董先生具有高度自觉的翻译意识，他的每种翻译，都是经过深思熟虑的；不存在偶发性、随机性，却有着惊人的稳定性。"我心匪石，不可转也。"他明白世界的大潮流，更明白中国。天不变，道亦不变，董先生是坚执于此道的。

因此，对于斯通，董先生更多地从萨依德论知识分子所称的"业余性"的视角加以评价。"在美国新闻史上，不乏声誉卓著的新闻从业者，"他说，"但是够得上新闻从业者典范的，恐怕只有I.F.斯通一人而已。"接着补充说，"不论别人的名声是多么煊赫，事业是多么庞大，影响是多么深远。因为只有斯通所追求的不是个人事业的成就，而是他始终坚信的新闻自由和独立的原则，因为只有他具有一个新闻从业者应该具有的社会责任感和良心。"在这里，他把知识分子人格同社会要求结合到一起来了。

在当代中国,谁是斯通?论翻译界,我知道的是,只有董乐山一人而已。

2000年7月

夜读遇罗克

感谢徐君,从北京寄来她和朋友们编的遇罗克文集,使我得以重读《出身论》,以及与此相连的搅拌着整整一代青年的热血的文字,在严寒的今夜。

最早知道《出身论》这名目,还是在30年前,读了辗转传来的一份皱巴巴的红卫兵小报;当时,记得是起了深深的共鸣的。在20世纪60年代的舞台上,我曾经做过"牛鬼蛇神",有过被围斗和关押的经历,"不准革命"。在汹涌而至的湍流面前,作为边缘人物,怎么能不感奋于为所有被压抑的心灵呼喊的声音呢?其实,直到1980年,我才从官方的一份权威性报纸第一次读到《出身论》全文。此时,作者已经同张志新等一起被追封为"英雄"了。一个人一旦英雄

遇罗克(1942－1970),北京市人。出身资本家家庭,因撰写《出身论》于1968年1月以"现行反革命罪"被判处死刑,1970年3月5日执行,年仅27岁。

化以后，原来闪光的物质往往会被掩盖许多；只有当他恢复为悲剧人物，人们才能从黑暗的深隐处看见生命的异质的光华。事实上，不出几年，记忆中的烈士的鲜血就被冲淡了。正如鲁迅说的，是"淡淡的血痕"。再过一些时日，恐怕连这淡淡的痕迹，也将快要消失为一片空无的罢？

单是为此，遗文的出版，就是一件值得称幸的事。

然而，书的销售并不见佳。这结局，本来早当料到的；徐君偏不甘心，不惜挂了长途电话，希望我也来写点文字代为鼓吹。无论对于死者还是生者，我能说些什么？记起鲁迅在介绍德国女版画家珂勒惠支时写下的一段话，不禁顿增了无语的悲哀。他说："野地上有一堆烧过的纸灰，旧墙上有几个画出的图画，经过的人是大抵未必注意的，然而这些里面，各各藏着一些意义，是爱，是悲哀，是愤怒……而且往往比叫了出来的更猛烈。也有几个人懂得这意义。"我怀疑，最后一句是硬加进去的，恰如他给小说《药》的末尾平添的花环一般。

他是绝望的。

我曾经这样问过一位大学历史系的青年教师："你可否解释一下，什么叫作'可以教育好的子女'？"

想不到他像小学生碰到了微积分问题一样，瞠然不知所答。

二十余年毕竟已成过去。许多流行的名词、口号、徽章、仪式，已经不复存在于公共空间和日常生活之中。只要怯于言说，历史就只能剩下一排空车厢。我读过一些外国书，像《受害的一代》、《生而有罪》等纪实性作品，或者像《我儿子的故事》一样的虚构类作品，知道沙俄时代的贵族和军官的子女、富农和"反革命"的子女、犹太人的子女、黑人奴隶的子女，甚至纳粹的子女，他们带着父母的不容置换的血统，如何屈辱地挣扎生活在苏联，在德国，在殖民国家，在充满歧视、凌侮、残暴、专制和黑暗的土地上。我所以知道，是因为在他们中间，毕竟有人敢于说出罪恶的秘密；在世界上，毕竟有一些上帝的子女，怀着悲悯的心情关注着他们，探寻着他们，记录着他们。他们如此珍惜自己的经历、别人的经历——广大人类的苦难记忆。在中国，有哪一个用笔工作的人，曾经给予"黑七类"的子女——因为一道"最高指示"，便衍生出一个更漂亮其实更带侮辱性的名词，叫"可以教育好的子女"——以同情的一瞥？谁还记得起他们？整个国家，在以每年十余万种的繁殖速度累积的出版物中，至今没有一种是以他们的命运为主题的社会学专著，哪怕文学专著！

然而，"出身"这东西，就像一块长长的烙铁烫在这些人的心上，剧痛和流血永无止期。从1949年到1979年，仅此计算便横跨了三个十年，这是一个何等深重的伤口！这批先天的罪人，从识字开始，就害怕填写各种与出身有关的表格。在一生中，他们遭遇了太多的障碍：参军、招工、"提干"、求偶、进大学……一代又一代，像一群吃草的动物，天性驯良、柔弱、离群索居。在众人面前，他们总是保守沉默，不愿谈说自己的亲人，甚至回避自己。生活，由来这样教会他们认识自己的身份：异类，卑贱者，准专政对象。等到"文化大革命"起来，就又多出了一个称谓："狗崽子"。他们期待我们什么呢？为什么要期待？难道真的存在着"人类之爱"？什么正义和良知，它们在哪里？有谁能说出它们在哪里？

一个叫遇罗克的说了!

这个孱弱的青年、内倾的青年,二十出头就开始变得驼背的青年,如果不是属于他们当中的一分子,不是过早地失去那么多,不是有着数倍于同代人的折磨一般的思考,他有勇气说出他意识到的一切吗?

他终于说了!当他伸手在《中学文革报》上点燃第一支火焰,那逆风千里的气势,顷刻间便惊动朝野。人们排着长队购买它,阅读它,读者来信从全国各地像雪片一样飞来,以致邮递员不堪负载,要他的伙伴蹬着三轮车到邮局领取邮袋;袋里的来信,每天都有几千封。《出身论》!多少怯弱的心灵因它而猛烈地跳动!多少阴郁而干涸的眼睛,因它而泪水滂沱!多少绷紧的嘴唇因它而撕裂般地号啕不止……

在那个疯狂的年代,遇罗克不免要使用一种近乎狂热的语言,表达属于自己的思想。但是,他抨击的目标是明确的,那就是老红卫兵鼓吹的"血统论",中国式的"新的种姓制度"。这是抗议的声音。他为他广大的同类向社会呼求,从"形'左'实右反动路线"那里要回来应有的权利:平等的权利,"革命"的权利,用当时规范的语言说,就是背叛自己的家庭、保卫党中央、保卫毛主席、参加红卫兵的权利。

后来,我读到了美国的《独立宣言》、法国的《人权和公民权宣言》、联合国的《世界人权宣言》,读到了卢梭、洛克、潘恩,我才知道什么叫作"人",什么叫作"人权"。不曾拥有人权的人算什么人呢?法国人勒鲁在为百科全书撰写的关于平等的词条中说到,公民平等和人的平等是两个彼此不同的、互不依赖的观念,前者只是后者的一个殊相罢了。

也就是说，仅仅要求公民平等是不够的。他的结论是，要确立政治权利的基础，必须达到人类平等；在此之前，根本没有权利可言。人人生而平等，这个现代人权观念，大约已经写进各个民族国家的宪法里去了。然而，我们——连这个词也是虚构的，因为实际上只有遇罗克一个人——到了20世纪60年代，还得为出身问题辩护。《出身论》说：我们是一批齿轮和螺丝钉，一模一样的齿轮和螺丝钉，并不生锈，让我们回到革命大机器那里去吧！

可怜的遇罗克！

他说的仅仅是这些。仅仅为了这些，当局便如此结束了一个人的生命；而一个人，仅仅为了说出这些，便如此献出了青春的生命，唯一的生命。

在红卫兵运动进入高潮的时候，我的一位"右派"老师见到我，这样向我讲说达尔文的进化论："人第一要能生存。要生存，就必须适应环境，不然就要被淘汰掉。至于改造，那是退一步的；因为没有适应，也就没有了改造。"可是，已经适应了的人还会想到改造么？后来挨了批斗，才知道老师的话，原来是经验之谈。关于国民性，我们说过许多，要而言之，其实无非"适应"两个字。原先在哪里，现在当然一样在那里，——这就是传统。

我们极力设法适应社会，从不要求社会适应我们；我们的所有个人为社会尽义务，从不要求社会为个人尽义务。所谓人权，本来是包含了社会的义务在内的。可是，在什么时候，我们曾经强迫过社会就范呢？

遇罗克，我们这一代的佼佼者，只要比较一下文集中的日记和文章，就会知道，这中间有着多大程度的区别。只要他跨出个人的房间，就会立刻变得拘谨起来。在日记里，他是一个怀疑论者，十足的思想者和革命者；而在公开发表的文字中，总不免要蒙上一具庸人的面具。他那么认真地划分"阶级论"和"唯成分论"的界限，指斥工作队抹杀了"阶级路线"，认为所有的青年都不能放弃"思想改造"；他以极其时髦的语言，鼓动自己的同类握紧"战无不胜的思想武器"，起而捍卫"革命路线"，紧跟一个人干革命。这就是"重在表现"的全部。什么叫革命？它首先是千千万万个人的内在风暴，是合目的性的出路要求，是源自底层的巨大的历史变动。"把无产阶级文化大革命进行到底！"从国家政要到草野小民，谁能确切地知道道路最终通往哪里？所谓"革命"，不过清扫一下塔楼而已。我们乱哄哄地帮忙清扫，然后有秩序地下来，回到原来的所在，一个依然满布污泥浊水的地方。革命，或者变换了温和的口气叫改革，无疑是一种主体行动，然而始终外在于我们。革命成了主体。我们匍匐在它下面，以奴隶的语言乞讨被接纳的资格，然后从这资格出发，去替恩许给我们以资格的人或神，谋取他们所需要的一切。我们是谁？我们是狗崽子或者不是狗崽子有什么区别呢？临到最后，我们仍然遭到了拒绝。

人是一种乌托邦。人应当有无限发展的余地，但起点是有限的：生命，自由，追求幸福或反抗压迫。唯其是有限的、基本的，因而是最高的、神圣不可侵犯的。所谓人权，称指的是个人权利，而不是集体的权利、社会的权利。现代人权观念意味着个人权利永远处于优先的地位，无论什么时候，都不容许借用"集体""人民""社会""国家"的名义，将它牺牲在某一个人或集团手里。的确，权利观念承认对权利的一定的限制，但限制必须受限制，而不能随意地，也即无限地扩大到足以吞噬权利的地步，尤其是生命权。

然而，社会是强大的。权力无所不至。作为受难的一代的代表——遇罗克，随着思想自由的丧失，竟是极其轻易地把生命权给失掉了！

遇罗克要做"革命者"，结果成了"反革命"。这是一个嘲讽。社会以不可违抗的意志翻云覆雨。我们的尊贵的学者总是诅咒革命，对于这样一个灭绝理性的社会，居心叵测的社会，草菅人命的社会，除了革命，在你们所有宽容优雅的疗治方案中，有哪一个方案可以使我们免于恐怖？

革命总是无法预期发生。在沙漠中酝酿一场雷暴雨也许容易，要在缺乏一定湿度的人文空气中爆发一场革命，则实在太难。世界革命是近代的事情。在中世纪以前，为史书所记载的所有的暴力行动都只能是造反、暴乱、政变，并非革命，如果没有但丁和薄伽丘，没有藐视教会的路德，没有多疑的笛卡尔，没有处心积虑引导人们把自己看作唯一合法的主人的卢梭，就没有法国大革命。什么叫"近代"或者"现代"？因为在那里有人的产生。首先，这不是一个时间概念问题。如果没有人，没有人的生存空间，现代也可以退为野蛮的往古的。真正意义上的革命，都是带有现代性的，为人立法的，是人的革命。革命只能给我们带来自由和平等，带来合乎人性的新秩序，而不是相反。

遇罗克反驳"血统论"时，曾经辩护说社会影响超过家庭影响，这是正确的。正因为如此，人要成其为人，就必先改造社会。但是，他接着说，"我们的社会影响是好的"。好在哪里呢？"血统论"在一个共和的国度里居然成了问题。从40年代开始，我们批判"人性论"；直至80年代，人道主

遇罗克像。

义仍然大倒其霉,不是异端的理论,就是"伟大的空话"。在一个普遍缺乏人权观念和个人道德的社会里,革命将从哪里获取它的资源?遇罗克,一个富于革命热忱的年轻的思想者,结果为一场号称"史无前例"的"大革命"所扼死。应当说,这是合乎逻辑的。

可以肯定,一个连生命权也得不到保证的时代,无辜的死者绝对不只一人。正当遇罗克饮弹死去的同时,大批的黑七类及其子女,在光天化日之下迅速陷入死亡,有如一场鼠疫。我的熟人圈子本来十分有限,其中,便有不少人死于这场无妄之灾:有枪杀的,有用棍棒打死的,有捆绑了推到河里淹死的,有活埋的,死后往往不见尸首。"革命"之前有法制,"革命"之际有权威,为什么都无法制止如此惨无人道的行为?长期以来,我们接受的唯有兽的教育,没有人的教育。仇恨和杀戮是受到鼓励的。我们只知道"阶级敌人",不知道他们是"人类伙伴",不懂得爱他们,甚至根本不懂得爱。生命是同爱连在一起的。在这个世界上,既不被爱,也不能爱,遇罗克居然还会想到要一张叫作"革命权"——其实是政治参与权——的入门券,现在回头看起来,未免太奢侈一点了!

此时临近除夕,在这个最深最黑的夜晚,读着遇罗克当年写下的灼烈的文字,想着他存在或不存在的意义,心里是无边的荒寒……

据说，当今社会已经消灭了阶级，那么《出身论》将继续以檄文的形式，还是以文献的形式出现？其中的原则是永存的，抑或只配封存于历史的记忆？那许多具有时代特征的话语，当变换了新的语境之后，是否仍然可以找到相对应的说法？在人类解放的道路上，我们到底走了多远呢？

"夜正长，路也正长。"我的脑际不断缠绕着鲁迅《为了忘却的记念》的结尾，眼前像有一个影子，渐渐向我走来。我看清了那是遇罗克。他那么孤独。他走在同时代人的前面，却又始终被西方世界抛在后头。他越来越近地走向我，仿佛是一种提醒或催促，苍茫间猛然记起他的诗句来：

千里雪原泛夜光，
诗情人意两茫茫。
前村无路凭君踏，
路也迢迢夜也长！
……

1999年2月7日

自由与恐惧

人的全部尊严就在于思想。

然而，因为思想的缘故，也可以失去全部的人的尊严。一个触目的事实是：迄今大量的思想都是维护各个不同的"现在"的。其实无所谓传统，传统也是现在。"现实的就是合理的"，成了万难移易的信条。这些思想，以专断掩饰荒谬，以虚伪显示智慧，以复制的文本和繁密的脚注构筑庞大的体系，俨然神圣的殿堂。而进出其中的思想家式的人物，几乎全是权门的谋士、食客、嬖妇、忠实的仆从。还有所谓纯粹的学者，躲进象牙之塔，却也遥对廊庙行注目礼。唯有少数人的思想是不安分的、怀疑的、叛逆的。这才是真正的思想！因为它总是通过否定——一种与实际变革相对应的思维方式——肯定地指向未来。

未来，是人类的希望所在。

我们说"思想",就是指向未来自由开放的叛逆性思想。叛逆之外无思想。

思想的可怕便在这里。罗丹的《思想者》,那紧靠在一起的头颅与拳头,不是显得一样的沉重有力吗?因此,世代以来,思想者被当作异端而遭到迫害是当然的事情,尽管他们并不喜欢镣铐、黑牢和火刑柱。对待同类的暴虐行为,修辞家叫作"惨无人道",仿佛人世间真有这样一条鸟道似的;其实,在动物界,却从来未曾有过武器、刑具,以及那种种残酷而精巧的布置。人类的统治,是无论如何要比动物更为严密的。

统治者为了维持现状,必须使人们的思想与行动标准化、一体化,如同操纵一盘水磨或一台机器。然而,要做到"书同文,车同轨"倒也不算太难,难的是对付肇祸的思想。它们隐匿在每一副大脑中,有如未及打开的魔瓶,无从审察其中的底蕴。倘使连脑袋一并割掉吧,可恼的是,却又如同枯树桩一般的不能复生了。置身于枯树桩中间,难道可以配称"伟大的卫者"吗?于是,除了堵塞可容思想侧身而过的一切巷道,如明令禁止言论、出版以及集会结社的自由之外,统治者还有一项心理学方面的发明,便是:制造恐怖!

恐怖与恐惧,据说是颇有点不同的。恐惧有具体的对象,恐怖则是无形的。正所谓"不测之威"。究其实,两者只是程度不同而已。统治者力图使思想者在一种不可得见的无形威吓之下,自行放弃自己的思想,犹如农妇的溺婴一样——亲手扼杀由自己艰难孕就的生命,而又尽可能地做到无人知晓!

恐惧呵!恐惧呵!恐惧一旦成为习惯,便成了人们的日常需要；如果实在没有某种可怕的事物，也得努力想象出来，不然生活中就缺乏了什么东西。就这样，恐惧瘟疫般肆虐蔓延，吞噬着健康的心灵，甚至染色体一样相传不绝。结果，如同韦尔斯所说的那样，人一生出就成了"依赖者"，绝不会进一步提出问题。恐惧把人们牢牢地抓在一起，为了维护某种安全感，人们必须趋同。只要有谁敢于显示思想的隐秘的存在，便将随即招致众人的打击和唾弃——"千夫所指，无疾而死"。

思想者是孤立的。除了自我救援，他无所期待。

苏格拉底自称"马虻"，虽然对雅典城邦这匹"巨大的纯种马"有过讽刺，毕竟是一个不太喜欢冒险的人。他曾经说："如果我置身于社会政治生活中，像一个正直的人那样总是伸张正义，在任何事情上都以正义为准则，你们想，我能活到现在吗？"无奈他百般明哲，也无法保存自己，到底被国家的法律和公民的舆论两条绳索同时绞死了！

临终之前，苏格拉底显得相当豁达。他说：

"我们各走各的路吧——我去死，而你们去活。哪一个更好，唯有神知道。"

简直是预言！事实证明，所有热爱思想的余生者，活着都不见得比苏格拉底之死更好一些。他死得舒服，至少没有太多的痛苦：一杯酒而已。而活着的人们，在长长的一生中，却不得不每时每刻战战兢兢地等待可能立即降临的最严厉的惩罚。可怕的不在死亡而在通往死亡的无尽的途中。

伽利略·伽利莱（Galileo Gililei,1564-1642），意大利物理学家、天文学家。他研究医学、自然科学和数学，同时对人文科学怀有兴趣，通晓希腊文学和拉丁文学。1589年，在没有学位的情况下成了比萨的数学教授。他通过发明的望远镜的观察，肯定了哥白尼的"日心说"，被判为异端邪说罪，遭到监禁，直到1984年，获教廷昭雪。

比起苏格拉底，伽利略要勇敢得多。在黑暗的中世纪，"真正信仰的警犬"遍布各地，科学和哲学沦为神学的婢女；这时候，他无所顾忌地宣传哥白尼，同时也是自己发现和证实的"日心说"。即使形势于他不利，他仍然与专制势力苦苦周旋。然而，到了最后一次审判，他终至被迫发表声明，宣布他一贯反对的托勒密的"地心说"是"正确无疑"的；接着，在圣马利亚教堂举行了"抛弃仪式"——抛弃自己的"谬误"！

　　当他，一个七十岁的老人，跪着向"普世基督教共和国的红衣主教"逐字逐句地大声宣读他的抛弃词时，心里当是何等愤苦呵——

　　　　我永远信仰现在信仰并在上帝帮助下将来继续信仰的神圣天主教的和使徒的教会包含、传播和教导的一切。因为贵神圣法庭早就对我作过正当的劝诫，以使我抛弃认为太阳是世界的中心且静止不动的伪学，不得坚持和维护它，不得以任何口头或书面形式教授这种伪学，但我却撰写并出版了叙述这一受到谴责的学说的书……

　　　　我宣誓，无论口头上还是书面上永远不再议论和讨论会引起对我恢复这种嫌疑的任何东西，而当我听到有谁受异端迷惑或有异端嫌疑时，我保证一定向贵神圣法庭或宗教裁判员或地点最近的主教报告。此外，我宣誓并保证尊重和严格执行贵神圣法庭已经或者将要对我作出的一切惩罚……

　　最诚实的人终于说了胡话。

虽然他依样清醒，然而，却着实害怕了。心理学家说，害怕，是可以习得的第二内驱力。

布鲁诺，塞尔维特，接连大批的非自然死亡。在教会的无所不在的权势底下，像罗克尔·培根和达·芬奇这样的人物也都只好噤若寒蝉。斯宾诺莎害怕他的著作给自己带来不幸，这个被称为"沉醉于上帝的人"，不得不接连推迟《伦理学》的出版，一直到死。沉默是明智的。"沉默是金"。

在意大利，科学沉沦了几个世纪不能复苏。等到伽利略死后200年，他的著作，才获准同哥白尼、开普勒等人的著作一起从《禁书目录》中删去。这种平反，对他来说未免来得太晚了一点吧？据说，他在公开悔过以后曾这样喃喃道："但是它仍然在转动着！"

有谁能说清楚，这是暮年茕立中的一种自慰，还是自嘲？

霍布斯（Hobbes, Thomas, 1588—1679）：英国哲学家、启蒙思想家。创立了机械唯物主义的完整体系，认为宇宙是所有机械地运动着的广延物体的总和，力图以机械运动原理解释人的情感、欲望，从中寻求社会动乱和安宁的根源。著有《论物体》《利维坦》《论人》《论社会》《对笛卡尔形而上学的沉思的第三组诘难》等。

至于霍布斯，有幸生于以宽容见称于世的英国，且文艺复兴的浪潮汹涌已久，竟也无法逃脱恐惧的追逐。他在自传中说，他是他母亲亲生的孪生子之一，另一个就叫"恐惧"。恐惧，是怎样折磨着这个天性脆弱的思想者呵！

当时，在英国，王权和国会两派政治势力纷争无已。霍布斯惧怕内战，写了一篇鼓吹王权的文章，引起国会派的不满，不得不逃往巴黎。在巴黎，他写成《利维坦》一书，抨击神授君权和大小教会，又遭到法国当局和流亡王党分子的反对，只好悄悄逃回英国。查理二世复辟后，情况稍有好转，时疫和大火便接踵而来。教会扬言，所有这一切都是霍布斯渎神的结果；一个委员会特别对他进行了调查，并禁止出版他任何有争议的东西。于极度惊怖之中，他只好将手头的文稿统统付之一炬！

著名的《利维坦》把国家比作一头怪兽。在书中，霍布斯一面强调君主的绝对威权，人民只有绝对服从的义务；一面却又承认，当君主失去保护人民的能力时，他们有权推翻他。这种把权力至上主义同民主思想混在一起的做法，很令人想起另一位政治思想家。莎士比亚称他为"凶残的马基雅维里"，又有人称他为"罪恶的导师"。的确，马基雅维里写过《君主论》，为了迎合新君主而大谈其霸术，可是，如果改读他的《罗马史论》，定当刮目相看的吧？何况还有《曼陀罗花》……

——这就是思想者的全部的命运所在！

即使卢梭，一个天性浪漫的启蒙思想家，生活在18世纪的空气里，不幸地竟也因为爱与思想，颠沛流离了整整一生。他这样描述自己的境遇："全欧洲起了诅咒的叫声向我攻击，其情势的凶险，是前所未有的。我被人看作基督教的叛徒，一个无神论者，一个疯子，一只凶暴的野兽，一只狼。"

霍布斯说："人对人是狼。"这个命题，到底是他深思熟虑的结论呢，还是回想亡命生涯时的失声呼喊？

如果容许用统计学计量的话，思想者的遗产其实也十分简单，无非有限数目的著作和一些断简残章而已。然而，有多少人从中辨认过惊恐爬过的痕迹？只要有人向世界显露了一个带矛盾性的思想，只消一句"历史局限性"之类的话，便可以轻松地打发过去了！什么叫"局限性"？怎么知道前人意识不到他所应意识的东西呢？他们的思想触角实际上延伸到了哪里？这是仅凭文字著作或档案材料就可以作证的吗？难道据此就可以大言不惭地说后来者已经"突破"了他们？其实，他们当中早就有人说过："真理太多了。"这是自嘲呢，抑或嗤笑后来的饶舌者呢？只要社会性质没有产生根本性的变化，专制和恐怖依然笼罩着人们，人们就很难避免不去重复前人的思想。甚至可以认为，对于真理，后来者只是进一步诠释了前人的结论，而不是重新发现。翻开历史，多少独立的人走了过来，结果竟无从寻找他们的脚印。谁也无法判断：那是暴风厉雪所掩埋，还是一面走，一面复为自己所发现的世界所震骇，不得不回头用脚跟给悄悄擦掉！……

思想的创造和真理的发现是一回事。思想者呵！你们发现了什么？

法国启蒙时代有一个叫霍尔巴赫的人，他这样讲述历史的秘密："许多思想家都宣传所谓两重真理说——一种是公开的，另一种是秘密的；但是既然通往后一种的线索已经失掉了，那么他们的真实观点我们便无从了解，更不必说有所补益。"

幸而最黑暗的地方也有光，不然太令人失望了。

今天，思想居然有史，至少证明了许多秘密的思想线索没有完全消失，统治者的恐怖政策决不是绝对可靠的。是的，人们逃避过自由，同时收获过逃避的果实；但是，当他们一旦惊恐于自己的惊恐，逃避自己的逃避时，一个新的开放社会也就到来了！

1990年6月 午夜

思想和思想者

人是什么?

唯物史观教导我们说,人是从制作工具,以及运用这工具从事劳动的时候开始,转身与猴子揖别的。其实,除了劳动,人还必须会思想。所谓思想,自然离不开独立自主的意识。这是最基本的。倘使仅仅懂得劳动,耕植和采集,充实了肚子,发达了四肢,最后也很难免于陷入牛羊一般的境地。迄今已有半个世纪的传播历史的《世界人权宣言》,赫然写着如下条款:"人人有权享有生命、自由和人身安全。"在这里,生命权和自由权是并列的,不可分割的。不是活着便可以尊为人类。从"温饱"到"小康",如果人类只是被当做一种结构性物质,而满足于生命的维系,是无法体现存在的本质的。人类是精神的人类。没有哪一种生物,能够像人类一样热爱独立、自由和尊严。所以,在世界上,凡有人类聚居的地方,都有着同样含义的成语在世代流传:"不自由,毋宁死。"

真正的思想,也即自由思想,萌蘖于禁锢、奴役、不自由的现实关系,以及对此痛苦的觉省。没有先验的思想。思想是反抗现实、变革现实的,是对于既存秩序的否定。哪里有一种思想是满意现状的呢?除非是统治者——鲁迅常常称作"权力者"、"权势者",个别时候也称"政治家"——的思想。他在一个著名的演讲中说到:"政治家最不喜欢人家反抗他的意见,最不喜欢人家要想,要开口。而从前的社会也的确没有人想过什么,又没有人开过口。且看动物中的猴子,它们自有它们的首领;首领要它们怎样,它们就怎样。在部落里,他们有一个酋长,他们跟着酋长走,酋长的吩咐,就是他们的标准。酋长要他们死,也只好去死……哪里会有自由思想?"纳粹有句座右铭式的话:"思想先行,行动紧跟。"这"思想"就不是自由思想。意识形态化了的思想,是不能称作思想的,因为已然失却自由的含量。思想是个体的、弱势的、异质的,非正统非主流的。

人类拥有自由思想是相当晚近的事情,推算起来,最早也当在"后酋长时代"。在黑暗的中世纪,我们已经可以透过十字架的阴影看见:怀疑与信仰共存,异端与信徒并现。思想锋芒初露,虽然随即为火与剑的方阵所包围,却依然咄咄逼人。僧侣们无法预料,他们以日夜积聚的大量的统一思想的工作,培养出一种普遍的观念;正是这种观念,诱使思想者在更为开阔的地带播撒自由和反抗的种子。及至近世,随着"权利的时代"的到来,可以想见,思想将会变得何等活跃。至于思想者,当然大可以走出地堡,卸掉盔甲或伪装,睥睨气息奄奄的宗教裁判所而自由言说了!

然而，事实上，张捕与逃逸仍在进行，没有哪一天停止过。有时候，言路特别狭窄，甚至完全被阻断！

进化论遭到挑战是必然的事情。社会的进步与否，怎么可以根据时间的先后论定呢？权力者始终占据着历史的主动地位，像他们的父辈一样，恒定地听命于"权力意志"；而思想者，却难免为环境左右，不是慷慨激昂便是忧心忡忡。——角逐的双方，谁也无暇顾及钟表。

近代历史确乎发生了很大变化。虽然，这种变化，说到底不过是在"原型"那里作出量的增减而已。随着大学的勃兴、科学的昌明，知识分子势力迅速膨大；相应地，权力也变得更为集中，打击的能力大大增强了。阿伦特在名著《极权主义的起源》中，专论希特勒的纳粹政权和斯大林的苏维埃政权，它们都是在本世纪建立起来的。盖世太保、格别乌、窃听器、集中营、特别法庭、秘密审讯和处决等项发明，足够叫中世纪大主教大法官的玩艺相形见绌。在权力者和思想者之间，存在着大量貌似中性的平和的知识分子。到底他们干了些什么？他们精心设计的机械、技术，各种关于管理的理论，包括宪法，最大限度为谁所利用？这个问题很难量化，故而长期被悬置起来，无人深究。希特勒是一贯标榜"革命"，信奉"社会主义"的，他曾经弄过一个由总统签署的非常法令《人民与国家保护法》，其中规定："在相反规定的法律限度以外许可限制个人自由，限制表达意见的权利，包括出版自由；限制结社和集会权利，还许可侵犯私人邮件、电报、电话、通信保密权，许可搜查民宅，许可下令没收财产和限制财产权。"类似的法令是否经由法学家的润饰，我们不得而知，但它通过剥夺进行"保护"是明显的，还不能说是完全的赤裸裸。比较起来，斯大林于1936年颁布的苏联宪法要庄严得多,然而不出一年,就开始大规模的肃反了!

近代以降,权力者对知识者的打击,主要集中在两个地方:其一是大学,其一是新闻出版界。凡知识分子成堆的地方,就有可能成为思想的产床。作为中国近现代历史的转捩点,五四运动就是来源于一所大学和一本期刊。

赫尔岑的回忆录《往事与随想》,对莫斯科大学的情况,有着详细的记述。这是一所伟大的学校,给世界贡献出了一批富于头脑的人物。为了对付他们,政府安置了特务网,还有政法委员会之类。思想与青春结盟是可怕的。希特勒根本不把成年人放在眼里,贬斥为"迷失的一代",而致力于毒化和争取青年,他说,德国青年应当"像猎犬一样敏捷,像揉过的皮革一样坚韧,像克虏伯工厂生产的钢一样经受过锻炼"。这些青年什么都具备,就是不

赫尔岑(Herzen Aleksandr, 1812-1870),俄国思想家、作家。因组织成立宣传革命思想的小组被捕流放,1847年被迫出国,寓居巴黎。1853年在伦敦建立"自由俄国印刷所",号召人民推翻国内专制制度。著有哲学著作《科学的一知半解》《自然研究通信》,小说《谁之罪》,回忆录《往事与随想》等。

具备思想。1933年4月,政府明令规定大学生必须加入大学联合会,还须参加四个月劳动锻炼和两个月集体军训。教师也有统一的组织,主掌管人员进行苛刻的挑选和培训。1933年至1934年,纳粹党在大学进行了一场清洗运动,有六分之一的教师被解聘或被迫辞职。有意思的是,大部分教授竟公开表态支持政府。著名哲学家,80年代以来在中国学界产生了广泛影响的大师级人物,可耻的海德格尔,在弗莱堡大学发表校长就职演讲时说:"任何教条和思想,将不再是你们生活的法则。元首本人,而且只有他,才是德国现在和未来的现实中的法则。"斯大林对大学的控制一样严密。在苏联高教部的十六个职能司中,属于思想统制方面的大大超

过半数。所有学科的教育为政治教育所笼盖、所渗透，因为这是不能不服从于制度的总体的集权性质的。

集权主义者无不重视意识形态，重视宣传。希特勒在政府中首先设立的部，就是国民教育和宣传部。据说，我们今天使用的"宣传"（propaganda）一词，即从中世纪在罗马设立的传播天主教信仰的专门机构演化而来。可见，思想以及对思想的控制，都是中世纪的遗产。图书审查、禁书、焚书，在中世纪已经相当流行了，《禁书目录》委员会，犹如宗教法庭一样声名赫赫。但是，焚书在当时只是零星进行，像纳粹德国这样狂欢节一般的盛况，是从来未曾出现过的。1933年5月10日，时值午夜，成千上万名学生高举火炬，游行到柏林洪堡大学对面的广场。广场上，小山般堆满了书籍，他们把火炬扔进书堆，然后像添加柴禾一样再不断地把书往火里扔。据统计，大火吞噬的书籍多达二万册。纳粹党领袖之一戈林对大学生说："你们干得好！在这午夜之际把过去的精神付之一炬，这是一次强有力的、伟大的和有象征意义的行动……"其他的大学城，也相率举行了"焚书日"。鲁迅曾经把国民党法西斯分子称作"希特拉的黄脸干儿"，查查家谱，其实秦始皇爷爷的"焚书坑儒"倒也不失为伟大的经典之作。只是大不敬的人从来便有，如唐诗写的"坑灰未冷山东乱，刘项原来不读书"，就是嘲笑此举的愚蠢的。在电子出版物相当发达的今天，我们不是有更充分的理由，回头傲视希特勒及其党徒吗？问题是，这些大独裁者，仅仅凭了他们的无知与专横，便可以如此一再挑战人类的尊严！

知识分子算什么东西呢？他们不过是些沙石泥料，既能用来筑造辉煌的圣殿，自然也能用来砌做污秽的粪池。为了便于控制，德国在1933年便成立了德国文化总会，下辖文学、音乐、电影、戏剧、广播、美术、新闻等七个协会。总会章程规定"必须由国家领导"，因此名为群众团体，实系官方组织；总会及其下属各协会的决议和指示，对会员是具有法律效力的。倘使你是文艺家或是新闻工作者，不参加组织或被组织开除，都意味着停止演出或发表作品，甚至连一张购买油彩的票证也弄不到。苏联也成立了同样性质的文艺家组织，时间不早不迟，正好在30年代初，这也算得是历史的巧合吧。在苏联大清洗期间，一批卓越的作家和诗人失踪了。天生叛逆的札米亚京，幸好提前逃到了国外，不然，即便保持缄默也很难活下来。作家协会对于作家是严厉的，它挥舞无形的大棒驱走了左琴科和阿赫玛托娃，恫吓怯弱的帕斯捷尔纳克，还有固执的索尔仁尼琴，把天才诗人布罗茨基拒之门外，让他做苦工、流浪、劳改……斯大林以党内最高的领导地位成了文艺界和学术界公认的权威，许多学术问题，以及与此相关的人物的命运，都必须通过他作最后的裁决。希特勒和他一样，在德国，也是文化艺术领域的最高仲裁者。他们是敏感的，他们确实有能力从隐蔽的地方发现自由思想的踪迹，虽然许多时候神经过敏，被自己虚构的影像所欺蒙也是常有的事。拉斯科尼夫从巴黎发出一封致斯大林的公开信，谴责道："您残酷地消灭了一批才华横溢，唯不合您本人脾胃的俄罗斯作家。"巴别尔、皮利尼亚克、科尔佐夫、伽尔询、梅叶尔霍尔德、特列基亚科夫……那么多人，死后多年才由官方恢复了"名誉"，但是他们如何死法，广大同胞迄今一无所知。《大恐怖》一书的作者康奎斯特，于1990年发表关于苏联肃反时期的一项最新统计结果，计数如下：

1. 1936年末，已被关押在监狱或劳改营中的人约五百万；

2. 1937年1月至1938年12月，被捕者约八百万人，其中约一百万人被处决，约两百万人死于劳改营中；

3. 1938年底，在狱中约一百万人，在劳改营中约七百万人。

这些数字，并不包括在农业集体化运动和饥荒中被流放、处决和死去的人，也不包括此后在1939年至1953年间被处决、死于劳改营或被囚禁的人数。希特勒说："恐怖是最好的上帝。我们在俄国人身上就看到这一点。"对于具有自由思想的文化人，纳粹当局同样是成批处理的，开始时好像颇宽容，采取"打招呼"的办法，分期公布被开除国籍、成为不受法律保护者的名单。至1938年底，被迫流亡的人达84批，共计5000人。爱因斯坦、亨利希·曼、托马斯·曼、布莱希特、茨威格、霍克海默、阿多诺……最优秀的种子离开了德国的土地，唯有少数留在国内，艰难地捍卫内心的自由。

在最恐怖的日子里，思想和思想者陷身于逃避迫害的途中，却依然顽强地表达着自己。冤家路阔。自由思想存在一天，逃逸就只能是一种形式，在本质上它是进攻的。活在意大利文艺复兴运动中的古希腊精神、观念与艺术，难道真的是历史残留的余晖吗？俄国诗人涅克拉索夫为逃避审查官的审查，曾经一度给自己的诗加了副题，当是译作，于是也就发表出去了。德国雕塑家巴尔拉赫，1927年接受建造大战阵亡战士纪念碑的任务，在巨大而庄重的碑石里，他把战争留下的创伤、悲痛和愤怒深深地镌进去，唯独缺少政府所要求表现的崇高。当然，这种逃避的艺术，最终还是逃不过纳粹的眼睛，1935年，纪念碑被拆除了。中国的鲁迅，在"党老爷"的刀锋底下写作杂文，变换笔名，使用曲笔和反语，创造了一个平民战士与东方传统和权力社会针锋相对的壕堑战术。他声称，他不做许褚，他得"躲"起来。"为了保持思想的完整，文章发表前，他说他是自行抽掉了几根骨头，完后再由审查官老爷抽去的。那结果，有时候是连他也预想不到的坏，一篇长文只剩下一个头。无论对谁，幸与不幸，到底是有骨头的。思想就是骨头。

面对无止期的迫害和恐怖，具有自由思想的知识分子，是很少有人坚持到最后的。由自己把思想扼杀于思想之中，这时，唯有这时才开始真正的逃逸。只是在这里，思想已不复成为思想，而是意识形态，是权力政治的一部分了。二战过后，爱因斯坦拒绝同德国恢复关系，包括科学机构在内，是有着一个自由思想者的理由的。因为在他看来，"德国知识分子——作为一个集体来看——他们的行为并不见得比暴徒好多少"。思想知识界的这种普遍放弃、逃逸、堕落的行为，带给一个民族的影响是致命的。所以，流亡在美国的托马斯·曼，在1945年5月纳粹战败、举世狂欢、到处是拥抱和祝福的时候，却沮丧地垂下头颅。他借"一个德国人"说出了他深沉的怆痛："他思忖，这种普天同庆对于德国到底意味着什么？在经受了这种种磨难之后，她还要度过多少黑暗的岁月，多少无力自省的年代，多少罪有应得的屈辱的日子？当他想到这些，他的心感到了一阵抽搐……"

思想是柔弱的，正如思想者处于无权的地位。如果思想者一旦掌握了权力，或者思想建立了它的霸权话语，固有的自由行程便告中断了。作为思想，它可以被折断，但自始至终是正直的；可以被粉碎，却永久保持着坚硬的质地。只要称得上思想，你便无法置换它，消灭它。正因为思想能够这样以弱质而存在，所以是强的。

但是，在一体化的社会里，思想和思想者毕竟是一个异数，一个变数，其实是极少数，也可以称"一小撮"。尤其在一个专制的国度里，哪怕是开明专制，如果"思想者"可以多得像集市里的商贩，乐呵呵地唱卖他的货色；或者如舞池中的舞者，一意奔逐于主旋律；或者像大街上的巡警一般，威风凛凛，所到之处，秩序井然，那么作为一种精神界的现象，它是可疑的。

1998年12月4日

酷刑:从肉体到精神

> 人类对待人类的残暴造成了数千次的哀悼。
>
> ——〔苏格兰〕罗伯特·彭斯

如果把酷刑的使用纳入人类文明史进行叙述,我们总该会觉得有点难为情。其实,刑具的发明和刑罚手段的设计,都有着人类高度智慧的参与,是对于人类文明产物的一种特殊利用。酷刑既与文明相悖,但无疑地又是文明的一部分,而且同步进化;类型的多样,精致,合乎科学,实在可以令人叫绝。布瑞安·伊恩斯的《人类酷刑史》,为健忘的人类提供了一组按时间序列组合的有关酷刑的图景,留下了众多凶残的面影和罪恶的脚印;让我们记住了:在不同的地域和不同的时代里,关于如何对付同类,彼此之间曾经有过如此相同的地方。

什么样的刑罚才叫作酷刑呢?

作者写道:"酷刑是对个人权利和尊严的可耻而邪恶的

践踏,是违反人类本性的罪孽。"这里对所谓的人类本性的设定太理想化,缺乏实际的根据;从达尔文到弗洛伊德,许多生物学家和心理学家都确认人类保持了动物的攻击、侵犯、破坏的本能。人类在最根本的方面,如社会伦理方面,至今也很难说已经进化到哪里去,倘使读过《裸猿》、《人类动物园》一类书籍,想必会觉得,自称"万物之灵"的人类未免太自负了。

人类的残酷行为,诸如战争、政变、集体枪杀等等,书中都不见记述。作者大约依从了"特赦国际"宣言中的定义,把酷刑仅仅局限于法律许可的范围;这样一来,势必减少了许多内容。然而,即便如此,仍然教人看得惊心动魄。人类怎么可能把折磨同类的计划设想得么周全呢?譬如刑具,拷刑架、拇指夹、刑靴等等,其残酷可怕固不待言;而铜牛、"清道犬的女儿""铁姑娘"一类设置,更是精巧绝伦。用刑恶辣之处,书中多配有插图,令人惨不忍睹。其中,如描述16世纪晚期,荷兰天主教烧炙酷刑的情形:受刑者仰面躺着,有一个大盘子装着几只睡鼠,扣在他的肚皮上;继而在盘子上点火,睡鼠一受热,便拼命在他的肚子上挖洞,然后钻进去。据说,电的使用是20世纪对酷刑的杰出贡献。作为现代的行刑工具,电击警棍是最普通的了;这种东西只要稍一接触,顷刻间就会给受刑者带来数倍于古典刑具的痛苦,目击者却往往不觉其酷。酷刑的进步,或许正在于施虐的潜隐化。

中世纪是明火执仗的。火刑的使用,除了收到其他肉刑所不及的惨烈的效果之外,恐怕还因为其势焰威猛,可以作为盛大的象征,为宣传家所利用。总之,死于火刑的人数相当可观。书中介绍说,曾做过多年宗教裁判所书记的罗伦特估计,在1481年至1571年间,至少有13000人被烧死,8700人的塑像被焚(犯人此前在狱中已被勒死)。在中世纪,迫害女巫尤甚。200年间,有十万人在德国被当作女巫烧死。1589年在萨克松尼的库德林堡,仅一天就有133名女巫被烧死。1590年,有一位编年史家写到这一情景时描述说:"行刑的地方,火刑柱数量众多,看上去就像一个小树林。"

伊恩斯划出一个专章叙述东方的酷刑,其中涉及中国的文字不多,大概这同我们所说的"欧洲中心论"有关,事情无论好坏都以欧洲为主。不过,他的判断很不给我们面子,说是:"20世纪前很久,中国有这样一个名声,那就是中国是一个比其他任何国家的酷刑都离奇精妙的国家,在实践上则极其残酷。"事实是否如此呢?至少鲁迅是持类似的观点的。这个批判家总是说自己国家的坏话,关于酷刑,就有如下的话可以印证。他说:"别国的硬汉比中国多,也因为别国的淫刑不及中国的缘故。我曾查欧洲先前虐杀耶稣教徒的记录,其残虐实不及中国。"他多次写到农民起义领袖张献忠的凶残,却又说明朝永乐皇帝的凶残远在张献忠之上。在《病后杂谈》中,他列举施于男子的"宫刑"和用于女性的"幽闭",曾慨叹说:"那办法的凶恶、妥当,而又合乎解剖学,真使我不得不吃惊。"他指出,中国的虐刑名目繁多,单是剥皮法就有种种,有"流贼"式,也有"官式"。而统治者的统治艺术,始终为他所看重;直至去世前在题作《写于深夜里》的文章中,还以被囚的青年艺术家的话实行抨击,说是"虐杀异己,屠戮人民,不惨酷是不快意的"。

《人类酷刑史》没有多少史论色彩，史料倒也算丰富，尤其是肉刑部分；有关精神酷刑方面，则揭载不详。但是，作者毕竟把精神受虐问题提了出来，这对于我们全面了解酷刑的定义，也就是说，对于了解统治者的用心和策略，以及广大受迫害者的苦痛，是有意义的。

可以说，精神刑罚是肉体刑罚的一种补充或延长。对于一些犯人的处决，例如中国著名的凌迟，之所以不是立即处死，都是为了使犯人感受折磨的痛苦。在生命内部，精神与肉体的痛苦反应是互相影响的，因此，精神酷刑必然地以肉体酷刑为背景，由肉体痛苦转化为精神压力，用我们的辩证法的话来说，即所谓"物质变精神"。有一个叫比曼的英国法官说："我认为，我可以肯定地说，除了一些重罪……所有其他招供都是直接或间接通过不正当的手段得来的。实际上没有动用酷刑的时候，却将要对你动用酷刑的信息透露给你，使你害怕受刑而在没有动刑之前就招供了，否则不会交代。"透露酷刑的信息，其实就是制造恐怖。制造恐怖的手段颇不少，例如戴"帽子"，改变身份等等，看起来"文明"许多，但是最终仍然是通往肉体受苦，甚或毁灭的。要想在周围社会制造出一种恐怖气氛，把众多的人们普遍当成嫌疑犯，除了统治者，任何个人或集团都是难以做到的。法国启蒙思想家孟德斯鸠说："酷刑很适合专制的国家，在那里，一切能引起恐惧的都是政府最合适的动机。"作者伊恩斯同样把酷刑看作是官方的，一切酷刑都是政府行为，应当由政府负责，尤其是精神酷刑。

《人类酷刑史》封面。

"感受不自由是莫大的痛苦"。精神酷刑，就是要使每一个受刑者感受到个人的思想、言论、著作以及其他行动所受到的严密控制，从而放弃自我辩护的权利，放弃反抗。这叫心的征服。这种以瓦解个人的意志和人格为目的的刑罚，在中世纪是为了对付异端，以维护基督教的统一；在近世民族国家，则主要对付政治上的反对派，维护意识形态的统一。统一是根本的。中国不同于欧洲国家的是，不存在从宗教国家向民族国家的过渡；从秦皇朝开始，就已经是一个高度统一的国家，故又另当别论。

统治者从治世的经验出发，当杀不胜杀之际，大约觉察出了肉刑的缺陷，于是大量使用精神酷刑。"在20世纪，这种精神酷刑被发展到了一个高峰。"这就是《人类酷刑史》的结论。书中把精神酷刑分为两种类型：一种是制造恐惧，另一种是令人失去知觉。但是，无论哪一种，都可以采取不同的方法。譬如后一种，轮流拷问，剥夺睡眠，固然可以使人崩溃，相反使用催眠药物引导睡眠，也可以取得同样的效果。在催眠状态下，人们是不可能做出违反意志的事情的。扩而广之，即普遍的催眠，也就有了"精神鸦片"，愚民政策。对于20世纪的精神酷刑，书中有介绍说：

> 与这些手段相关的其他精神酷刑技术有"思想改造"，口语叫"洗脑"。这种"洗脑"已经以各种形式，在数世纪中被宗教裁判所、沙皇主义者，特别是苏联政府所使用。
>
> 洗脑是作为一种政治教化的工具而出现的，它建立在这样一种观念之上，那些没有在正确的理论中接受过教育的人，必然有不正确的世界观，所以必须接

受"再教育"。这种"再教育"适用于一切被认为政治上不可靠的人——不仅是知识分子,也包括各阶层的人。

这种手法是通过外界的压力、侮辱和制造一种负罪感而摧毁人的自我形象;然后再在编制紧密的组织里重新建立起这个自我形象。

这种情形,对于经历了数十年政治运动,尤其是"文化大革命"的中国人来说,应当并不陌生。

在介绍20世纪的酷刑时,书中多列举德国大屠杀、苏联肃反以及拉丁美洲军事独裁的案例,但是,却忽略了60至70年代中国的"文化大革命"。这样的叙事空白是不应当出现的。十年"文革"不但是中国的一场"民族酷刑",而且在很大程度上,对全人类的良心、理性和尊严,也是一次严重的挑战。这场动员了整个国家的疯狂的政治行动,在短暂的"大民主"期间,混乱不堪;令人不可思议的是,在思想行动上却表现出了惊人的一致。这场酷刑显然是有政府的无政府主义行为。一方面是肉体酷刑:批斗会、牛棚、干校,"文攻武卫",冤狱遍于国中,杀人如草;尤其是"黑七类",完全被剥夺了生存权,随时可以致死。另一方面是同时进行的精神酷刑:所谓"斗私批修"、大字报、学习班、检举信、检讨书、无穷的"思想汇报"……几亿副大脑只容许储存同一个思想。只要被认定不合乎这个思想,只需一个观点、一篇文章、一句话,就足够可以坐牢,甚至杀头。张志新、遇罗克、李九莲……就是后来有数的几个有幸被公开的例子。单说张志新,死前被折磨致疯,死时复遭轮奸,且被割去喉管！在19世纪的意大利，西西里爱国者的朋友或亲属在受刑时，为避免因使用拇指夹这种刑具而痛苦喊叫，也不过给戴上一种皮口套而已！至于她的两个儿女，大的不满18岁，小的10岁，居然懂得表态说同反革命母亲"划清界限"！甚至还说："坚决镇压，把她处死刑，为人民除害。我们连尸体也不要，政府愿怎么处理就怎么处理，我们都拥护。"肉体刑罚之于一个柔弱的女性，精神惩治之于一对稚嫩的少年，哪一种更残酷一些呢？

中国人由来缺乏爱的教育，多的是酷的教育。鲁迅称之为"食人民族"。民族的种种劣根性，被"文革"用力搅拌了一下，全都浮上来了。鲁迅曾慨叹"人与人的灵魂不能相通"，岂但不能相通，而且互相歧视，互相践踏，互相搏噬！在"文革"的批斗会上，有多少如鲁迅所描写的那类"看客"：他们喊口号，挥拳头，又何止乎旁观？十年过后，二十年过后，三十年过后，我们清点一下：这场酷刑到底遗留下些什么呢？

酷刑之苦是沦肌浃髓的。是酷刑，便一定有遗留的影响。《人类酷刑史》表明：无论对于接受者和实行者，酷刑的影响都会在他们的身上存留下来。拉丁美洲国家就是突出的例子：刚刚摆脱西班牙和葡萄牙的殖民统治，以及宗教裁判所的恐惧，对于政治犯和刑事犯，便依旧用自己曾经身受过的酷刑来折磨他们。1976年至1983年，阿根廷在军事集团的统治下，政治上的反对派便成了这个政权系统地实施酷刑的主要对象。许多受刑者受刑之后随即失踪，人称"消失者"。据有关组织估计，几年间，失踪人数可能达到三万。曾有法学界专家组成的调查小组获许从集中埋葬坑内发掘残骸，以研究死因和死亡方式。在被发现的证据中，即包括了典型的肋骨骨折、手指折断、四肢折断和牙齿损伤。还有法国军队的例子。二战期间，由于法国抵抗战士在德国的盖世太保手中遭受过巨大的磨难，所以在阿尔及利亚战争期间，法国军队在当地动用酷刑特别厉害。好在有叛逆分子的产生，不然人类真的没有什么希望了。第一个站出来抗议使用酷刑的，是1956年调往阿尔及尔的布拉迪尔将军。他认为他接到的命令是"绝对违反对人的尊重的"，于是写信给总司令，要求返回法国。1957年3月，他又给《邮报》写信呼吁说："对于我们来说，有一个可怕的危险，它使我们看不见创造了我们伟大的文明和我们伟大的军队的道德价值。"因为这封信，他被判处60天的"要害拘留"。两天过后，身为阿尔及尔辖区秘书长的保罗·泰特根提出辞职。他在辞呈上写道，"在一些拘留事件上，看到了我14年前在盖世太保的地牢里遭受的酷刑的痕迹"。

对于"文革"的社会化酷刑，我们可曾有过这样的反省？

纽伦堡审判过后，第三帝国终于宁静地降下帷幕。纳粹头目受到严惩，或者逍遥法外；广大参与者若无其事，甚至为自己辩护；集中营的幸存者则长期陷于压抑、恐惧、焦虑、绝望和愤怒之中，他们大多数不能重建对世界的信任，以致不可避免地把一种不健康的心理传递到下一代身上。德国人把自己也看成是牺牲品，自称过去也遭受过各种苦难。事实上也是如此，如在列宁格勒和斯大林格勒的战役中，在柏林和德国其他城市遭到的轰炸中，尤其是国家长期处于分裂之中，付出的代价不可谓不高昂，但是，罪恶的限界在哪里？对于种族灭绝的行为和二战期间所犯的罪行，德国是缺乏反省的。二战过后，学校里已经很少能听到有关大屠杀的

纳粹士兵举起纳粹党徽标志旗帜。

事情,以致有人形容说:"德国历史课似乎到1933年就结束了。"直到1968年,学生的抗议运动席卷西欧,德国形成了反对正统派的组织,才有了对第三帝国的参与者的质问。阿伦·哈斯在他的研究著作中指出,在第二代德国人的成长过程中,大屠杀的有关信息遭到否认,他们的孩子只能通过第二手资料来了解各种暴行。在第三代德国人中,许多人强烈拒绝与过去的集体罪责之间存在牵连。1979年,当美国电视连续剧《大屠杀》在西德电视台公开播放时,社会上甚至出现反对的呼声。德国人屠杀六百万犹太人是孤立的事件吗?直至1986年,关于第三帝国历史和德国人的名誉问题,德国还曾爆发过一场举世瞩目的论争,不少学者为希特勒的行为辩护。这些历史修正主义的观点,无非为了维护国家理性,恢复民族的自尊心——用鲁迅的话说,是"合群的爱国的自大"——而已。

《第三帝国的兴亡》卷首引用了桑塔亚那的一句话:"凡是忘掉过去的人注定要重蹈覆辙。"重要的是记住酷刑,记住曾经发生过的一切。鲁迅是深知一个抱持了尸体的民族的沉重的,所以他说像《蜀碧》《蜀龟鉴》这样两部记叙张献忠祸蜀的书,"是不但四川人,而是凡有中国人都该翻一下",大约也就是这层意思。

在俄罗斯的现代化史上,曾经出现过一个著名的知识分子群:"路标派"。路标是一个象征意味很强的字眼。不但思考是路标,记忆也是路标,而且是路标的路标。因为唯有可靠的记忆，才能为思考提供根据。那些致力于发掘和研究历史，尤其是酷刑史、罪恶史、专制史的人，都是为我们安插路标的人。如果除去记忆的路标，我们将被引向何处？在漫漫长路上，我们确实容易迷惑于各种魔障，这时，恐怕唯一可以令我们觉醒的便是：

路标在此！

2000年6-7月，广州

盗版与地下印刷

盗版与地下印刷，作为出版业的一种现象，不问而知要受到普遍的责难。列举责难的理由可以有种种，或者涉及权益，或者关于道义，也有纯然出于观念上的，因为毕竟这是非法的勾当。但是，似乎也不能一概而论。对于某个特定的历史时段来说，盗版乃出于不得已，甚至可以看作是出版商的一种抗争；而有些图书经过盗版的途径，竟成了散播异端思想的强有力的风媒。

一般来说，盗版与地下印刷是紧密相关的。这种现象的产生，在历史上不外乎如下几个原因：一，政治文化专制。整个言论出版界即所谓公共舆论空间形同一座大监狱，个别出版物简直打入死牢，未经许可出版，实与劫狱无异。二，行业垄断。出版作为一种产业，市场是受控制的，官办私营，限界森严。尤其是特许制的实施，致使一般出版商生意日蹙，甚至危及生计，只好逼上梁山。三，专一追逐利润。上述两个原因，虽然不能说与经济利益无关，但是在客观方面明显地存在着制度的限制，有一种外在压力；而在这里，则无须冒任何政治风险，仅出于如贪婪一类的内在欲望的驱使而已。

在西方，盗版可以上溯中世纪，除了因为逃避教会和政府的淫威之外，与印刷术的发明亦大有关系，不然无"版"可盗。至于中国，盗版多在明清之际；若从版本学的角度看，不只刻本，还有抄本，时间仍可以往前推。始皇帝焚书坑儒，泽及后世，使士子商人不得不避其锋。后来的王位继承人又有新的发明，大兴文字狱之余，动员社会力量编修文史图书，搞钦批本、官批本、统一"正本"以垂范将来。清乾隆皇帝编纂《四库全书》就是显例，剜削，抽毁，删改，将盗版合法化，那手段的恶辣，是胆子最大的出版商也无法想象出来的。

在中世纪，整个欧洲被置于宗教神学的统治之下，通行的只有一部《圣经》，图书遭到普遍的敌视。其实，全社会有一本书也就足够了，古人不是说凭半部《论语》就可以治天下了吗？就算到了20世纪60年代，偌大中国来来去去也不过是一本书。无奈世间少不了好事者，总想著书立说，而且贩卖有徒，及至古腾堡的印刷技术大行其道，图书这东西终于日渐滋繁起来，使得统治者看得头痛，不得不设法对付。宗教裁判所镇压异端是有名的，而由教皇颁布的《禁书目录》同样臭名昭著。这份目录从保罗四世开始，直至1966年——中国的"文化大革命"恰好在同一年爆发，焚书是重要的标志之一——宣告撤消，数百年间不断加以替换补充。其中不但列有书目，而且有一份作者名单，至庇护五世,名单更加详细,还建立了一个禁书会,将有关的禁书政策付诸实行。对于《圣经》,教会拥有绝对阐释权,宣布经由圣热罗姆修订的4世纪的拉丁语本为唯一真正的版本。这样,其他版本自然在扫荡之列。1542年,教廷明确规定所有图书的书名页必须印有主教授予的"准印许可"字样,否则不得印行。马丁·路德翻译的《圣经》,在某种意义上可以说是做版本文章。历史学家杜兰说"古腾堡使路德成为可能",固然是说机械印刷促进了宗教改革思想的传播,但也意味着承认盗版及地下印刷从中所起的作用。路德的德语《新约》,两年中共授权印行了14版,而盗版的即达到66种。

1521年,法国国王弗朗索瓦一世发起第一次图书检查运动,下令巴黎最高法院严密监视印刷所和书店。不可思议的是,强权总会遇到不屈服的对手。里昂的出版家埃蒂安·多莱编辑出版拉伯雷、马罗的著作,还出版了伊拉斯谟的《战斗的基督徒手册》,出版时,特意选择一把砍刀图样作为自家的商标,挑战教会和政府的意图不是太明显不过了吗?结果,宗教裁判所把他活活烧死在巴黎莫贝尔广场的火刑柱上。路易十四上台后,专制手段变本加厉:从1667年起,限制书商和印刷商的从业人数,连印刷器材的买卖也受到控制,装书的包裹需要查验,印刷作坊得定期接受检查,如发现违反者,随即关进巴士底狱。从前的图书管理仅限于下达法令,至1701年,法国政府正式设立图书管理局,便有了专司图书检查的机关。英国、德国等其他一些欧洲国家群起效尤,因为这样一来,实在省事而有效得多。在这种严厉的管理制度下,启蒙思想家的作品只能以地下方式出版;但当地下印刷也受到限制时,这些作家唯有将

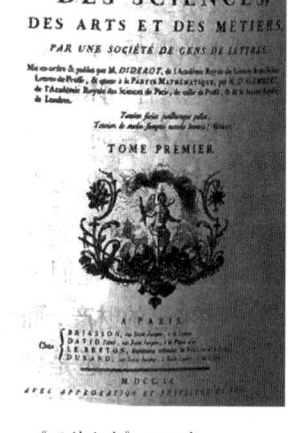

《百科全书》1751年版本的封面。

书稿送到纽沙特尔、日内瓦、海牙或阿姆斯特丹的出版商处，然后"出口转内销"。但是，要在这类荒诞剧中担当一个合适的角色颇不容易，伏尔泰便曾否认是自己的书的作者，还谎称说是过世作家的作品，甚至针对这些书进行公开的批判。对此，有人形容说，"这是一种讲了一些东西而免于被送进巴士底狱的艺术"。只要从事著述，就必先掌握这种艺术。据统计，在18世纪，至少有4500种书是随意杜撰人名和地名出版的，这就给后来考证这个时代的出版物的作者、出版地、印数等，增加了许多困难，致使考证本身成为印刷媒介史研究的一项既不能绕开又繁琐缠人的基础性工作。当时，这类地下出版或由境外秘密进口的传播启蒙思想的书籍被称为"哲学的"（philosophical）；连带被当局视为非法的"坏书"，都被出版商和销售商统称为"哲学书籍"，这种行话，其实指的就是"危险的书籍"。这些书籍是偷偷地在斗篷下出售的，所以又有人把启蒙运动时期的思想称为"斗篷下的哲学"。"哲学书籍"风险太大，为抵销风险成本，价格相应要昂贵许多；书商一般不愿囤积这类书籍，于是变着法子与普通盗版书进行交换，交换比例通常是1∶2、2∶3、3∶4。以盗版及地下印刷换取危险思想，也当不失为一桩好买卖。

17世纪中期以后，法国盗版及地下印刷之风日炽，仅巴黎就有100家出版商从事地下出版业，甚至连阿维尼翁这个法兰西王国中的教皇领地也干起了这种行当。由于政治思想类的禁书最受欢迎，印刷商和销售商除了直接盗版，还经常在一些貌似正统的著作中夹塞带有新思想的言论，极力利用政府尚未明确下令禁止之前的机会加紧出版和销售"异端"著作。为了平缓这股盗印风，从1718年起，政府开始采取"默许"的政策。所谓默许,在法国检查制度中是一种介于"准许"与"不许"出版之间的状况,即不属公开批准,也不予以禁止。由于许多书得到默许在国外出版,国内发行,于是那些被认为"有问题"的书只要注明是国外出版的,就有希望蒙混过关。默许制相当于一道夹缝。在夹缝中间,出版界养成了一种由作者在图书出版前私下拜访检查官的风气;许多书,在国外以及边境地区的一些独立领地争先出版"伪版本"。对于18世纪,法国有一个奇特的说法,称之为"伪版书的时代",便是缘此而来。

马尔泽布在大革命前曾经这样说:"由于法律禁止公众不可或缺的书籍,图书业就不得不在法律之外生存。"这话只是说对了一半。在一些特别专制野蛮的国家里,书商根本无法施其技,也就是说,在法律外面不可能存在所谓的"图书业"。像俄国,拉季舍夫的笔记作品《从彼得堡到莫斯科旅行记》问世后,叶卡捷琳娜二世说作者在书中促使人民仇恨政府,是"比普加乔夫更坏的暴徒",随即下令没收焚毁该书,并将作者逮捕,判以死刑,后改为流放西伯利亚,时间长达十年之久。该书流传下来的种类多达70多种,都是手抄本,算得是变相的盗版吧,但是比起正式出版物已是倒退了大大几百年。车尔尼雪夫斯基写于1863年的长篇小说《怎么办》,在杂志发表后即由沙皇当局下令查禁,直延至1905年出版,几十年间也都是以手抄本的形式流传。在苏联时代,图书遭禁之多,作者命运之惨,比较沙皇时代,恐怕有过之而无不及。许多著作,得先在国外出版,然后在国内出版,如帕斯捷尔纳克的《日瓦戈医生》,

《日瓦戈医生》中译本封面。

索尔仁尼琴的《古拉格群岛》，布罗茨基的诗集等等，都是这样兜圈子出版的。一些被镇压的作家和诗人的作品，根本无由面世，连高尔基的《不合时宜的思想》，也被迫耽搁了将近一百年。在这个国家里，地下出版物可以说从来不曾中断过，当政治相对"宽松"的时候，还曾显得相当活跃。但是，不管如何折腾，毕竟不成气候，无法形成像西欧一样的市场规模。著名小说《阿尔巴特街的儿女们》作者雷巴科夫说："没有1985年3月，读者将无法看到这部小说。"自戈尔巴乔夫于1985年上台后，尤其在苏联解体之后，国内加速自由化，以致最后开放党禁和报禁；只有到这时候，许多地下出版物才纷纷露出水面，不复有从前的禁忌了。

有意思的是，苏联好些禁书，其中包括被马恩列斯批判过的哲学社会科学著作，还有现代派文学作品等等，被当成帝国主义和资产阶级的东西，加上官方或准官方的"修正主义货色"，在60年代前后被翻译成中文，在中国国内尚有许多"右派"和"反动权威"的著作被禁止销售和阅读时，得以以"灰皮书"、"蓝皮书"的式样供"内部发行"。据北京知青回忆，在那个荒芜的岁月里，他们都非常庆幸能辗转读到这批翻译书，从中吸取不少思想营养。这种方式的国际文化交流十分特殊，作为一段故实，在翻译出版史上是应当列作专章介绍的。

总之，政治专制主义是万恶之源。只要专制政体存在一天，就一定少不了书报检查制度；只要书报检查制度仍在运作，也就必然出现地下印刷和盗版书。有文章称书报检查制度是专制制度的忠实仆役和老悍妇，特点是狠毒和没有灵魂。其实，这老悍妇的脾气只是从主人那里学来的罢了，专制制度天然地欠缺人性，它的恶辣具有一种覆盖性，这是显而易见的。

在专制政体里,经济问题也是政治问题。就说盗版,表面上看来,它可能并非直接来自检查制度,而与专业垄断有关;实际上,经济垄断与政治专制是双胞胎,同为特权现象,都是同一种制度的产物。法国革命的宣传家西耶斯在《论特权》中写道:"所有特权都是不公正的,令人憎恶的,与整个政治社会的最高目的背道而驰。"但是,没有法子,特权就是法令,所以在专制国家里,一味鼓吹"法治"并非是什么好事情。

美国19世纪晚期漫画,讽刺书报检察官的丑态。

出版行业的垄断来源于许可制和独占专利制的推行。垄断有多种方式,以英国为例,一是以保护本地印刷商的利益为由,限制外国书商进入本国市场,实际上防止外来思想对本土的冲击;二是由国王直接控制印刷业,指定官方出版商承办有关出版业务;除了钦定的官商,其他书商不得翻印或出版同类图书;三是授予出版特权,使受惠的书商在有限期内享有复印和销售的专有权,被侵权时还可以藉此获得各种赔偿。与此有关的是独占专利的授予,目的在禁止业已划定的范围内出版新书。1557年,玛丽女王授予一个叫做"书商公会"的行业组织以出版特权,颁发国家特许状,规定所有图书必须到书商公会注册,甚至允许公会对其他书商和印刷商拥有搜查、没收、焚毁、查封、扣押的特权,到了斯图亚特王朝,特权和专制发展为一种特许制度。至1662年,正式颁布名为"制止出版诽谤、叛国和未经许可之图书及小册子"法案,简称

"许可证法"。光荣革命并没有废除特权,只是经由议会接管和延续一个由国王开其端的业已成熟到腐败的制度,事实上,权力与金钱的勾结变得更加紧密了。

行业垄断严重破坏了出版业的正常运作。在失去自由竞争的条件下,作为一种恶性报复,盗版盗印使大批的出版物质量低劣。以地图的制作为例,为了确保对新发现地区的商业垄断,地图最早是保密的,只有极少数雕版印制品泄露到市场上。恰恰因为垄断和保密,带来了地图的地下印刷和黑市交易。对于市面的地图的准确性,欧洲的领航员和海员普遍持怀疑态度,以致到了17世纪初,仍然不愿接受而宁可使用手绘的。这种拒绝现代科学技术之举,究竟是谁之过呢?是书商不负责任,抑或当局全权垄断的结果?

然而,不管政府如何使用铁腕,算尽机关,盗版活动一样有增无已。1695年,英国议会终于作出终止许可证法的决定。但是,这并不等于政府已经放弃了对出版业的控制;只要政府有一天不允许随意散播不利于稳定的言论,盗版与反盗版的斗争仍将持续下去。英国著名史学家汤普森在其名著《英国工人阶级的形成》中写到17世纪一个销售盗版书刊而获罪的名叫斯旺的报贩,因销售小册子和一篇煽动性诗歌被捕,判定数罪并罚监4年零6个月,是同行中判刑最长的。事隔数年,又是这个斯旺,因销售"无印花税报刊"被告上法庭。书中有一段他和法官的对话:

> 被告——先生,我已经失业一段时间了,我也无法找到工作,我家里人都在挨饿……另一个理由,也是最重要的理由,我卖这些东西是为了我们同胞,让他们知道议会并没有代表他们……我想人民知道他们

是怎样被蒙骗的……

法官——住口。

被告——我不！因为我想让每个人都读读这些出版物……

法官——你太放肆，你要因此被判处三个月监禁，进纳茨福德感化院做苦工。

被告——我一点也不感谢你，只要我能出来，我还要卖。你记住，（看着克拉克上尉说）我第一份就要卖到你家里。

可以看出，在从事盗版和地下印刷的人物当中，并非都是同一类的自私、阴暗、卑琐的角色。

使出版业作为一种商业活动进行而免受权力的干预，这是符合新生资产阶级的利益的；然而禁令的废弛，无疑地更有利于思想的传播。接着，继《人权宣言》之后，"出版自由"作为人类最可珍贵的权利，于1791年庄严地写进第一部法国宪法。从实质上而不是从形式上最后废除出版检查制度，还有漫长的道路要走，但是，出版自由既已得到国际社会的确认，反动专制政府要遏制自由思想，也总得有所收敛，而不至于太横行无忌了。

自然，到了民主社会，到了书报检查制度和出版特权制度已如一堆锈铜烂铁般地被抛弃的国度，普通公民可以公然批评国家元首的地方，盗版或地下印刷的现象仍然会出现，因为金钱永远是一种诱惑。但是，可以肯定的是，它只是个别的现象，而不复是制度化的现象，不可能对读者构成大面积的损害了。

盗版之"盗"，在古时候是跟"侠"连在一起的，从中世纪到近世，在盗版的书商中间，确曾有人表现出侠士之风，敢于制作和贩运异端的著作；即便为了金钱，也还有眼光盗印布丰的《自然史》一类卷帙浩繁的著作。不像后来的书商，只会生搬硬套或改头换面印行一些食谱、小玩艺、相面术、肉麻故事，全然失却原始造反者的强悍之气，看那种小手段，简直已经沦为偷儿了。在这里，仅就盗版史——出版史的一个重要分支——来说，用得上民间历史家九斤老太那句总结性的话："一代不如一代！"

2003年4月

记忆或遗忘

> 言说可能是歪曲,不言说则可能是背叛和掩盖。
>
> ——〔美〕埃利·威塞尔

在人类历史上,集体屠杀是一份特别沉重的记忆。

唯其沉重,所以从政府到民间,便有了种种不同的反应:常见的是掩盖和抹杀,仿佛世界上从来不曾发生过什么血腥事件;还有就是隔岸观火,甚或当成轶事来议论,超然得很。愿意守护这份记忆如同守护遗产,主动承担责任的人毕竟是极少数。

德国就是如此。

从纳粹上台,开始迫害文化人和异见者,到建集中营、毒气室以成批杀害犹太人,发动二战,以致第三帝国的覆亡,整段历史,梦魇一般压在全体德国人的心上。

一个无法回避的问题是:沉默,抑或言说?

尤其是对犹太人的大屠杀。比较战争,它的杀人方式是空前绝后的,带有更为露骨的反人道的性质。然而,在进行期间，它并没有引起世界的注意。对犹太人的歧视和排斥是世界性的。二战结束后，大屠杀事件紧接着被淹没在战争的广漠的火山灰里，连纽伦堡审讯也没有特别强调过这个方面。20世纪50年代美国的犹太人协会就很难为纪念大屠杀死难者筹集资金；那时候，有关的史学著作也很难得到出版。到了60年代末，情况有所改变，关于大屠杀的记忆，通过各种形式如论文、书籍、纪念碑、博物馆而被强化；仅华盛顿的大屠杀纪念馆，每年参观人数便达200万之多。德国总理勃兰特于1976年出访波兰时在犹太受难者碑前下跪，作为一个历史性镜头，可以算是人道和正义的胜利的象征。然而，这个动作，距离事件的发生已经过去了整整30年！

30年间，有多少幸存者在痛苦的回忆和孤寂的期待中死去！有多少罪恶的证据在大量亡失！随着时间的推移，事件在理性的复制中已然大大走样，又有多少新的罪恶，在这个长久地质疑和藐视人类良知的过程中得以滋生！

让历史蒙羞的，无疑地，首先当推德国政府。它通过控制大小行政机关，重要的还有学术和教育机构，对历史问题进行有目的的存封、扭曲或转移。在西德，受国家奖励的历史研究，其中有一条原则，即对纳粹主义这一论题必须以1945年为界，至少以1950年作为肃清纳粹运动的截止期。他们不容许第三帝国与西德之间存在任何历史连续性，不容许留下关于犯罪的集体记忆的种子，像摩根索传说中的那样，把德国变成一块土豆地。学者和教育家居然充当了与政府合谋的欺骗性角色。史学家否认奥斯威辛事件的真实性，还出现了所谓"相对化"的论调。在50年代，揭露普鲁士军团主义的野蛮行径和俾斯麦政权的独裁统治的内容，已不再见诸课堂讨论；到50年代末，有关犹太人的历史以及反犹太主义的题目，也几乎在教科书上消失了。这些人物，或者将纳粹专政时期简化为一堆日期和战事，总之是无碍的符号，或者仅仅将恐怖当作他人罪责的证据，以表明自己的无辜。心理学的材料表明，在西德的档案馆中，关于纳粹子女心理问题的文件充其量只有20份；心理学家们在六七十年代蜂拥而起，帮助广大同胞共同忘记过去，以求得一个民族的永久的安宁。

官方机构声称调查一个家庭的历史是不可能的事。事实上也是这样。几年前，中国翻译出版过两本关于德国青年一代的采访录，一本是《生而有罪》，作者为奥地利著名记者彼得·西施罗夫斯基，采访对象是纳粹子女；另一本是以色列一所大学的心理学教授丹·巴旺的《恐惧与希望》，其中采访的却全是纳粹迫害和屠戮的对象，那些幸存的、逃亡的，或是从欧洲移民以色列的犹太人子女。两位作者都在努力搜集在大屠杀的阴影之下，"代与代之间延递"现象的材料。西施罗夫斯基回忆说，他的采访，往往被纳粹子女拒之门外，以致不得不一再改变提问方式，比如将一些人的父亲称为"纳粹时代的活跃人物"或"政治上的卷入者"，有时甚至许诺通过采访洗刷其父辈所受的指控，以使采访顺利进行。巴旺教授了解到，在1100位德国人的抽样调查里，有半数不知道自己的祖父母在第三帝国期间的生活情形。可怕的是，官方向民间隐瞒，家庭向社会隐瞒，父母向后代隐瞒，全国布着一张隐瞒的大网。罪恶和黑暗，就在这中间蛰伏下来，获得长期的可靠的保护。

德国人普遍希望赎罪与忏悔有一个结局，渴望"终点时刻"。纳粹人物固然不愿意看到自己的劣迹做无限期的展览，连受害人也害怕旧日的噩梦不时闯入到现实生活中来，虽然事实上无法消除恐惧、伤痛，那种被人连根拔起的感觉。官方人物则积极主张向前看,他们借口振兴民族,理所当然要求一切从头开始;从实质上说,无非是强化现政权的威权而已。仅仅为了维护统治集团的私利,便不惜牺牲事实和真理,而以几代人对历史的无知为代价!

在考维尔一处屠杀犹太人的地方,刻着《约伯记》的铭文:

哦大地,
请别覆盖我的鲜血,
让我的呼喊永无停息之所。

血迹斑斑,沉默抑或言说?

苦难未必一定唤起反抗,也可以因此陷于沉默以致沦亡。在世界历史上,抱持了沉重的尸体而默默沦亡的民族并不在少数。德意志在两次大战中惨败之后,仍然能够屹立于世界民族之林者,首先就因为有人言说。如果不能言说,即使凭着科技兴国,这样的国家还有人文的温暖吗?纳粹时代的德国,其生产力的发展是足够可以夸耀的,但是一个狂想而冷酷的国家与个人的幸福有什么关系呢?"沉默可以造成一座时间坟墓。"西施罗夫斯基感叹说,"整整一代人彷徨于外部新生的民主现实和家庭旧日的法西斯理想之间,没能消化历史,并因此难于锻造新的民族个性,使历史的重演成为不可想像的事情。"与其使言说保留了历史,毋宁说是消化了历史;唯其有了言说,通过同一种民族的语言,修通代与代的隔阂,而使人类的良知与道义感永久地处于戒备状态。

对于因为罪恶和耻辱而迫切需要反思的民族来说,言说成了知识分子的天职。有意思的是,他们同政府官员一样,经常地提到"民族"的字眼。但是,不同的是,民族之于他们并非屏风，而是旗帜。这样，在如何影响一个民族的现在和未来方面，知识分子势必要对政府，对社会，包括对内部的主张遗忘的势力做斗争。

1976年，美国出版了一部题名《宽恕》的书，作者是有名的西蒙·威森塔尔。他在上个世纪40年代的头五年，分别在几个集中营里度过，直至战争结束，夫妻二人共有89名亲戚死于纳粹之手。1946年，他与其他30名集中营幸存者一起，共同创立犹太历史文献中心。成立期间，中心先后将一千多名纳粹战犯移交法庭审判，这个作着坚忍不拔的努力的人也因此获得多项奖励，后来以他的名字在洛杉矶建立了又一个中心。他是不忘言说的，其实他的全部工作都在于言说。在《宽恕》的开头，他讲述了他在集中营的一次亲身经历，并问如果处在他当时的位置上，也即作为集中营的一名囚犯，你将会怎样做。他以此向许多神学家、政治领袖、作家及年轻一代征求答案：是否应该宽恕？

回答是形形色色的。作者提出：遗忘仅仅是一个时间问题，而宽恕却是涉及个人意愿的行动问题。事实上，所谓宽恕，往往成为罪恶的庇护所。另一位幸存者，著名作家埃利·威塞尔尖锐地指出：刽子手时常要杀戮两次，第二次是在他试图抹去他罪行的痕迹之时。在伯克、雅诺夫斯卡和特雷布林卡，在死者被杀害的地方，尸体被掘出来烧掉，连骨灰也被散尽。他揭露说，刽子手的目的是要把他逐出历史；更恶劣的，是要从他们那里夺走他们的历史，要阻止他们的生命和死亡成为人类记忆的一部分。"不记忆就等于做了凶手的帮凶：无论谁促成遗忘，便完成了杀人者的工作。"然而，这些敏感的幸存者发现，德国人并不愿意让他们的罪恶被记忆。老一代的德国人没有为新一代的德国人铺平道路，他们讳莫如深，实行不争论主义，把几乎所有沾有血渍的问题都堆积在自己脚下，成为障碍，使后来者无法前进。

保卫记忆的斗争变得十分艰难。其中，最令人难堪的是作为言说者的知识分子背叛了自己，站到政府一边，压迫自己的同行。著名小说家托马斯·曼流亡到了美国，战时曾经发表系列反战演说，战后撰文抨击祖国德国，说它是人类无耻、邪恶的典范，与此同时，率先提出德国民族要正视自己的罪行的问题。他批判国民性，认为德国人负有"集体责任"，其中包括知识分子。他表明，在他的眼中，凡从1933年至1945年在德国出版的书籍都寡廉鲜耻，散发着血腥味，应当统统销毁。面对国内以"内心流亡"为自己的卑怯行为辩护的立论，他公开发表文章，声明拒绝回国。为此，引起众多作家对他的攻击。另一名流亡学者汉娜·阿伦特，作为"犹太文化复兴委员会"的领导成员，因为揭露了二战时欧洲各个犹太人社群领袖与纳粹合作的事实，结果犹太知识界的许多朋友和她断交，以致成为犹太社会的弃儿。在西德作家中，伯尔是罕有的坚持批判立场的人物。他不断攻击德国，声言和艺术打交道的人不需要国家。对于纳粹大屠杀的历史，他明确表示说，"他们造孽太深了，认罪的只是一小撮的人，大多数人欠下的血债，到今天还没有偿还"。因此，他有志于创造"废墟文学"，在苦难被垄断、被利用、被粉饰的今天，勇敢自由地言说。然而，正是这种伤痕文学，以它的诚实遭到了人们的责备。一部分作家满足于做"着迷于文字的白痴"，长久地龟缩在自我之中，置肮脏的历史于不顾；可是也有一部分作家据说为赢得个人回忆的相对性、多样性、正当性，而抵制"封闭"了的集体记忆，力图改变和否定历史上的基本事实。面对大屠杀的残片，一些学者为了顾全自己的学术设计,甚至把幸存者的证词,关于创伤记忆的许多不证自明的结论称作"霸权话语",公然予以抛弃。

语言是脆弱的,但也是善于蜕变的。沉默抑或言说?如果选择了言说,你会认为通过语言,真的可以传递那在本质上恰恰是抗拒语言的东西吗?仅仅讲述了过去,是不是就可以算得既不背叛死者,又不背叛自己?

威塞尔把这种两难的情形叫作"辩证的陷阱"。对于言说的有效性,他是持极端的不信任态度的。他否认"大屠杀文学"的存在,说虽然大屠杀作为题材已经大量侵入了文学创作领域,但是,结果是没有一个人见到任何东西。他认为,死者的故事是无法被讲述的,而且永远不会被讲述。幸存者说的,实际上是一种陌生的语言,在幸存者的记忆里,感受与词语的表达之间,有一道无法逾越的鸿沟。过去属于死者,而他们的所有的继承人在有关的形象和回声里都不可能认出自己。他几乎用了绝望的口气说,"一种有关奥斯威辛的小说不是一部小说,或者它不是有关奥斯威辛的。"然而,即便如此,他仍然坚决地说道:"我知道写作是不可能的,但唯因其不可能才必须写作。"

写作就是记忆。写作的不可能,就是记忆的不可能。记忆和写作,在写作者个人那里,产生了一种不容亵渎的神圣性。威塞尔认为,对记忆的复述和阐释有一个前提,就是:"必须怀有恐怖与颤栗接近它,并且首要的是,怀着羞耻。"这是写作的唯一依据。如若不然,宁可让死者安睡,让幸存者把自己闭锁在自己的悲哀里面;也就是说,宁可保持沉默。正如他在《为幸存者恳求一次》里所说的:

"无视他们,不要说起他们,给他们一些安宁吧!"

2001年3月18日

水与火（二章）

水之变奏

> 水是最好的。
> ——〔古希腊〕泰勒斯

我们曾经为鱼类。我们用鳃呼吸。空气和水一样澄明，且无涯涘。没有影子的追逐。我们在时间之外嬉游。

从什么时候开始，我们遂与禽兽为伍，不复摆动尾鳍。大森林成了人类王国。我们构木为巢，用树叶子编织围裙，打磨石器，寻找偶像和酋长；然后，乃有无止的砍伐、捕获、角斗、凯旋或惨败、颂唱或哭泣。水，因陆地分割而呈网状。人在网中。我们舍弃澄明无垠的大海，而后凿井而饮，倾盆而浴。水的本然状态使人惊恐。静止的水，曰死水；动荡的水，曰风波；洪水是灾祸，深渊是罪恶。那个飞去飞来的小精灵为甚么衔石填海呢?

为了对水的征服，人类筑堤堰，建桥梁，造舟楫。从大陆到大陆。人类宁可在沙上建塔，却认海市为缥缈之乡。然而，徐福居然成为水上使者。郑和下西洋。有号麦哲伦者，载沉载浮于另一张海图，既非君临也非朝觐。开拓是冒险的事业。水能载舟，亦能覆舟。

——逝者如斯夫！不舍昼夜！

人们从无刻度的水里辨认时间，而忘川悠悠，人们早已忘却自己曾经为鱼类。

> 子交手兮东行，
> 送美人兮南浦。
> 波滔滔兮来迎，
> 鱼鳞鳞兮媵予。

唯诗人是人中之鱼。他们一直梦游于水，甚或委身于水。庄子一生述说着同一个关于鱼的寓言，从"逍遥游"，到"相濡以沫"，到"相忘于江湖"。屈子行吟泽畔，结果怀石自沉，是否可以算是东方宗教徒的一种受洗方式？太古无酒，水而已矣。后来刘伶阮籍一类酒徒，其实是耽于水的。传说飘然太白醉后死于月光，月光如水，何处无水呢？"鸿雁几时到，江湖秋水多。"望断秋水，月光便长此萧瑟了。这之后，是王国维，是朱湘，是老舍，都是屈原的模仿者。老舍写龙须沟，沟里有水，何以要去寻找浑浊的太平湖？智慧的东方诗人大抵喜欢投水，或沉于江，或沉于湖，却无一沉于海。河殇不是海殇。

一天，大陆突然凹陷为红海洋。复苏的鱼性，因了海潮的刺激而狂游无已，不知所之。始而汹汹然，继则悄悄然，终归一片沉寂。

老子说："治大国，如烹小鲜。"春秋时，大约已盛行吃鱼。士阶级冯骥歌曰："长铗归来乎！食无鱼！"不过，那时许是另一种烹法。总之，鱼一旦成为美食，天下就少游鳞了。

曾经沧海难为水。

蓝色的多瑙河，那才是水；天鹅湖，那才是水；德彪西的大海，那才是水呵！

水复以澄明无限环绕我们，诱惑我们在某一个时刻，无数支僵直的手脚于是柔软成鳍，成尾，次第展开成雄壮而优美的旋律，回荡于盈盈天地之间……

——再会吧，自由的元素！

有一位诗人在远方唱着。那声音，至今仍然悬在临海的崖头，嘹亮一如钟声。

火的传说

<blockquote>
一切转为火，火又转为一切。

——〔古希腊〕赫拉克利特
</blockquote>

自燧人氏从林莽中钻取第一粒种子，火，便勃然繁殖了千万斯年。

火是美丽的。火有人性的光辉。作为人类生命的忠实的伴舞者，火使我们的心灵得以如此的速率跳动着，使血液如此鼓荡奔流。如果没有火，我们肯定会变得僵化和冷漠许多。

初燃的火焰热烈而宁静。我们围在火堆旁边烤肉，取暖、烧制陶器；擎起火把寻找自己的树皮屋、道路和星辰，走进洞穴观赏昨日斑斓的壁画；或者点亮灯盏，幽幽中撩拨情人的长睫，和叮叮当当的大耳环。那时，杀戮仅仅限于狩猎，在人类中间，只有拥抱、爱、如火的亲吻。我们为什么要惧怕火呢？

然而，人们终至于惧怕火。

一俟把命运交付给酋长，火随即成为威吓和惩治同类的圣物。"不能用药治的就用铁，不能用铁治的就用火。"希波格拉第以火治病，酋长们以火治国。火中铸剑，战事焚毁了多少家园、城市、有为的躯体？第一缕狼烟升起自古堡危堞，于是长此弥漫无已时。赫胥黎称火为"变革之物"，而酋长世界万古常新，火改变了什么？两次大兵燹的废墟犹在，伐林做栅栏的人奔逃四散，只剩下一个叫毕加索的画家喂鸽子……

毁灭思想是另一种战争。思想是危险的。思想是自由的块根，只有火，才能阻绝它的生长。始皇帝焚书坑儒，那是一个伟大的启示，几千年的死灰，至今还时时吹出火星来，在后起的继承者中，希特勒是有名的。古今酋长，都有玩火的嗜好，有时候简直为放火而放火。至此，火便成为权力意志的象征，不独刑法而已。宗教裁判所庄严屹立数百年，难道被活活烧死的只是布鲁诺及其有数的兄弟？以信仰代替信念，以思想消灭思想，炙手可热而不见烟焰，这才见手段的博大精严。

各种不安分的思想，于是纷纷藏匿起来如同石头。

有人说："沉默是最大的迫害。"也有人说："石在，火种是不会绝的。"可是，无论怎样，于火的情感已都不复单纯如昔了。

普罗米修斯因盗火而受天罚，火中自有悲剧的性质。女娲炼石补天，却别具东方的喜剧意味。秦王筑阿房宫，极尽奢华，结果"楚王一炬，可怜焦土"。三国时火烧赤壁，曾几何时，"山高月小，水落石出"，已是另一番风景了。维萨里的《人体解剖图》和哥白尼的《天体运行论》，是在烈火和十字架的阴影中产生的。而李贽，则公然以《焚书》为自己的著作命名。德拉克洛瓦笔下的自由女神，当她旋风一样前进着的时候，脚踩的不正是遍地的熊熊火焰吗？

"过去、现在和未来永远是一团永恒的活火。"

历史进化与否，在火中成了问题。为时间所揭示的，唯见整个世界，从神到人，到一切物质都被火无尽地分解。火毁灭着，火锻炼着，火熔铸着。而人们凭着自己所经历或未曾经历的，也随之恐惧着，怀疑着，渴待着。这时不是那时，此火非同彼火——

有谁说得准：在一次大火劫之后，一定没有吉祥之鸟从覆巢中倏然飞举呢？

1991年2月

散　步

我喜欢散步。

据说，一些名人如甘地、卢梭、托尔斯泰也都是喜欢散步的。但是他们与我无关。我喜欢散步，决不是出于对他们的摹仿。散步完全是个人的事情。

推想起来，对空间的渴望，恐怕是最原初的动机。无论是会议大厅那貌似天空的拱圆形屋顶，还是工作室的欲坠非坠的天花板，都在时间中构成了一种潜隐的威胁，何况多出卫士般永远肃立的墙壁呢。

走出户外以后，世界也不是没有规范的。但是，在楼群、灯柱、梯级、斑马线，众多的缠绕中间，毕竟存在着无限多可选择的道路。回避即选择。身外许许多多物事，本可以不同自己发生任何的关联。譬如，偶一抬头便赫然看见太阳，设想低首而行，世上的光华灿烂又于我何有呢？所以，哲学家使用了"在场"一词。我即是我，既可以在场，也可以不在场。我行故我在。

散步时，我不带同伴，只带影子。集体行动是反散步的。说到舞蹈，我就不喜欢双人舞和多人轮舞。无条件地接受他人的约束，响应一种近于严密的节律，这种形式的艺术，纯粹是古代贵族王公及其豢养的优伶的遗传。我喜欢独舞。至于散步，则自如多了，简直没有节奏。或疾或徐，步调全没有法则。倘使路旁多出一位褴褛的瞽者，或是一株蔷薇，都可以随时停下来。

行行重行行。没有行囊，没有远方的呼唤和近身的催促，无须尝旅人的苦辛。只要想到散步，披一件夏威夷衬衫就足够了。风起时，再加一件大衣，随手把衣领倒竖起来也不失为一种风度。其实，于散步的人来说，根本不管什么风度不风度，这时，需要的只是鞋子，或穿或跋，尽凭一时的兴会，赤足也未尝不好，就怕少了草地罢了。总之，鞋与不鞋，全为了取悦自己。

按照传统的关于阴阳的说法，散步主阴，以它的柔静，实在不宜称作运动的。王维诗："行到水穷处，坐看云起时"，很可以为散步写意。书本子上的所谓自由，大约指的就是这样一种随意性吧？散步是没有目的的。没有目的，自然没有探寻。无须寻找的道路叫什么道路呢？其实，散步只是走，并非走路。散步不是为了通往哪一道门。门是另一种存在。只有卡夫卡一类严肃到病态的人，才有门的情结。

自由无所思。即便有所思，也当自行消失于一片散漫优游之中了。罗丹的"思想者"，以拳头支持沉重的脑颅，因为紧张，致使全身的肌肉绷到发直。状态有如此不同。柏格森说："像思想家那样行动，像行动家那样思想。"思想是需要状态的。状态决定一切。一天,我照例作着散步,突然发现双手空空荡荡,仿佛从来没有过的空空荡荡,这才觉得:我应当握着一点什么!

然而接着想,果真有那么一种用具握在手中,还能叫作散步吗?

1991年3月14日于鸽堡

读　画（三章）

席里柯：《梅杜萨之筏》

——该死的船长！

读过法国画家席里柯的油画《梅杜萨之筏》，并且了解其背景的人，大抵没有不生这种恶毒的诅咒的。

仅仅因为不懂得航海，贵族肖马雷被政府任命为船长，率巡洋舰"梅杜萨号"，远航非洲的塞内加尔。结果，途经布朗海岬便触礁了。他随即同一批高级官员逃逸而去，扔下一百余条卑贱的生命，应付汹涌而来的海浪、风暴、饥饿、疾病和死亡！这群乌合之众，仓猝间只好找来破败的桅杆和船板，用缆绳捆扎成筏，开始漫无方向的漂流。十三个白天黑夜过去，最后被营救上岸时，筏上只余十人。这就是一出关于叛卖与坚持的戏剧的全部。

生存或者毁灭？梅杜萨之筏成了人类处境的一个象征。

设想当初登上舰板，进入舱中的座位，有哪一位乘客会不安于早经安排停当的秩序的呢？及至开航，当帆布渐次为海风灌满，一种节庆般的情绪便悄然上涨，进而弥漫成一种氛围。一切都无须选择，自然无庸置疑，在危机四伏而表面平稳的过渡中，个人的自觉意识已然进入酣眠状态。——领航人成了船中唯一的头脑。正是船长，赐予乘客

《梅杜萨之筏》。

以无须许诺而能直接感知的彼岸的快乐和荣光；权威的力量，因他渗透其间，神明般地使人们普遍获致一种安全感。他的无所不在使他成了一个隐形人，直到逃离了现场，人们才仿佛第一次发觉他的存在。

然而，一切为时已晚，梅杜萨已经陷入了绝望的境地，由船长所维系的集体全然瓦解了。

没有船长的航行是不可思议的。可是，当船长亡失以后，由谁来决定未来的命运呢？选择自我是唯一的现实。现在，毕竟从他人的船只回到自己的筏上来了。由船而筏，所改变的岂止是境遇而已！

绝望促人醒觉，自我醒觉的力量才是真实的力量。在席

里柯的画布上，众多的倒毙者无一不是搏斗到了最后一刻的，他们都把生命发挥到了极致。所以，在这些横卧的尸体上面，我们可以理解，画家何以倾注了那么明亮的色彩——一种神圣之光。至于生者，他们都在迅速地熟悉一切，主动履行属于自己的责任，做一切应当做的事情，极力阻断通往沉沦的道路。沧海一粟，个人确乎是微末的。可是，在恐惧中，一个生命却可以发现和拥抱另一个生命。爱产生了。对于生命的同一热爱把人我组织到了一起，集体不复是相加的个人，而是个体的扩展与延伸。我读过许多名画，对于手的表现，从来没有见过像《梅杜萨之筏》这样的富于动作性，这样的紧凑、有力，感人至深：它们一只只全都从渴望中伸了出来，就这样互相紧紧地挽着、抓着、拉曳着，即使对于死者！在波峰之外，在黑暗得发亮的远方，当帆影依稀可辨，这些激情的混乱的手，顷刻之间便把狂呼的众人垒成了一座金字塔。而塔顶，则是高悬的另一只手，和一条猎猎飘动的红巾！

茫茫生死之间，谁主沉浮？

猎猎的红巾是得救的标志，但也完全有可能是一种轻信，一场虚妄。迢递的航程充满偶然，谁能担保梅杜萨之筏一定可以驶出死域？然而，即使木筏倾覆，它仍应骄傲地行驶在航海史上！众多的乘客成为命运的主宰者，他们已经学会选择船长了，而且实际上，他们自身就是船长！

我不禁想起法国的另一幅名画，就是德拉克洛瓦的《自由引导人民》。战斗的人们所追随的，不再是王公贵族，一如席里柯笔下众人不再追随船长。引导他们的是自由，是独立，是庄严的理性，笼盖一切的人道主义的大灵魂。浪漫主义与现代主义的艺术，都一样具有人类生存的哲学内容。不同的是,浪漫主义者总是不忘扬起手中的红巾或旗帜;而现代主义者,即使张开双臂,也没有这类色彩鲜艳的飞扬的织物。对于他们,前头是没有救生船的;而船长,在他们诞生之前就已经死掉了!

浪漫主义者说:把失去的一切找回来!

现代主义者说:失去的将永远失去!

我不知道,世纪末的此刻,我们是落在船中还是留在筏上?但总之,浪漫主义离我们是愈来愈远了!

列维坦:《弗拉迪米尔卡》

历史是不完整的,甚至可以说不是真实的。它是一种感觉,一种想象,一个不及逃避的影子,在近处响起遥远无尽的回声。

自古迄今,千百万奴隶的血泪在哪里?攻打巴士底狱的嘶喊在哪里?纳粹时代的焚尸炉呢?它是如何吞噬众多的血肉之躯连同他们的名字的?最惊心动魄的场景已然泯没了,所谓历史,唯余一堆零碎的杂物:毫无表情的密诏、大小报告、红皮书和白皮书、锈钝的刀箭、哑默的枪管、博物馆里古意盎然的镣铐……俄国的沙皇是以开发西伯利亚天然牢狱驰名于世的,但是,随着流放犯的获释、迁徙和死亡,以及其后的权力的倾覆,罪证肯定会消减许多。

不幸的毕竟还有无法移易的地方在,比如俄国画家列维坦笔下的《弗拉迪米尔卡》。

弗拉迪米尔卡是俄罗斯人对流放犯必经之道的称呼。画面上,一条大道从近处一直通往远方。道路凸凹不平,辙痕斑驳,布满尘土。两旁是原野、草丛、麦苗、林木、土丘。

大块的天空欲雨不雨,云块并不陌生。然而只要说:"这就是弗拉迪米尔卡!"我们就将立即获致一种非同寻常的感觉。——大约这就叫历史感了。

此刻,阴郁的天空变得愈加阴郁起来。密云深处,仿佛听得见雷声。枢密院广场上十二月党人的枪声,以及尼古拉卫队的炮声是雷一般作响的;开往西伯利亚的驿车是雷一般作响的;威严的军靴,挥舞的警鞭,直到普希金和涅克拉索夫的诗句都是雷一般作响的。可是,难道雷声便是暴风雨的预言么?如果不是暴风雨,又凭什么摇撼头顶凝重无比的黑暗?喑哑中,有一脉斜晖投射到黑麦田上,白骨般炫目,令人心悸。但见云块陡然涌起,自远方逼近我们,好似有意让我们从中发现自己的灵魂的骚动。而原野、山峦、纠缠的小路也纷纷动荡起来,似是无力承受重压,又似不甘于宁静的匍伏……

《弗拉迪米尔卡》。

列维坦,这个从小失去父母的人,过早地成了历史的遗孤。作为风景画家,他不但善于感受俄罗斯大自然,于民族历史的重负也如列宾一样具有过人的敏感。不同的只是,命运的纤索并非加于"集体"的肩膊之上,而是深深地勒紧了个人——看看大道上的那个流浪者吧,多么地渺小而孤独!

周围不见同类的形影，只有带檐的十字架，在近旁的墓顶俯视着他。永远的十字架！

人类的不幸，正在于灾难无法分担。它穿透个人而且只有穿透个人而成为纯粹的一种痛觉。说到历史，它就不是圆丘形的大脑拼凑出来的大而无当的实体；作为曾经存在过的时空，它的充满苦难的内容物，唯在个人锐利的痛觉中敞开而成为新的事实。人类苦难之途的象征——《弗拉迪米尔卡》，完全可以使历史在我们如读一般风景画的欣然超然的感觉中消失。但是，倘使一旦从它那里竟烧灼般地感觉到列维坦的感觉，那么不妨说：

我们已然进入了历史。

怀斯：《克丽斯蒂娜的世界》

世界是何等的辽阔而辉煌呵！

怀斯用色太奢了，画布几乎染遍了金黄，令人炫目。原野一望无遮，秋草芊绵。地平线大弧度划过，其上自是天空，蔚蓝而且透明。

有两道车辙，犹如神启，若明若昧地引向远方。

对于一个敞开的世界，其实无论何处都可以成为出发的方向。然而，眼前的少女是再也不能匍匐向前了。她的手足是那般纤细，恰如干枯的芦苇；显然，运动所依仗的肌肉早经萎缩，可怕的疾患吞噬着有为的生命。作为人的直立的权利被剥夺了，自由被剥夺了，仅存的力量是属于意志的。爬是唯一的动作。那飞扬的乱发，抓紧了土地的双手，整具倾斜、扭曲的躯体，呈示着怎样的一种悲壮呵！爬着，爬着，阴影便出现了。阴影爬得比她还快，楔子般使人想见逼迫的落日余晖。黄昏是余下的时间。黄昏是一个极限。

除了朝前来的方向往回爬,她别无选择。

每天每天,她都这么吃力地爬出来又爬回去么?来而复往不就是有限的一段距离?这般相等的距离对她来说有什么意义呢?

她背对我们,总翘首不远的小屋子。

《克丽斯蒂娜的世界》。

我们无法窥见她的眼睛,永远无法窥见她的眼睛。只记得许多年以前,当我初读这少女的时候,心里便顿时为一种力所充盈,同时为一个可企及的目标而深感慰藉。时至今日,这才霍然发见她的归宿地,原来就是起点!

她爬不出小屋子。

栖定如黑土蜂一般的小屋子,在画幅中简直可以当成点缀,但是在一个少女的视野中却占据了支配的位置。于是,一切广远的事物,都变得同它的存在相关了。

然而,青春而倨傲的心,只为屋外的世界而跳动!

梦想与现实,超越与局限,选择与宿命,想必一生都在纠缠着画家怀斯。福楼拜说:"包法利夫人就是我。"少女克丽斯蒂娜,那么就是怀斯么?

许是惊惧于风沙的吹袭吧,久违的乡土,于我是如此温柔。我多么想再一次摩挲我的田园、小路、草地、牛群,还有小屋。或者外出,或者返回,但都一样是艰难的匍匐,——克丽斯蒂娜!

读热烈的书

书籍是以文字符号构筑的形而上世界。在这里，人类的汪洋动荡的情感，富于弹性的思想，纠缠无已的人际关系，大抵被抽象演绎为条状物、块状物，而且极为规整。没有水，也没有温度。只有极少数可以通过阅读还原，在可供咀嚼的人生的意义上，依然保留着一份心灵的慰藉和鼓舞的热情。

可是，在学者的著述中，这种情况是罕见的。

对于学者，心灵的有无并不重要，因为他们唯靠大脑工作。典型的学者则是囤积型人物，专事传统知识的积累，顶多在此基础上再增添一些知识和无用的杂物。他们的书籍是枯燥乏味的，因为他们感受中的世界本来就是一片死寂。中国古代学者皓首穷经，搜剔爬梳，竞相注释，无奈距实人生太远。鲁迅建议青年少看甚至不看中国书，实乃大义存焉。

西方的学者如何呢?就说海德格尔及其《存在与时间》吧。书中关于"存在"的阐释,在"知识谱系"中不无创意,但是究竟是学者为学者而写的东西,结果既冗长又晦涩。是不是一定不可以写得更简赅一点呢?许多大学者大翻译家阅读此书亦大触霉头,只是碍于体面,不便提出这样一个相当于小学生的问题罢了。海德格尔本来不是亚里士多德那类天性乏味的人物,他像柏拉图和黑格尔一样,精神存在本身就混有哲学和诗的成分。可是直到暮年,他才仿佛有所悟,走出哲学的白房间,寻找所谓诗意的栖居。此前,其实是逻各斯的奴隶。知识及其系统陈述为学术所必需,堂堂学者教授,岂能为一种诗意的存在而抛却学界的尊荣?睿智如海德格尔尚如此,遑论其他。

所以,中国二十四史,喜读者唯有《史记》。毕竟太史公的"发愤"之作。确不同于为帝王将相作家谱的其余史家。外国史书,我宁愿读布洛赫的薄薄一本《历史学家的技艺》,也不愿啃一些大部头。即使大部头,也宁愿读施本格勒的《西方的没落》,而不愿读汤因比的《历史研究》。虽然前者也力图建构体系,且不严谨,大而失当,但是里面却贯穿着一种焦灼感,使人感觉到火焰的隐隐的燃烧。存在主义哲学无论如何要比逻辑分析哲学让人亲近。在移译过来的几十种著作中,我尤喜乌纳穆诺的《生命的悲剧意识》。观念为诗意所消融,悲怆而且高扬,都因为来自生命的内部。经济学家的东西也未尝不好读,比如哈耶克,《通往奴役之路》便极为警策。关于熊彼特,我虽粗略翻过《资本主义、社会主义与民主》,仍可以在沙丘间不断发现绿洲。凡勃伦的"使人不安的研究精神"使我神往不已,他的《有闲阶级论》哪里像经济学者的著作呢?优秀的学者大抵不像学者,正如优秀的著作往往不符合"学术规范"一样。学术必须有思想，而思想又必须是不安分的、泼剌的、挑战社会的。如果只是顺顺当当地把读者领进知识的围城，没有空旷地可容自由散步、跑马、格斗，那么从书中失去的肯定比得到的还要大得多。

一般而言，文学著作会比学术著作更加接近心灵。古往今来，不少作家诗人因为心灵相通，而共时性地成了兄弟般的存在。然而，究诘起来，也未必尽然。我们不妨比较一下经典作品。《红楼梦》与《金瓶梅》都是写的男女之事，前者却有作者的深沉的寄托，所谓"满纸荒唐言，一把辛酸泪"，而后者是没有这些的，仅见描写的手段而已。再看《阿Q正传》和《子夜》。它们各各为中国近现代农村和都市写真，前者是连作者也"烧"了进去的；而后者，作者分明在隔岸观火，图解马克思主义与中国社会的性质，此中情感，波澜不兴。

我喜欢读战士的书。这类书完全不为学术艺文之类的形式所羁限，没有牧师或导师的说教。因为无视权威的存在，故而有着平民的品格，即使揭示真理，也是为心灵所感受的。它们真诚、质朴，充满自由的思想。思想与真理不同。真理可能退化为教条，为宗教；而思想呈未完成式，所以不能。这类书摒绝了犬儒式的机智、绅士的雍容、逸士的雅致、才子的潇洒；一切陈腐的、僵化的、大而无当的，都与它们无缘。作为作者的挣扎与搏斗的人生记录，它们将通过阅读，走向新的人生实践。它们对我们所以变得特别宝贵，是因为能够给我们以爱，以奋斗的渴求，和独立支持的勇气。当然，战士未必一定要荷枪实弹。思想战士也是战士，而且在数量上说，是世间更为稀有的战士。中世纪以来，布鲁诺、葛兰西、易卜生、弥尔顿、惠特曼、卢梭、狄德罗、萨特、福柯、海涅、卢森堡、爱因斯坦、赫尔岑、别林斯基、鲁迅，他们——其实是短短的一串名字——都是我所热爱的。

这是一批为热血所培育的具有特殊气质的人物。他们的人生是热烈的，所以，书也是热烈的。

1997年12月15日

让思想燃烧

"知识就是力量。"培根如是说。

的确,知识是重要的;但是,人类如果仅仅拥有知识是不够的,还必须有思想。知识、经验,都必须转化为思想。即如培根,他的代表性著作《新工具论》所给予我们的,就不是单纯的知识,而是掌握和运用知识的新方法、新工具;我们凭借这工具,可以更便捷地打开思想之门。其实,方法论本身又何尝不是思想!思想产生于知识是一个事实,可是,知识是决不可能囊括思想和代替思想的。正因为如此,才有人申论学者的无知。用赫尔岑的说法,那些不带思想的学者,其实处于反刍动物的第二胃的地位,他们咀嚼着被反复咀嚼过的食物,唯是爱好咀嚼而已。

思想何为?思想是以人类的生命热情、生活体验所消融了的知识。它是被激活了的,炽烈的,深邃的,流动的,也许博大，也许精微，却都同样含有毁灭性物质；但是，它在走向生成，因而不致僵化、凝固和死寂。没有已故的思想。已故的思想只是知识。真正的思想，活在知识与自我的关系之中，是彼此的互动与重塑。对于自我而言，思想是吸纳的，又是敞开的，无论面对社会权力还是知识权力，则都是独立的。可以肯定，思想与标本之类无缘，是对范式的超越。它处在现实的维度上，即使用古远的材料构成，仍然显示着当下的指向。但是，它又不为现实所羁，它将焚毁既定的因而是"合理"的桎梏；在它的光焰中，有着未来世界的生动影像。洞穴里的哲学家常常瞥见这种影像。在古希腊，哲学家被称作"爱智者"，其实，智慧仍然是不能混同于思想的。智慧是磷火，不是石火和薪火，无须摩擦、撞击，自然也无须点燃。形而上学家的智慧，大抵用于建造空中楼阁，而思想是大地的。

任何时代都需要思想，生气勃勃的思想，何况是方死方生的大时代！

当我们把一些富于思想或同思想有关的文字，从报刊和书籍中采集起来，编成眼下这样一种名为《读书之旅》的东西，本意就不是为了知识的重现，炫耀珍奇，培养趣味，而是专一期待着读者，从阅读——一种热烈的接触——中间，让思想得以持续地燃烧！

卡代尔神父在讲说颜色的光学时说："绘画中的黑色往往是火所致，火总是在接受它强烈印象的物体中留下某种腐蚀性和发烫的东西。"于是我们看到，一些人老是在灰烬和烟雾中辨认火，把这些看作是火的本质部分。他们念念不忘火的毁灭性倾向，唯独忽略生机。有谁会从绿色想到火的呢？有谁会从健康的肌体想到火的呢？虽然关于刀耕火种的传说，以及以火治疗的故事尚未失传，但也算不得真确的知识；在乡居的日子里，我却是无数次亲见了烧荒的大火的。那是何等气派的火焰，美丽的火焰呵！由是我被告知，火是与小百姓的生存有关的，放火当然也就不是秦始皇、希特勒一类名人的专利——

把火把举起来！

1998 年 7 月 23 日

后　记

我承认，我是一个形式主义者。

从理论上说，文学的体式本无所谓优劣，而我偏喜欢诗与随笔。一般说来，诗也不喜格律体，多喜自由体，充分散文化的，比如惠特曼。迪克斯坦说他的诗是小说式的，我看更像随笔。

即便小说家，如卡夫卡、博尔赫斯、普鲁斯特、西蒙，直到凯尔泰斯，乃至沉重的索尔仁尼琴，他们的作品都可以当随笔来读。文学之外，尼采、叔本华、克尔凯郭尔的哲学不用说也是随笔，巴什拉和德勒兹的互涉文本更出色。说远一点，海涅、马克思的政论何尝不是随笔，齐泽克的文字恍如群狐出没，归入随笔是绝对没有问题的。

据云，随笔在拉丁语中意为"尝试"，蒙田随笔就是取的这层意思。尝试，意味着未完成，意味着可以从不同的角度和广大的层面探讨同一事物，意味着对现存秩序的怀疑、否定和颠覆。随笔的生命在于随，这种文体最充分地体现了个体化的原则，反必然，反完整，反规范，反终极，反体系，是一种不断生成的文体。鲁迅辩护"杂感"，本雅明赞赏"断片"，都因为随笔可以最大限度地容纳自由、批判的精神。在奥地利作家、"思索的公民"穆齐尔的著名小说《没有个性的人》中，主人公乌尔里希自称为"随笔主义者"，实际上是作者的自况。可见"随笔"一词，本身便意含了选择的自由。

回过头看，自己多年来写作的东西，包括论文和评传在内，多少有点类似随笔。写作时，怀有对自由的想往是的确的，而且，形式上自觉没有什么规范需要恪守；当然，最终无法逃出规范的阴影是又一回事。总之随笔之随，大不易为。坦白说，我的随笔"随"得不够，相当于"解放脚"，比起天足来差远了。

本文集所选，多属篇幅较小的人物素描，以叙述为主，间以议论；最末一辑，为若干历史现象的思絮。人与事，在"存在"的背景中，其实很难分割。

编讫，最初用了集中的一个篇目《看灵魂》作书名。对于人类，无论个体或全体，灵魂就是生命。在古希腊哲学那里，论灵魂，是最常见的话题，也是最深邃迷人的篇章。后来，责任编辑王翔宇先生建议改用另外的篇目命名，结果，灵魂多出了一层悲剧色彩，成了目下所见的样子：《旷代的忧伤》。

王振羽先生及薛原、臧杰先生为本书的编辑出版工作付出了不少心力，在此一并表示感谢。

2009年5月31日